倾听

——安徽省作协2017年度新入会会员作品选

李　云／主编

中国文联出版社
http://www.clapnet.cn

图书在版编目（CIP）数据

倾听：安徽省作协 2017 年度新入会会员作品选 / 李
云主编. --北京：中国文联出版社，2018.12
ISBN 978-7-5190-4016-1

Ⅰ.①倾… Ⅱ.①李… Ⅲ.①散文集–中国–当代②诗
集–中国–当代 Ⅳ.①I217.1

中国版本图书馆 CIP 数据核字 (2018) 第 301035 号

倾听——安徽省作协 2017 年度新入会会员作品选

(QINGTING—ANHUISHENG ZUOXIE 2017 NIANDU XINRUHUI HUIYUAN ZUOPINXUAN)

主　　编：李　云

出 版 人：朱　庆			
终 审 人：奚耀华		复 审 人：王柏松	
责任编辑：周小丽		责任校对：蒋　佳	
封面设计：肖景然		责任印制：陈　晨	

出版发行：中国文联出版社
地　　址：北京市朝阳区农展馆南里 10 号，100125
电　　话：010–85923036（咨询）85923000（编务）85923020（邮购）
传　　真：010–85923000（总编室），010–85923020（发行部）
网　　址：http://www.clapnet.cn　http://www.claplus.cn
E – mail：clap@clapnet.cn　zhouxl@clapnet.cn

印　　刷：成都国图广告印务有限公司
装　　订：成都国图广告印务有限公司
法律顾问：北京市德鸿律师事务所王振勇律师
本书如有破损、缺页、装订错误，请与本社联系调换

开　　本：710×1000　　　　　1/16
字　　数：232 千字　　　　　印　　张：18
版　　次：2018 年 12 月第 1 版　印　　次：2021 年 4 月第 2 次印刷
书　　号：ISBN 978-7-5190-4016-1
定　　价：46.00 元

编前语

为认真学习贯彻落实习近平新时代中国特色社会主义思想和党的文艺方针政策，全面实施"文学皖军"提升工程，切实履行作协组织联络、服务职能，延伸工作手臂，创新工作方法，在省文联党组正确指导下，安徽省作协决定从2017年起每年编辑出版一本上年度新入会会员优秀作品集，这本《倾听》正是2017年度新入会会员的作品选。

2017年度全省新入会会员共180余位，经过征稿、审读，最终确定入选篇目111篇，大体体现了新一届会员的整体写作风貌。这些作品从不同的视角、以不同的笔法写乡愁、写亲情、写人文、写历史，写出了改革开放40年以来，时代转型快速发展中每一个个体的际遇，也写出了安徽在科技创新、新农村建设等诸多方面的新亮点和新成就。应该说相当一部分作品中有文、有思、有情、有趣，足见作家们的笔力、识见与情怀，当然也毋庸讳言，其中一部分作品还较为稚嫩与生涩，但他们都有一个共同的姿势，那就是在岁月里悉心倾听。

倾听风吟，我们的心在鼓荡；

倾听花开，我们的心在沉思。

对世界的倾听有多丰富，也便是对自己的体味有多深广。

倾听，让我们一起找回了美与诗。

倾听，让我们一起感觉文学的脉动。

现在，请让我们轻翻素纸，一起来倾听这111种心跳声吧……

倾听**目录**
CONTENTS

诗歌卷

倾听

Chapter 1

散 文 卷

QING TING

生命最美的场景

张西云

20 年前，火车载我过了一道关，这个关叫山海关。

木船载我蹚过了一道河，这条河，叫涡河。

涡河载我去赴约——一个 15 岁少女与一棵千年白果树的世纪之约。

南方少雪。

而这铺天盖地的雪花，是我从北方风尘仆仆带给古树的见面礼吗？

这份礼物真的有翻天覆地般的隆重吗？

而我，终于，还是来到了南方。

独自一人来面领神树的圣谕。

从我记事起，这株古树就在父亲的故事里疯长。

少小离家的父亲，多少次绘声绘色，描述远在故乡的安徽，一棵神奇的白果树。

十人无法合抱。凭我稚嫩的想象，实在无法度量十人合抱到底有多宽多广。

一直期盼生命之中和你相遇。

期盼最美的场景能够出现。

转过村落一角。

一株庞然古树倏然闯入眼帘，让人猝不及防。

无论再富想象力，也无法把她想象得如此苍老。

即使口吐莲花，也无法描绘出她的神态。

在静谧的村落之外，在苍茫的云天之下，只有她倔强地矗立。

见到这株古树，我期盼了 15 年。

白果树静静矗立。等我，等了千年。

刹那，一股暖流涌入胸膛。

穿过枝枝丫丫，我用温润的眼神迎接那久违的深情的凝望。

那是一位尊敬的长者。昂首抚须，慈眉善目。注视这个世界，注视渺小如尘土的我。

来到树下，一种悲怆一种震撼自心底涌出。一种彻骨的痛在心间蔓延。千年的风雨，千年的煎熬。多少次电闪雷鸣，多少次地陷山摇，多少次洪荒激流，多少次干渴焦烤。她竟然兀自挺立荒野，依旧傲然苍穹。

主干已被雷电劈开数段。一把把枯枝，利剑般直冲云霄。

让我惊诧的是她的老干早已如岩石般坚硬干裂，而从主干虬曲蜿蜒而出的树杈却分明还活着——这树竟然一半是火焰，一半是冰山！

我再次无语。一时惭愧，自己的语言竟如此苍白。

无论再神奇的文字，也勾勒不出她的神色，她的气度，她的超凡脱俗。

无论再伟大的语言，也没有真实地见上一面的印象来得直接而深刻。

人生总会有太多遗憾。

小时候，眼巴巴地看着别的孩子都有祖父祖母的呵护疼爱，嘴上不说，心却是痛的——这种深入骨髓的思念，是今生无法弥补的缺憾。

我知道，在时间的长河里，我永远无缘再见祖父祖母。

然而，此时此刻，站在千年古树旁，我却惊异地发觉，我是何等的幸运！

越过时间的河流，我竟然见到了祖父祖母曾经仰望过、曾经膜拜过、曾经惊奇过的古树。

闭目冥想。

当年老祖母是如何颤颤巍巍踮着小脚，走过村庄，穿过原野，越过沟壑，躲过犬吠，最终虔诚地来到你的怀抱。

严厉的爷爷，是如何带着他的弟子们在闲暇的时光，走出私塾，来到神树的下面围坐……那肯定是每日和"之乎者也"打交道的孩子们最开心的瞬间，也是平日里总是板起面孔的爷爷最可爱的时刻。

古树端坐不语，她亦邀我静坐。

我极惊诧。这是一个怎样的生物王国？怎么会有一棵树能同时体验生之愉悦和死之苍凉？

厚重的黄土之下，隆起的树根，偶尔露出地面，已是千疮百孔，但依旧源源不断地汲取大地的血脉。

我相信，在我目光所不能及的地下，一定是盘根错节，紧紧相依，那又是一个怎样感人的场景在延续生命的奇迹？

坐于树根之上，我抬眼惊看众枝柯。相互支撑，却又彼此相敬。你中有我，我中有你。

流云悠闲地从树隙间穿过。

嗨！我叫住流云。一如当年庄子叫住濮水中的鱼，愉快地问道：你知道我的快乐吗？

我邀来春风，邀来夏日，邀来秋果，邀来冬雪，邀来天空飞过的小鸟，以及村庄袅袅的炊烟，让他们一起分享我的快乐。

悠悠涡河水穿行而过。我大声喊他，停下来跟我说说话好吗？千年的光阴相伴，你一定见过白果树长出第一片叶子，生出第一圈年轮的时刻。她也一定见过你青春萌动多姿多彩的岁月。你们是青梅竹马，两小无猜吗？你们是不是相遇于生命最美丽的时刻？执子之手，与子偕老。食尽人间烟火，当是凡人何等期盼的幸福。

我看到,在古树的身边,每一种生物都有尊严地活着。每一个生命都被自然善待。

埋在土里的红薯,古树旁边的青竹,藏在树荫中的苔藓,沟壑边随意摇摆的狗尾巴草。他们自由呼吸,公平生长。

容人者才能容己。

古树伤痕累累的枝柯上,一只只木耳爬上她的躯干,小虫也在她的缝隙里蜗居,蚂蚁在这里修筑工事,鸟儿在这里筑巢吟唱,一些刀刻的字痕已经深嵌主干,面目模糊,淘气的孩子在树洞里偷偷地烤起了红薯……

原来,这里竟然是这样一个神奇的世界。

我看到了,这里,没有抱怨,没有仇恨,没有嫉妒,没有诋毁。千年之后,古树的枯枝在生命平等尊严面前再次复活。

端坐于古树下,内心平静而充盈。我相信,遇见你,是我一生之中最美好的场景。

古树在,村庄在,大地在,河流在,岁月在,我在。我还奢侈要怎样一个更好的世界?

元四村：一斛散落的珍珠

吴　淞

　　一斛珍珠散落于地，有的被当地的村民们拾起，小心翼翼地用红绸布包好，放在了柳木的箱底；有的随着初夏暴涨的溪水离家出走，辗转于江湖，不知流落何方；有的悄然隐藏在石缝中、泥土里，沉默了百年千年；有的被碾磨成粉、勾兑成霜，成了小姐、太太们的美容佳品。太朴山下的元四村，于我的感觉，就是一斛散落于地的珍珠，只是远走他乡、流浪江湖者甚少，而隐居于草丛野地、砖墙瓦缝者甚多。

　　很早就听说过元四村，有人说那村子很大，房子很老；有人说那里树木很多，环境很好。后来，或在报上，或在书上，或在文友的口中，陆陆续续地看到或听到一些关于元四村的故事，让我知道了元四村在明清时期属贵池县开元乡元四保，村中的章姓也曾经是贵池的四大姓氏，元四村和村中的章姓也因此被称为元四章村和元四章；知道了元四村就在太朴山的脚下，村中至今留存大量明清时期的古民居、古祠堂、古石桥、古凉亭、古牌坊，等等。

　　大雪次日，天气晴好，跟随着参加"元四章寻梦"文学笔会活动的文友们，第一次走进这座闻名已久的古村落。临近元四村，首先映入眼帘的就是巍然屹立的太朴山。太朴山原名太婆山，明嘉靖

《池州府志》载："太婆山，在城南二十里，内联六峰，外托九华，圆如覆釜，山半有西峰堂，有龙湫。"由此可见，太婆山在当地可算是一座名山和神山了。元四村就坐落在太婆山的南面，像一个大大的襁褓，紧紧依偎在"太婆"温暖而宽厚的怀抱里，沐浴着四季的朝阳。

走进元四村，高耸入云的太朴山却不知什么时候从视野里悄悄地隐退，取而代之的是小桥流水和粉墙黛瓦。流水为东河、西河，皆源于太朴山，从东西两侧绕村而过后合二为一，注入白洋河；小桥为石桥，条状花岗岩制成，依次横跨于东西二河之上，间隔不过百十步；粉墙黛瓦为村中的古祠堂和古民居，在巷口和弄堂之间时隐时现，不时钻进我们相机的取景框里。

进入村庄的主要通道缘河而建，碎石铺就的路面已经被千百年来进进出出的布鞋、草鞋、木屐和长满老茧的脚底磨得光滑油亮。小溪的堤岸也是碎石垒就，厚厚的苔藓和青绿的水草沿着水面向上攀爬，用年年的新绿遮掩和装饰着碎石的古拙和陈旧。古老的石桥大多已经毁损，有的已经成为断桥，但两岸的断石仍然倔强地向河中伸出，如鹊桥两边牛郎织女不忍分开的手；有的已经荡然无存，据说是 20 世纪 50 年代兴修水利时被撬走，成为修建水库大坝的材料了；有的已经改头换面，残留的古桥墩上嫁接着水泥预制板的桥面，呈现出一种另类的姿态。每座石桥旁边，都会有斜斜的石阶，从路面延伸至水面，以方便村民就近取水和洗涤，无意之中也为鹅鸭下水嬉戏开辟了"绿色通道"。

村中现有祠堂两座，一前一后建在村庄的中轴线上，前祠名"孝友堂"，后祠名"敦睦堂"。"孝友堂"始建于明嘉靖八年（1529），虽然规模不大，但保存得比较完好。形象依然生动的木雕，色彩已然黯淡的彩绘，墙壁上模糊不清的入泮、乡试和加官晋爵的捷报，墙角里随意堆放的团箕、稻箩、水车、禾桶等老式农具，以及祠堂门口两墩刻有"大清乾隆癸丑年"字样的巨大石鼓，无不深深浅浅地勾勒出元四章氏的历史变迁和岁月沧桑。"敦睦堂"为近期修复重建、雕梁画栋、浓墨重彩，宽敞明亮的大厅已经成为今日章氏族人祭祀、聚会等活动的重要场所。现存的古民居虽然屈指可数，零星散布或悄然隐藏在众多新式楼房之间，但粉墙黛瓦、飞檐翘角却明显成为一种点缀和提醒，如同电脑桌上摆放着的宣德炉，暗示或明示着曾经的显赫和依然的厚重。

　　沿着村庄里窄窄的弄堂随意游走，不时有璀璨的"珍珠"从意想不到的地方滚落或闪现出来，把我们游离的目光和匆匆的脚步稍作挽留。从墙上模糊不清的"农业学大寨"标语可以推断出，这是一座50多年前的老房子，虽然墙体已经残破不堪，但大门两侧镶嵌着的雕刻精美的青石户对却依然熠熠生辉，引人注目。门前空地上，横竖堆放着一些石块，一对不知年代的青石门鼓，似乎刚刚从泥土中钻出，匆忙赶来与我们相聚，而那块长方形、紫红色的花岗岩却懒洋洋地躺在地上晒着太阳，两个孩童以石为桌，正趴在上面津津有味地吃着午饭。小巷的拐角处有一棵粗大的桂花树，树边的地上堆放着一些杂物，把杂物聚拢在一起的是四块青石。走近一看，却是四块雕刻着精美花纹的长方形门当，大家顿时议论纷纷，都说这应该就是世上最贵重的垃圾池了。

　　临近西河的岸边，一栋楼房正在建设之中，脚手架已经搭到三层，门前是两根尚未油漆的粗大的罗马柱。楼房的前面是一人多高的长满青苔的砖墙，乍看起来像是一堵院墙，然而，砖墙里面的一块高大光滑的青石门槛和一对雕刻精美的户对，却告诉我们这是老屋的大门。一位老妇人坐在门前的石阶上眯盹着双眼，两个尚在蹒跚学步的孩童摸着墙根在独自嬉戏，新房与旧屋，老人与孩子，阳光与阴影，过去与未来，在我的眼中勾勒出一幅怎样的图画？

　　沿着依旧清澈的东河之水，走过那座残破的石桥，走过那棵古老的银杏树。村口新建的"民俗文化馆里"里，那些斗笠、蓑衣、镰刀、稻箩、畚箕、风扇、水车、石磨、竹榻、油灯……也仿佛被一双无形的手搓成了一根细长的麻绳，缠绕、牵扯甚至捆绑着我的思绪，不许我轻易地走出这戴着珍珠项链的元四村。

唐老师

许含章

唐老师在县城里唯一的一所重点中学教政治。

唐老师首先是我外婆，其次才是老师。

她的教学生涯很长，学生众多，其中也包括本家族的很多人。比如我大姨、我妈妈、我小姨，以及我的舅舅们。

对了，还有我爸爸，这一点我很久以后才得知。

唐老师有两类学生，得意的和不得意的，据我妈妈说我爸爸属于后一类，而她自己，则属于前一种。

换句话说，我妈妈是我外婆的得意门生。

她并且举例加以说明。她说我爸爸上学那会儿，非常非常尊敬，或者非常非常惧怕唐老师，但唐老师并不记得有他这么个学生。

"为什么呢?"她反问。

"因为!"她加重语气:"因为你爸爸，他根本就不是，你外婆得意的学生!"

这很让我怀疑，也不怎么相信。

只是我从未听见我爸爸，怎么称呼我外婆，也从未听过他，称呼她老师。

印象中他见了她，总是一声不吭，或是一动不动。

倒是我的几个舅舅,整天"唐老师、唐老师"地叫着,似乎他们不是她的儿子,而是她的学生。

唐老师生于 1926 年,是安徽砀山人。她娘家是皖北有名的大地主,我妈妈曾经写过很多关于她家的事情。这家只有一个儿子,即我外婆的哥哥,但早年死在了日本人的刀下,只留下一个不足周岁的女儿,没有男丁。她和她的一个妹妹,一起把这个女婴带大,很有些孤苦伶仃。据说这个家族,很有一些故事,可我不怎么关心。她与我外公结婚时,已经年近 30 了,此前未婚。

这在那个时代,已经是老姑娘了,是什么原因造成她的晚婚呢?不得而知。

她 1956 年毕业于江苏师范学院,是 20 世纪 50 年代的大学生。她这样的身份和经历,总让我联想到五四时期的进步青年,所以我想象她年轻时的样子,是蓝色衣衫、黑裙、搭襻布鞋,脖子上搭着一条白围巾。

我妈妈说起我外婆年轻的时候,一般有两个词:瓜子脸!杏仁眼!这我相信。因为我看过她一张早年的照片,是一个美人。

但从我记事起,她就是一个蹒跚老人了,头发差不多全白了,皱纹很深。她给我的印象是,即使在大夏天,也两手紧紧拢着一个热茶杯,趿拉着一双高帮的老奶奶鞋,在院子里走来走去。

我和她不亲,小时候最烦去她那里。偶尔被大人带着,勉强去一次,也是站得远远的。

但她对我很亲热,总是拉过我的手说:"姗姗,我的乖乖,想吃点什么呢?"她说这话,似乎并不是征求我的意见,她就这么"乖乖、乖乖"地叫着,她似乎这么叫世上所有的孩子。

唐老师抽烟,爱吃零食。所以她的家里,永远备有这样几种吃食:一碟瓜子、一碟花生,一个塑料盘子里装有多种糖果。

她尤其爱嗑瓜子，把瓜子皮吐成美丽的扇形。

我妈妈也有这个本事，我爸爸对此很不屑，说这是好吃懒做的象征。

她每次叫我几声"乖乖"之后，都会抓一大把瓜子给我，说："乖乖，吃。"

我不吃，我拿着。我小时候可乖，不给我的东西，我绝不伸手去要；给我的东西，我也一直拿着。瓜子在手里很难抓住，它们不停地往下掉，我很难为情。我很想逃回我爷爷那里去，到了那里，我就不用抓着这种讨厌的东西了！我小姨家五岁的表妹，看出我的心思，她说："喊！你爷爷家有什么好啊？也不是楼，还是泥地。"

我立即和她翻脸，不睬她了。

我 5 岁的小表妹，和我外公外婆以及我大舅一家，住在一户一幢的老干部楼里，紧邻着淮河大坝，闹中取静。入口是一条深窄的巷子，靠淮河一侧的坝坡上，栽满了石榴树。到了夏天石榴开花时，艳红如霞；秋天，结满了果实。

石榴花和石榴籽，都红得可人。

傍晚时分，人声慢慢退下去了，站在外婆家的院子里，可以听到淮河拍岸的涛声。

外婆家那一排人家，都有些身份。

他们当然也会在院子里，种上一点菜，但更多的人家是养花。

我外婆她不，她养了许多鸡。她的院子里常年盘踞着一个庞大的鸡窝，和一条上了岁数的葡萄藤。我小时候进去以后，一般是先站在门口观察，因为鸡们随时随地在院子里拉屎，我一不小心，就会一脚踩上去。

我外婆对这些鸡，很是放任自流，它们爱在哪里，就在哪里。它们有的蹲在衣柜顶上，有的窝在床下，如果高兴了，还会一扑腾翅膀，飞到沙发上去。

对此我外婆视若无睹，她继续坐着，一边嗑瓜子一边高谈阔论。

我听不懂她说的是什么，也不想知道，整整一个上午，我都被爸爸圈在两腿之间，动也不能动。

我紧张，我害怕，我怕突然飞起来一只鸡，来啄我的眼睛。

终于，爸爸起身了，但外婆还要送我们。我等不了她，飞快地穿过鸡屎遍布的院子。我妈妈说："妈，妈，你不要送了！"可她两手拢着茶杯，一边说，一边跟着出来了。

她跟着我们，穿过深窄的巷子，一直走到大路上。我妈妈说："妈，妈，你回去吧！"我站下来，望着她，看她慢慢回转身，趿拉着老奶奶鞋，慢慢消失在巷口了。

我一转身，把手里紧攥着的瓜子扔掉。

我的手心黏糊糊的，又湿、又冷。我使劲在裤子上蹭了蹭，长长舒了一口气，但瓜子的香料味儿，仍然跟了我好久。

我准备结婚的那年，带着唐老师未来的外孙女婿回老家，我大舅设宴招待，彼时的唐老师，已经 80 多岁高龄了。席间，她依然一杯接一杯地喝酒，是白酒，也依然高谈阔论，滔滔不绝。喝着喝着，她突然抽出一支烟，边上我的某舅舅一伸手，"啪"的一声，为她点上火。

她抽烟的样子，有点酷。

李鸿章之死

徐　涛

　　　　　　　劳劳车马未离鞍，

　　　　　　　临事方知一死难。

　　　　　　　三百年来伤国步，

　　　　　　　八千里外吊民残。

　　　　　　　秋风宝剑孤臣泪，

　　　　　　　落日旌旗大将坛。

　　　　　　　海外尘氛犹未息，

　　　　　　　诸君莫作等闲看。

　　远处有了炮声，很远，但清清楚楚的是炮声。

　　八国联军是在光绪二十六年（1900 年）8 月 14 日凌晨，开始攻打北京城的。

　　太阳已经落到西边的最低处，护城河水被晚霞照得泛红，红得仿佛是一大摊、一大摊的血。

　　安定门是京师九门中最后一个陷落的城门。

　　临危受命的守门将军延茂站在箭楼上，望着朝阳门和东直门滚滚的浓烟，嘴里呢喃着："背后就是太后和皇上呢！"

就在延茂死战不退时，光绪帝匆匆地下了罪己诏，与慈禧太后及亲贵大臣们仓皇离京"西狩了"。

一年后，朝廷派庆亲王奕劻和全权大臣李鸿章与八国联军议和。

11 月的北京，天气骤变，秋风萧瑟；往日驿道上的浮土像是在热锅里刚刚炒出的面，一脚踏上去便白烟四起，此时却换作了满街的落叶，远看上去如同人们撒落的冥纸，让人心里发紧。贤良寺坐落在北京东城区，四周紧挨的是金鱼胡同、校尉胡同和煤渣胡同。离寺庙的一箭之地便是紫禁城，往日许多外省官吏进京述职多居住在此，本来是个极为热闹的去处。但此刻已经是午后的未末时分，鳞次栉比的店肆房舍却是家家户门紧闭，街上绝少有行人。

八国联军司令部宣布：只有朝廷派出收拾残局的奕劻的庆亲王府和李鸿章居住的贤良寺这两个小院落还归清朝政府管辖。

其实，无非就是把他俩人看起来，好在条约上签字画押罢了。

去年 6 月，八国联军入侵，清朝宣布与各国进入战争状态。朝廷的告急电报一封接一封地到达南方，要求各省封疆大臣率兵北上共同灭洋。朝廷下诏，将李鸿章由两广总督重新调任为清朝封疆大臣中的最高职位：直隶总督兼北洋大臣。

慈禧的一纸任命是："着李鸿章为全权大臣。"

9 月 29 日，李鸿章到达天津。

10 月 11 日，李鸿章到达北京。他在拜会英、德公使后回贤良寺的路上受了风寒，一病不起。

"漫天要价"的联军沉不住气了，他们唯恐朝廷再也没人来收拾这个烂摊子，一个耗尽"中国财力兵力"的"议和大纲"终于出笼。

李鸿章无力地躺在病榻之上，指挥着下级官员把损失降到最低点。

俄国公使站在李鸿章床头逼迫他签了字。

李鸿章在病榻上上奏朝廷：

臣等伏查近数十年内，每有一次构衅，必多一次吃亏。上年事变之来尤为仓促，创深痛巨，薄海惊心。今议和已成，大局稍定，仍希朝廷坚持定见，外修和好，内图富强，或可渐有转机。

他的"外修和好，内图富强"的愿望此时已经被国人"卖国者秦桧，误国者李鸿章"的讨伐声给淹没了。

阵阵凉风袭来，在风中冻得瑟瑟发抖的仆人老许坐在寮房门口的一张条凳上。因李鸿章嗜好吃鲈鱼，当年有老乡举荐，他烧的一道家乡口味的鲈鱼，大人尝过后传下话来说："好切"（合肥方言：好吃），从此他跟随大人服侍左右。

待了好一阵子没听见屋里有动静，他忍不住起身，侧身透过门缝往里瞧。

屋里光线很暗，远远望去，炕桌上有一盏煤油灯，捻儿调得不高，荧荧的灯焰幽幽的发着青绿的光，显得森人。眯着眼睛许久才能看清，一位老人仰卧在床上，面朝窗户，直隶藩司（从二品）周馥等几位淮军重要将领背靠窗台，垂手站着，看不清神色，只见肩部抽动着。夫人赵小莲拿着一块手绢低头垂泪。

部下周馥在保定接到"相国病危，嘱速来京"的加急电报是 9 月 26 日。

就在他快马加鞭星夜赶来时，这位自周馥投笔从戎，在淮军做文书起，一直关照有加的恩师李鸿章，开始大口大口地吐血，后来发展到"紫黑色，有大块""痰咳不支，饮食不进"，被诊断为胃血管破裂。

等到达北京，李鸿章已是口不能言、身着殓衣了。

还是在李鸿章署理江苏巡抚兼通商大臣之初，周馥就投奔到淮军担任办理文案的职务，跟随李鸿章鞍前马后长达 40 余年，出谋划策，深受倚重。由候补县累迁至封疆大吏，成为淮系集团中颇有建树和影响的人物。

周馥的军旅生涯则是从上海开始的。

同治元年（1862 年），李鸿章被曾国藩奏荐"才可大用"，命回合肥一带募勇。

李鸿章太明白安徽人的心性了，面子比天大，乡情比地深，只要够交情，要头也能给。哪怕有一丝八竿子打不上的"关系"，说有用的时候就有用了，所以他尽可能把老乡的关系用足用透。就这样，他七捣鼓八捣鼓，居然历时仅数月，就拉起了一支有 13 个"营"的上万人的淮军部队。

李鸿章以上海系"筹饷膏腴之地"，命淮勇乘英国轮船抵达上海，自成一军，从此有了淮军。

这支新组建的淮军前后分 7 批，乘坐钱鼎铭等上海士绅花 18 万两白银租来的英国轮船，前往上海。

周馥至今还清楚地记得，船过南京的时候，能清清楚楚地看到江边堡垒上全副武装的太平军将士面孔，一个个怒目圆睁、剑拔弩张，他们只是由于外国轮船而不敢开枪，眼睁睁让淮军从眼皮子底下溜过。而淮军士兵也生怕遇到意外，一个个闷头不敢出声。9000 淮军，生生的就是在这张外国"虎皮"的掩护下，到达了上海前线。

这帮操着难懂的乡音、衣衫褴褛、叫化子般的淮军能够打败太平军？大概没几个人会相信。

第一仗在虹桥打响了。

此战胜负太重要了！关系到李鸿章的声威和军威，关系到能否在上海站住脚，只能打胜，不能打败。

李鸿章亲自督战。

他的脸色起初木然无情，渐渐地涨红了起来，眼睑微张着放出愤怒的光，一时又暗淡下去，脸色变得阴郁苍白。

战事越来越激烈了，太平军这时用上了火炮，火力非常猛烈。

淮军大将张遇春率"春字营"嗷嗷叫着扑上去，他是武举人出身，因作战骁勇，皇上赐穿黄马褂、授带刀侍卫、赐"巴图鲁"称号。但没多久就顶不住了，渐渐退了下来。

张遇春带着溃兵刚跑到桥边，正巧撞见李鸿章。

李一把推开一旁周馥刚刚递上来的湿手巾，稀疏的胡须因为肌肉痉挛而抖动着，双眼圆睁瞪着张遇春，似乎在想什么。片刻回顾左右亲兵，嘶喊道："拿刀来，把他头砍了！"

这是极少见的情形，吓得张遇春不得不硬着头皮返回再战。

"春字营"是淮军最早的营号，张遇春又是李鸿章的亲信，万分紧要关头，要拿他的人头来开刀，其他将领看在眼里，只有咬紧牙关、铁了心死战。

接下来 8 月和 10 月，又是两场恶战，由勇猛善战的程学启部和刘铭传部，打太平军的谭绍光部。

刘铭传是率领洋枪队上场的，打得极其过瘾，大获全胜。

接连三个胜仗一打，上海人不得不佩服这帮穿着像叫花子一样的淮军，中外人士不得不拿正眼来看李鸿章了。英国人的报纸也大拍马屁，说这支淮军是"中国最优秀的军队"。清廷也大为欣慰，马上把原先给李鸿章的那个虚衔去掉，改为实授江苏巡抚。

一股寒冽的风鼓帘透入，顿时激得屋里人身上一个哆嗦。

忽然，老人深陷的眼窝中双眼瞠视，那仿佛不甘心的嘴唇翕动着，好像要说些什么。

屋里顿时死一般的静寂，大家都屏住呼吸，小心翼翼地等着。

老人眼睛又合上了，许久无声。

顿时，众人哭声大作，齐声喊道："我们还有话要对中堂说，不能就这么走了！"

仿佛是弥留之际听到了呼喊，老人的眼睛又睁开了。

"俄国人说了，中堂走了以后，绝不与中国为难！还有，两宫不久就能抵京了！"身边众人道。

片刻，两颗浑浊的眼泪顺着老人的眼眶淌了下来。

周馥抢步上前，抚摸着恩师的胸口，大声哭着说"老夫子，可有什么心思放不下，公所经手未了之事，我辈可以办。请放心去吧。"

老人两目炯炯不瞑，张着口似乎想说什么。

周馥用手轻轻地抹下老人的眼皮，已气绝了。

这位中国近代史上争议最大的历史人物，而且也是一位影响了中国近半个世纪的晚清军政重臣李鸿章，晚年自嘲是个"裱糊匠"，只能修葺，不能改造，他带着无尽的遗憾，离开了人世，时年78 岁。

糟糕国运总要有一个人扛起来，不管是荣，还是悔，是誉，还是骂，反正有人要去扛。

消息传来，慈禧的眼泪当场就流了下来，感叹说："大局未定，倘有不测，再也没有人分担了。"

仅仅 7 年后，这位垂帘听政近半个世纪的圣母皇太后，也离开了人世。

大清朝历经风风雨雨 300 年的这间"破屋子"，在辛亥革命即将到来的隆隆炮声中，已经开始摇摇欲坠了。

民国枝头的几粒老枣

许 承

印象里，民国文人的秋天总有几株枣树。

"在我的后园，可以看见墙外有两株树，一株是枣树，还有一株也是枣树。"这是《秋夜》特立独行的开头语，鲁迅老辣，简单一句话，便一下子把读者的注意力引向了枣树。废名呢，先转悠两圈，然后到文章第三段才漫不经心地随口一说"我住的是后院，窗外两株枣树，一株颇大。"却也恬淡自然。虽然各自写的皆是两株枣树，语气不同，情愫各异。

废名的这款枣，任人品味的是超越阶级的人文关怀。他不喜欢邻近的那个女人时常带了孩子来打枣，开始是关起门来佯装眼不见心不烦，然而窗外枣树一天一天的失了精神，忍无可忍，还是想办法加以阻止。废名从小深受禅宗文化影响，在他眼里，风吹枣落才符合美学原理："清早开门，满地枣红，简直是意外的欢喜。"时代更替，俗人依旧。我住的小区没有枣树，多高大的李树，今年撞见几个不知哪里来的妇人结伴带孩子带砍刀带竹竿，像鬼子进村一般扫荡李树，恨不得天降一群马蜂驱散她们。结尾，废名的乡愁最终落到树顶稀疏几吊枣上，是啊，枣子落得差不多了，中秋也就到了。

郁达夫的文字一般较冷，《故都的秋》中，却以诗人般的激情特写枣树："北方的果树，到秋来，也是一种奇景。第一是枣子树，屋角，墙头，茅房边上，灶房门口，它都会一株株地长大起来。像橄榄又像鸽蛋似的这枣子颗儿，在小椭圆形的细叶中间，显出淡绿微黄的颜色的时候，正是秋的全盛时期；等枣树叶落，枣子红完，西北风就要起来了……"作者笔下，枣的色彩变化，宛若物理学上的光谱图。这段以枣树为代表的秋色描写，没有华丽的语言，可谓"一语天然万古新，豪华落尽见真淳"。动荡的年代，郁达夫的枣树挂满惆怅的家国情怀。斯人已去，秋色依然。

再读，再读，《枣》像清茶，《秋夜》好比中医里的药引子，《故都的秋》仿佛红枣桂圆滋补汤。

北平还有两棵写入文学史的枣树，在小杨家胡同八号院——老舍的出生地。老舍在未写完的自传体长篇小说《小人物自述》里记道："院里一共有三棵树：南屋外与北屋前是两株枣树，南墙根是一株杏树。两株枣树是非常值得称赞的……"舒乙在《老舍家的老枣树》一文中追记了枣树的命运。三棵树只剩下了南墙根的一棵老枣树，一直活得好好的，算下来，起码有一百二三十岁了，还在结红枣。可是这棵生于19世纪的老枣树到了21世纪，不知被谁齐根伐去！像老舍一样，一场悲剧。人祸面前，人与枣同样微不足道。社会的病，拿什么来医治？

秋夜长，长得仿佛没有标点符号。书柜里，鲁迅、废名、郁达夫那么安静。后世作家何以医俗，何以疗伤，何以正气……"哇，哇，哇……"忽然，谁家新生儿响亮的哭声为这宁静的秋夜写上最具元气的乐谱。

大 鼓 书

吴传银

在我的故乡皖东农村，过去流行着一种曲艺，混迹在集镇、乡村之间。表演时，一人、一鼓、一槌、一板。生、旦、净、末、丑一人承担，像是独角戏，装备简单，要求不高。表演者一手握槌，一手执板，边槌边打，边说边唱，以说为主，佐以清唱。舒缓时，轻敲慢擂，抑扬顿挫，如丝如缕，如泣如诉。激越处，大开大阖，电闪雷鸣，雷霆万钧，赛似珠玉落盘，银瓶乍破，雨打芭蕉，高亢激昂。这种和评书、琴书……相似而又不同，可有一比的艺术，在我的家乡被称为"大鼓书"。它给我这个生长在经济落后、文化贫瘠的农村的懵懂少年，开启明智，增长知识，健康成长，都带来许多意想不到的效果。

农村逢集日，在集镇一隅，相对僻静和空旷的去处，选一处干净平坦的地方，摆好家什，再带上一两个同行好友帮忙张罗（有时说累了同行可以替换），一切准备停当，开场鼓一敲，好这口的听众纷纷聚拢而来，有座就坐，无座席地。只听艺人一亮嗓，乱哄哄的现场顿时鸦雀无声，大伙儿瞪大眼睛瞅着精彩的表演，仔细地聆听优美的说唱，说书人拿捏得当，使听众深深地陷入故事情节之中，约莫半小时过后，说到关键处，听众正听得如醉如痴，欲罢不能时。突然，说书人把槌、板往鼓面上一放，起身离座来到听众面前，抱拳至胸，环绕着向听众致礼，口中朗言："各位父老乡亲，在家靠父母，出门靠朋友。有钱帮个钱场，无钱帮个人场，今天在座的都是我的衣食父母，小可这方有礼了。"话未停，张罗人就手捧托盘走向人群，耳边一片"叮叮当当"的落币声。大家都知道，这是"大鼓书"的规矩，一"关"子到了，不由分说，纷纷地向托盘投3分、5分的听资。偶尔有时遇到个别脸皮厚的兜里有钱不愿掏的想听"白"书的或者兜里确实没有钱抵挡不了听书诱惑掏不出钱来的人，说书人也不十分计较，只是憨憨的一笑就算过去了，几分钟后，下一"关"书就开场了。

在乡下，收秋过后，农闲无聊，无啥事可做，人活得郁闷，日子也过得清汤寡水的。急需加点佐料调剂调剂。队里几个好事的活跃分子不断地上门撺掇着生产队长，是请个戏班子来唱几天，还是请个"大鼓书"来说几晚上，让大家热闹热闹，岂不乐哉？几个人一合计，队里没有钱，还得大伙凑，还是简单省钱的好。请唱戏的，人多，花费大，负担不起。还是请个说"大鼓书"的，一个人，一张嘴，好安排，花费少，一样的消愁解闷划算。主意一定，第二天派一个和说书人熟络的且能说会道、精打细算的人伴着队长一起去找说书人说合，定时间（大约说多少晚上），扳说资（每晚多少钱，要钱还是要粮）。双方谈妥后，不几天，说书人背着全部的说书家当，住进了队里安排的相对干净、比较富裕的家庭（一般都是队长自家），搭伙睡觉，养精蓄锐。说书人一般都是白天打瞌睡，夜幕降临时开唱。连拖带拉，短则三五天，长则半个月，遇到下雨天，惯例也是可以打破的，白日也能唱一出两出的。这期间，走亲访友来听书的人很多，大家好不容易借听书凑到了一起，谈天说地，喝酒行令，热闹非凡，整个村庄都沉浸在欢乐幸福的海洋中。

说书人说的事大都在历史上影影绰绰沾着一点边儿的，但大多是野史，在正规的历史教科书上是读不到、看不见的。什么杨门女将啦，呼延庆打擂啦，罗通扫北啦，《三侠五义》啦，《岳飞传》啦……不一而足。寇准、包拯等大忠臣赤胆忠心，铁骨铮铮。岳飞、杨六郎等大英雄器宇轩昂、叱咤风云。穆桂英、樊梨花等女英豪飒爽英姿、巾帼不让须眉。孟良、焦赞、牛皋等福将丹心报主,九死一生,逢凶化吉,遇难成祥。至于像潘仁美、秦桧这些大奸大恶之人,陷害忠良,阴险毒辣,使人有得而诛之而后快、咬上几口才解恨的感觉。说的事有鼻子有眼的,像真实发生过的一样。说的人物栩栩如生,让听者犹如身临其境,深深地陷入故事情节中,跟着说书人的褒贬而褒贬,随着故事里人物的喜怒哀乐而喜怒哀乐。

小时候最喜欢的鼓书艺人是距家 45 华里黄集的黄结巴,黄结巴五短身材,肌瘦格拉的,个子矮,身上没有几两肉,脸上却长满了细白麻子,乍一看,貌不惊人,形象猥琐。说话还磕磕巴巴不利索,是标准的讲不利索的结巴嘴,人长得寒碜,胆子还小,见人就脸红,扭扭捏捏,羞羞答答的像个妇人,身上哪有一点儿能说会唱的说书人的影子?致使初次见面的人都会对他投来疑虑的目光,可就是这样奇了怪了。有些事不是你亲身经历你根本不会相信,但也不由你不信,这黄结巴只要一上书场坐定,鼓槌一擂,板儿一打,精神头就上来了,就像彻头彻尾换了个人似的,脸也不红了,话也不结巴了。说到温柔时,慢声细语,缠绵悱恻,语言伴着动作,惟妙惟肖。说到高亢处金戈铁马,铿锵有力,响彻云霄,脸上细白麻子涨得通红,和先前的黄结巴判若两人,哪还有半点结结巴巴的影子。就像一个气定神闲、指挥若定的大将军,满面红光,神采飞扬,活脱脱一个百分百的人才,吸引着无数大姑娘、小媳妇艳羡的目光。

顺便说一句,30 来岁的黄结巴先前可是个一人吃饱、全家不饿、无依无靠的寡汉条子(方言:没有媳妇的单身汉),形影孤单。正因为鼓书说得棒,被我二大妈的漂亮的老闺女三丫死死地相中了,二大妈嫌黄结巴人长得丑,家里一贫如洗,说话又结巴,坚决不同意。可三丫和黄结巴偷偷地瞒着二大妈海誓山盟,私订终身,不管二大妈怎样反对,三丫跟黄结巴在一个说完鼓书后的月黑风高之夜悄悄地私奔了,如今家道殷实,儿孙满堂,小日子过得有滋有味的。这么说来,鼓书成全了一双好姻缘,成就了一个好家庭。

大桥桃花

郭后婷

喜欢泥土与房舍，在桃花开处。

这个时节也许有点迟，但裁了绿叶的桃花更显风韵。

我们只管看，只管在犁沟的松土里走。两边都是，大片大片已成林。麦苗青得逼眼，菜花黄得透亮。"大桥桃花春水边"，这不，就到了水边。经年的苇子熟了，那一片老黄实在沧桑。水边的野草野花从不嫌弃，它们自顾自发芽开花儿，它们就是春天的主人。

他们谈着农事，到茅草里打滚；打狗雀儿惊觉而起，蜂蝶不邀而至。

用手机拍桃花，也好，桃花不怪罪，它们早过了轻浮的年月，它们在枝头说故事，不笑春风。

大队人马在田野里排了长队，是谁甩了柳鞭，以为牧人。

三两村夫、村妇闲闲，他们不急，开春的活还在酝酿中。他们骄傲地眼望我们，说，哪里都好啊！

荠菜成片地开了花，碎白荼蘼。

水边蛙鸣，耳畔春声。有人掘了青砖说秦汉，有人手把葱茏梦童年。

桃花还在开处开，不痴不醉，一野烂漫。

闲着中庭栀子花

洪文水

　　我家原先老屋的后面是一个很大的院，靠近后门的地方，是一块空地。一株椿树一株榆树，树冠相连，浓荫一片。树下一块方形的大石，当作石桌。旁边断砖和乱石砌成的花台里，种着一株栀子花。

　　那年夏天，晚饭后。母亲在花台边放了木盆，准备给 1 岁多的我洗澡。当她端水出来的时候，一下子惊住了：栀子花后面蹿出一个灰色暗影，正龇着獠牙。狼！母亲大叫，可根本没发出声音。幸好父亲出来看见，抄起一只小板凳打过来。狼一跃跳过院墙，父亲一跃翻过院墙。左邻右舍的人闻声赶来，追随父亲一路呐喊，直到狼遁入北山，无影无踪。这段传奇故事，一直为邻人所津津乐道。直到我有了孩子，他们还对小不点感慨：要是你爸被狼吃了，哪会有你啊！

　　这件事的结局是大家一致意见，要铲除这株栀子花。母亲对父亲说，赶快铲掉，我一看到心里就惊慌。父亲同意了，但没有铲了扔掉，而是把它移到了院子的东北角，还是用那些断砖乱石垒成花台。从此它瑟缩在那儿，仿佛面壁思过。也许是脱离了大树浓荫的遮蔽，也许是依然有父亲的关怀，这株被贬谪到僻角的栀子花，竟然和放逐到黄州的东坡先生一样在逆境中实现了生命的突围，越来越茂盛，越来越兴旺，开出的花朵又大又白又多，香气馥郁，隔着院墙就把人吸引来了，攀上墙头来摘。我每天最高兴的事就是由父亲把我抱上墙头，摘花分给每一位笑盈盈的人。母亲带上许多，分给一道下地的人，我们也带了许多，送给老师，送给同学。剩余的花摆在墙头，任人自取。

我10岁那年，栀子开花的时候，阴雨绵绵，母亲病重卧床。我们都没了摘花的心思，洁白的花朵在细雨中默默地流泪。来看望母亲的邻人，临走悄悄摘了一两朵，再没了往日晨会一样的热闹。母亲走了，栀子花还在。

父亲带着我们兄弟姐妹4人，仍坚持要我们读书。到农村实行"大包干"以后，我家才慢慢翻身。二哥上了军校，我师范毕业回乡当了教师。我们自己动手烧砖烧瓦建了新房，七正两厢，围成前院，成了一时的样板。父亲把栀子花移到了前院，砌了整齐的花台。前院阳光更充足，花朵开得越发好。那一阵子，许多人家盖了新房，都想在门前栽一棵栀子花，就希望从我家的栀子花根上分一根去。父亲总是有求必应，很快我家的栀子花瘦了一圈。

那是一个充满希望的年代，乡村的每天都有欢乐。然而，幸福的天空骤然布满阴云，父亲病倒了。农村人只有病倒了才叫生病，辗转看了几家大医院，都说不好，治来治去，丝毫未见效果。想想母亲的过早离世，看看日渐消瘦的父亲，我们的心头都压上一块沉重的石头。然而父亲好像不知道自己的病情，依然像往常一样生活，稍稍好一点就下地，下不了地就放放牛，放放鹅鸭，平静自如地和邻人说话。更多的时候一个人坐在廊檐下，静对着那丛乌油油的栀子花。

一个初冬的午后，阳光暖暖地照在院子里，父亲找出他心爱的瓜铲，小心翼翼地从栀子花根上分出一棵，在小院的西头垒了一个小小花台，栽种上去。我劝父亲不要劳累，一个院里没必要种两株，可父亲执着坚持，并且不许我插手。他不说话，做会儿，歇会儿，再做。看着父亲艰难的动作，佝偻的背影，想到医生无情的判断，我的泪默默地流下来。

第二年春天，新栽的栀子发出新芽新叶，尽管发得迟，长得瘦，可父亲看着满是喜欢。到了暑假，在部队工作的二哥要我送父亲到他那儿去，他的首长联系安排父亲到解放军 97 医院治疗。治疗的结果依然是毫无效果，我和二哥心里特难受。他的首长和战友劝慰我们，首长的父亲也是同样的病去世的，说得我们都抱头痛哭起来。

父亲依然像往常一样，仿佛他什么都不知道。我们陪他玩了几个地方，其实只是去坐坐看看。当我扶着父亲拖着沉重的脚步迈入自家院门的时候，父亲一眼就看到那株新栽的栀子竟然在这暑热未尽的时候开了第一朵花，一个炎热的暑假之后，干瘦的枝头一朵洁白的栀子花倔强地开着。对于这样一朵不合时令的花，是吉？是凶？我的心怦怦乱跳。父亲很高兴地指给我看，走到树跟前端详，对我说，这栀子花是你妈妈从你外婆家带过来的。我们成家时一无所有，住地主家庄房。土改之后，才盖了自己的 3 间草房，你妈妈好高兴，挖来了花根，我就栽在屋前。到你出世后，又翻盖成五间，屋基前移，花到了屋后。如今又到了前院。一棵栀子花就是一个门户，花旺家就旺。我不在了，你们要是分过，每家都要有一棵。我忍着泪，劝父亲不要多想，要他放心，我们不会分开。

秋风凉起，栀子叶落，父亲永远离开了我们。其后我也离开家到外地工作，辗转他乡。今年清明的时候，我回到家，村庄空荡荡的，一片寂静，青壮年都出门打工了。隔着院墙，栀子花绿色的枝叶伸出来，似攀墙凝望，似挥手呼唤。走进庭院，房子已旧，斑驳的石墙爬满绿苔，栀子树蓊蓊郁郁的，依着院墙，齐着屋檐。哥嫂对我说，再一段时间就要开了，开时，一树都白了。

杀 年 猪

冯根林

那一年，春节近了，一进腊月门，父母亲商量好，决定腊月二十杀年猪。

消息在村子里不胫而走，大人小孩都知道再过几天我家就要杀年猪了。不时有人到我家的猪圈考察猪的品相，免不得流着涎水几番夸奖。那猪仰着头认真地听着，一脸茫然。

此后几天，母亲发现我家那头大猪的饭量明显地减少了。腊月十八的傍晚，那猪绝食了，居然还泪流满面。母亲把情况向我的父亲报告了，父亲一声不响地去看它，看罢，父亲默默地在猪圈墙头站了很长时间。

尔后，我听到父母的对话。

"他爸，这猪我们不杀了吧？它通人性。看着好可怜。"

"全村老少都知道我们要杀年猪，都盼着打猪幌子（共享炒猪肝、烧血旺、吃红烧肉），解解馋。不杀了，他们肯定说我们小气。"父亲的烟头红了。

"这猪打小就听话，不劳神，给它什么就吃什么。也从不翻墙拱圈，还会到固定的地点方便……"母亲开始历数猪的优点。

那时候，我还小，放学也没有繁重的家庭作业，我的任务就是

28

打猪草攒猪食出猪粪。父亲母亲曾经承诺，猪卖了钱，就给我买个黄书包。那头小黑猪的确很乖，从不犯猪味，出猪相，一年粗食蔬菜没有影响它的膘肥体壮。它成了村里人见人爱、有口皆碑的小胖墩。

村里娃娃早就围着猪圈旁高大的槐树唱歌谣了：小猪小猪你莫怪，你是人间一道菜。今年送你走，明年你再来……

那时候农村生活极端艰辛，能吃一顿猪肉那是天大的口福。

过于热情的好事者已经主动去请了杀猪匠了。腊月二十的清晨，杀猪匠就穿着油亮的皮衣，挑来盛有屠刀、铁通条的箥箩和烫猪的木腰子盆。

匠人卸下担子，看我家的灶屋并没有大锅烧水。就大着嗓门嚷："还不趁早烧滚水，到什么时候能开饭？"

父亲掏出一支纸烟巴结地递给他，小声地说："不杀了。那猪两天没吃东西了。"

"这个季节不会瘟猪，猪不吃食没事。猪肉更干净。"

母亲补充解释："它通人性，听说杀它，流泪了。"

杀猪匠大步跨到猪圈旁，看那可怜兮兮的猪，那猪的目光里充满了忧伤与哀怨。

"老冯，你要不杀猪，我就赶下家去了。男人心软必讨饭……"屠户看我母亲在场，把后半句话硬咽下去了。然后，生气地挑起他的杀猪家什，睪着脖子头也不回地走了。

大槐树下已经站了一圈人，很失望地看着杀猪匠远去的身影。

人们议论起来："说好杀猪的，怎么又不杀了？"

"谁知道呢？可能怕村里人把猪肉都吃完了吧？"

"真抠门，不杀年猪就不要骗人嘛。"

"娃子还眼巴巴地指望今天能吃到油渣子。"

……

父亲自知理亏，低声下气地给男人们递烟。母亲给女人和孩子散发花生糖，家里用于过年的有限的花生糖散去了一多半。

一个端来小木碗的男伢子听明白我家不杀猪了，立刻倒地杀猪般号叫起来："我要吃猪肉，我就要吃大肥肉。"

在尖细的哭声里，大人小孩，呆呆地站立着，他们各自的肠胃在暗地里轰隆隆地抗议。

我鼓足勇气对他们说："不信，你们去看看。猪真的很可怜。"

人们将信将疑无精打采地走去看那蜷缩一团的猪。猪把头埋在枯黄的稻草里，黑色的身躯不住地颤抖着。心善的人证明看到了猪脸上有泪。

族长说："这是头通人性的猪。老冯没有说假话。就是你们这些好吃的东西，提前来视察，露馋虫流口水，把猪吓着了。这下好了，连猪毛也嚼不到了。"说完，他剪着双手，往家踱去。其他的人，也悻悻地依依不舍地慢慢散了。

无忧无虑的孩子，包括刚才哭天抹泪的那一位，又在槐树下兴高采烈地唱起来："大槐树三个杈，舅妈好吃打嘴巴。小肥猪你别怕，过年给你吃海虾……"

我的父母像做了很大的亏心事，点头哈腰地不住给退潮而返的乡亲赔不是："对不住啊，真是对不住啊。"

人潮退尽，我和母亲极力安慰那头听懂人话的聪明猪："不杀你了，你不是人间一道菜。""真的不杀你了。不骗你的。"然而，那头猪直到送灶王的腊月二十三，才肯开口吃食，吃一口抬头望望我们，当它看到我母亲慈祥的笑容时，才放心地把早已饿瘪的肚子踏实地填饱。

春节拜年时，互相走动的乡亲还不忘去看看那头懂事的猪，他们咽下口水，绝口不再谈屠杀的话题。猪圈的栅栏上飘着红红的"福"字。那猪似乎很感激地望着人们，周围鞭炮四起，猪的心很安定。

村里老学究来给父亲回拜时，也去探望了那头猪。他对我父亲说："老冯，你家养的这头猪不杀也不卖，你不会把它供起来吧。"父亲苦笑着说："古人说，伪善也沾着善字，我不忍心杀它，终要卖掉它。它将来是怎样的结局，就看它自己的造化了。"

春节过后，天气渐渐暖和起来。有一天，父亲给大猪认真地洗了澡，牵着它去了公社的食品站。那时候，猪的品相是要评级的，我家那头猪被评为极少有的特级。听父亲说，称重的时候，猪也没有惊叫，只是看父亲的眼神有许多留恋。

从那年以后，我家再也没有杀过年猪。

村里任何人家杀年猪，无论乡亲怎么邀请，我们全家谁也不去。

苦吟者

张 高

20世纪80—90年代，我在山区的邮电局做营业员，除了每个月几天的工休假，早8点上班，下午5点关门下班，没有什么变化。

那时邮电还没有分营，储蓄业务刚刚开办，两个营业员对班，也就是我和老林。

和别的地方大致一样，营业间是这样的。一进门，迎面是一条长长的木制柜台，顾客在这里寄包裹、取包裹、汇款、取款、寄信件、订阅报纸杂志、存款取款、挂长途电话、发电报。木头柜台西边是两节玻璃柜台，与木柜台形成曲尺形。一节玻璃柜里展示集邮册、纪念邮票、特种邮票、镊子、放大镜之类。另一节柜台里是零售的杂志，有《大众电影》《大众电视》《美化生活》《八小时以外》《十月》《收获》《清明》，等等。

木制柜台东侧，是两个逼仄的小房间，房间一平米见方，叫隔音间，这里面只安放一部电话机，供挂长途的人接听电话之用。隔音间一侧的空处，摆放着一张宽大的木桌和两条靠背长椅，木桌和椅子主要供顾客填写单式、打包之用，被漆成墨绿的颜色。

那年秋凉的时候，这里来了一位老者，估摸他快70岁了。穿着圆口的单布鞋，都有些掉色的浅灰涤卡的褂子和裤子，领口稍微发毛的白衬衫，风纪扣紧紧地扣着，几乎整天都扣着。

为什么说整天呢？难道他来这里办一笔什么业务需要一整天吗？岂止一天，他根本没有办理什么业务。每天早晨，他会背着那只带拉链的上海牌黑色人造革背包，从里面取出一小瓶九成牌墨汁、一支小楷毛笔、一本 16 开的记事本和一个水杯，好像准备记点什么，或者写点什么。

经常有一些不太识字的顾客，或者眼神、视力不好的，需要填写包裹单、汇款单，正好找人代劳。他也不推辞，也有需要写个电报稿，甚至写封信件的，他也乐于帮忙。末了，有人只是道声谢谢，也有人掏出几毛钱作为酬谢，他也不会拒绝。庙里的师父、师太额外给的供果、糕点，他更是乐于塞进自己的背包里。

原来是个代写书信的老头，不去管他，随他去吧。他不但不会给我们带来什么麻烦，遇到一些不识字的顾客，还省掉我们许多事呢。

更多的时候，他一个人坐在那里，用毛笔尖稍稍蘸一点墨，在记事本上写什么。他边写边想，边想边写，神神叨叨的。有时候，他会眯起那双有一点昏花的眼睛，一动不动地捏着那支小楷，静静地发呆。蓦地，他会张开嘴，不出声地念叨。简直是个"神经"，可能大脑有些问题吧。

可不是嘛。看他，有时候小楷笔尖开叉了，他不是在墨水瓶的瓶口舔毛笔，而是看都不看，直接用嘴抿一下笔尖，这下好了，嘴唇都沾上了黑色的墨汁，他简直都没有察觉。往往好半天，从恍惚的状态中回过神来，他才知道从上衣口袋里摸出蓝格子的手帕，慢吞吞地擦拭嘴上的墨汁。

这引发了我们极大的好奇，什么东西让他这样入神？老林和我若无其事地凑过去，他也不遮不掩，记事本上是一段段的诗句。和我们过去一直看到的不同，这诗句不是一行一行规则排列的，是一段一段的。那时候我们觉得很新奇。再细看内容，是他来山后的所见所闻和所感，近于诗歌化的日记。

过去，我一直以为诗歌是写出来的。这一下子，才知道是吟咏出来的，也才知道吟、咏的真实含义。

也不知道哪一天，他好像走了。我们不晓得他姓甚名谁，更不晓得他家住何方。

年后，春暖乍寒的一天，老林说那老头又来了。

一打听，才晓得他老人家姓陶，家在江北的枞阳，来山后在一个寺庙借宿。平常的日子，他还是给人写电报、写书信，继续他的吟咏。唯一的变化，是咳嗽咳得厉害。有时候咳得直不起腰，脸涨得紫红，叫人看了怪难受的。

那天傍晚，我到医院开了点感冒药、止咳药，和老林一道去庙里看望陶老。他住的是寺庙客寮的大通铺，也就是十几个人住一个大房间，木制的地板，木制的天花，木制的壁板，床当然也是木头的。远远地看见我们，他赶紧套上圆口布鞋跑过来，一口的枞阳话也不知道他说的是什么，边说边拉着我们的手，客气地喊我们坐。也没其他什么地方可坐，只有在床沿坐下。

原来，他家只有两个人，他和他的老伴。他哆哆嗦嗦地从黑背包的夹层里抽出一张已经泛黄的黑白照片。照片是他和老伴的合影，40多年前拍的，两人肩挨着肩，嘴角都挂着浅浅的笑，那正是风华正茂的年龄，一个帅气，一个靓丽。他告诉我们，那时候他在国民党政府的地方机构做文职人员。1949年，国民党政府垮台，他们这些低级别的人员，没有去台湾的资格。肩不能扛，手不能提，又因为在伪政府任过职，没有单位敢要他们。

他没有继续多说，也没有什么埋怨，只是不断地感谢我们，还记得他这个老头子，还给他买药。几十年的风风雨雨洗刷了许多东西，洗得他心平如镜。旧政府的腐败埋葬了他们自己，也断送了多少青年才俊，甚至让他们衣食无着，老无所依。

唯一留给他的，是苦吟。

馋 茶

潘显春

今年茶季偏迟，快到清明节了，"茶还在睡觉。"这是电话那头母亲的原话，轻轻的，柔柔的，幽幽的，情绪有点低落。熟悉的语气，很像我年少赖床每天早晨母亲的呼唤。如今，茶是她另一个儿子，却无法唤醒，抑或不想唤醒。

家乡霍山产茶历史悠久，霍山黄芽历代都被列为贡茶，集万千殊荣！母亲偏爱得有理。更何况，我谋生在外，山高路遥，虽有孝心，难施孝行。茶在母亲身边，朝夕相处，低眉顺眼，细致熨帖，出手也比我大方，母亲的柴米油盐人情债，这几年一直都归他。

苏轼才子风流，于是"从来佳茗似佳人"，我是市井草根，如今黄芽成兄弟。昨夜手捧一杯黄芽，读曹丕信札，男人之间的友谊也能如此缠绵，又非断袖之好。不禁莞尔。

前几年，爱写点心情文字，娱己娱人，光是写茶的文章就发表过七八篇，差点成霍山黄芽的形象大使了。后来越写越差，文气扭曲，方家说深幽孤峭，朋友说岑寂晦涩，步了竟陵派的后尘。索性封笔，文章有自己的宿命。诸事索然，迷上喝茶了。喝的最多的，便是家乡产的霍山黄芽，多出自母亲之手。

"寿春之山有黄芽焉，可煮而饮，久服得仙。"刚刚作别钟惺、陈继儒，又着了司马迁的道。好在只馋未痴，尚可救药。馋者，就是嗅到茶香，舌底生津，百骸舒畅。三杯两盏入喉，已是宠辱不惊，物我两忘。鲁迅先生说：有好茶喝，会喝好茶，是一种"清福"。我天天享清福！

前段时间，忽然喜欢上元好问的文字，奇崛，而绝雕琢，巧缛，而不绮丽。尤喜这一句"牙牙娇语总堪夸，学念新诗似小茶。"通俗易懂，清新怡人，还像是黄芽一词的出处。茶是山野之物，山野之物入诗文，便脱俗。所以刘姥姥进大观园，人皆笑其粗俗。黄芽茶入栊翠庵，不但不俗，身价还不菲。"却喜侍儿知试茗，扫将新雪及时烹。"怡红公子说：赶紧！

明朝万历年间（1572—1620年），霍山县令王毗翁《黄芽焙茗诗》云："露蕊纤纤才吐碧，即防叶老采须忙。家家篝火山窗下，每到春来一县香。"以前恶其平庸，谓之最俗咏茶诗句。今日一读，忽有所悟，人家王县长写的是本月工作小结。不俗了吧？与茶有关就不俗。

霍山黄芽属黄茶类，介于绿茶与红茶之间。如果说绿茶是两小无猜、青梅竹马的初识；那红茶则是蓦然回首、灯火阑珊的邂逅。黄芽呢，没这么香艳，至多算是相濡以沫、举案齐眉的家常。春夏宜绿茶，秋冬宜红茶，黄茶四季咸宜，就是个家常，身家平常，身价也平常，是我等平头百姓的福分。

居家喝茶，我通常用一只透明的玻璃杯。一小撮黄芽铺满杯底，注入浅浅一层细水，收紧的茶叶在瞬间展开，苏醒，仿佛一次再生，倏尔一股股淡淡的幽香弥散四周。此时，最合颔首低眉，屏气凝神，要专注，香气若游丝，捕捉不易。若是想贪婪地大吸一口，会更失望。敢情茶香非俗气，容不得半点粗野。

小呷一口，茶汤轻触舌尖，有微微的苦，有淡淡的甜。你若觉着苦，越苦，你若觉着甜，更甜。茶性本苦，但茶性亦甜，这是茶的神奇之处，人茶对话，也有心灵感应。

黄芽的汤色黄绿清澈，叶底嫩黄明亮，能养眼，养心，养闲气。举起茶杯，轻轻晃动，草木葳蕤，碧波荡漾。有满目春山，有红尘往事。刹那间，流水不是今日，茶汤才是；明月不是前身，茶香才是。今夕何夕，不重要了；乡关何处，不重要了；人生几何，不重要了。黄芽是我兄弟，一同走出大山，他入凡尘，我行江湖。我们同气连枝，根还留在山里。

朋友告诉我，喝黄芽茶还是用白瓷盏最好，清白之身，明亮在怀，能喝出日常生活的庄重与从容。似乎有理，哪天试试。

我还有一个不懂茶的朋友用保温杯泡黄芽，暴殄天物，简直就是一种罪过。

要用心待茶！

这也是我母亲的话。老人家虽目不识丁，却知道"茶"字的写法：草在上，木在下，人在中间。人靠草木滋润，草木得人养护，是茶的根本。少了草木，茶字就少了天地，无天无地，不但茶字写不成，人也活不成。少了人，草木就少了灵气，草是草，木是木，成不了茶。岂止精辟，直接经典了！

窗外，春阳淑惠。手中这杯黄芽已经三泡，兀自清香盈鼻。打电话回老家，没人接。妻说：莫急！或许，母亲已经上山采茶了！

阳光照进北窗

范向东

　　一间北屋，终于成了我一生的书房。2017 年初冬的周日，我坐在桌前，沐浴着阳光。

　　我沐浴着阳光，太阳从北面楼层的玻璃上反射下来，好像它特意拐个弯过来看我，来看我的书房。之前的岁月我们总是玩着捉迷藏，今天它开心地找到了我的藏所。

　　那时我没有书房。30 多年前，大学毕业的我跨进了市直机关。二楼办公，一楼住宿。小楼进门是司机值班室，两张桌子一张床，上班是两位师傅的候场，下班就转成我的营地。床上更换了新的铺盖，早晨齐整整地摆在床头，白天皱巴巴地压成靠背，房间里弥漫着烟草和汽油的味道。8 小时外，我坚守二楼读书，退守一楼睡觉。我像鸟儿一般依恋着小巢，上下腾挪，寻觅歌唱，欢快地完成了现代经济管理、经济新闻两个专业的函授学习，撰就了 5 万字的公文写作讲稿。那些日子，与我最亲近的不是明晃晃的太阳，而是办公桌上的月色。

　　两年后，似鸟儿迁徙，重筑新家，搬进了一间平房宿舍。3 人合住，穿过我的小间是另外两人的半间。虽然没有厕所，没有厨房，但有了专用的书桌和木床。加班写材料，就提前备壶水，趴在桌上熬通宵。假日周末，最是享受，捧书续茶，接纳着阳光。鸟儿叽喳在枝头，胆大的落上窗台，又倏地飞走。人们经过窗口，好奇地折回身探了探头。压不住隐隐涌动的求知欲望，提回一捆书，我拳打脚踢地开始了成人自学考试法学专业的学习。日月交辉，依旧映照着不知疲惫的儿郎。只是窗外这条巷道太过熙攘，离屋的时候桌上不敢留物，纸、笔、书、杯都要挪到桌下，缺少了随意摊放的舒展，好似拳师没放开手脚。两年里，室内人来，室外人往，窗户开开合合，书本上上下下，所以这还算不得书房。

到学长家拜访，看到一排书柜赫然竖着，层层图书坦然立着，像是主人的灵魂在接受着景仰，像是人生的目标可告一段落。

可是我没有书房。离开小屋，便又投入婚后借居的奔波中。亲戚的、朋友的、单位的闲间都被用过，找房、搬家成了常态，只求装运中少丢书册，哪还奢望着再添书斋。在那蜷曲狭长的日子里，梳妆台、木板床、拐角几都成了我的书案，只有那上面熠熠闪烁，散发着擦拭不去的幽香。

终于安定了。然而我还是没有书房，我还要等着孩子长大，长到羽毛丰满高飞离家。书，成了我的随身。阳台、客厅、办公室、旅馆，只要有光，就能开卷。我像一个都市浪人，行吟于街巷，显隐于丛楼，浏览着繁华，又浏览完了城市经济研究生班的全部课程。

就这样跨入了不惑之年。那些看似实用的新册慢慢放下了，许多曾经闲置的旧本开始读上了。岗位经历了一个又一个，年寿压实了一圈又一圈，书里书外的生活相互映衬，高低起伏的人物今来古往，便已读懂了世间的至理都围绕着生命，更加读出了生命的意义正紧贴着今天。于是，脱离了无房求房的困扰，悠然把握着寻书读书的晨昏，随心删选着累累缠裹的行囊。

似无意间拥有了独立的书房，也就没有了期盼的大喜，更没做当下的叹息，好像它一直有着，不曾离身。它早已成了我的风雨遮盖，我得以推开这扇人生门窗。轻吟，聆听到深远的天籁，便有了充耳不闻；放眼，眺越过纷纭的烟华，才总是熟视无睹。在众人咏咻登高也哇哇跌下、或者谦谦到来又昂昂而去的时候，我跨进了知天命的现在，分明感到前程递开，生命浓重。每一刻都不慌不忙，每一事都不争不抢，每一念都不贪不痴。有千册书入腹，已没有他念来把我搬动，也没有杂物能把我阻拦。原来天高地阔，都在千山万水地漫漫归还。向死悦生的途中，我似乎可以从容前往阴晴圆缺的每一个地方。

早餐时，我端坐桌前，安然默祷。

日月交替兮，万物生长。

和合不息兮，雨露阳光。

感赐食酿兮，佑我茁壮。

一天中，我不睁怒目，常含笑容，遵行着自己的人生指南——至简至善，归于净静。

有朋友前来，不图痛饮，只为清谈。若闲时远足，不进闹市，只处清幽。需帮衬的帮衬，该撇开的撇开，在自醒自足中自由往来。看似举止随意，实则心愿鲜明。

沏茶，诵读，一束天光笼罩着白头。有文字把我批点、填充、牵引，始终不舍不弃。这间 10 余平米的小屋，书柜满墙，书声满房。一册册都有来头，它来自四面八方不同的主张；一声声都有去处，能全部抵达心仪的某座高岗。尘世里耸起天堂，夭夭兮由书包围，筛滤喧嚣；冥冥中任我吐纳，啜英咀华。就这么一间房，一个人，虽然暖阳只在冬日，在冬日正午前后两个小时的回眸，便足以使它金碧辉煌，使我通体明亮。这时，我似乎不在静坐，已在遨游，正在成长。

年复一年，春去冬来。不请之中，阳光照进了北窗，有人步入了书房。书房主人看看天，看看地，看到了大千，看到了自己。

虐 鸟

孙 慧

老李刚退休，整天无所事事。

由于住在顶楼，屋里很清净。

印象中，窗外，有几只鸟的身影在远处的屋檐上跳动。

他坐到沙发上，捡起退休前买的书翻阅。正当他沉浸在书页的世界，突然，一阵喧闹声，把他从书的世界里拉了出来。他抬头一看，是两只麻雀，它们嬉戏打闹，结果纷纷掉落到他家的阳台上。那两只鸟发现自己误入人家，迅速反应过来，它们起身就飞，一只顺着防盗窗的缝隙飞了出去，另一只往反方向飞进了他家的客厅。偌大的客厅，对于那双习惯了蓝天白云的翅膀来说只是个牢笼。小鸟东撞西撞，一会儿撞在天花板上，一会儿撞在电视上，撞击发出咚咚声。好不容易看到一个透亮的洞，结果又撞到了透明的玻璃上。

老李跑过去，迅速关闭了所有的门窗，他想来个瓮中捉鳖。

小鸟见此状，两只眼睛瞪得老圆，露出了惊恐的神情。它东飞西飞终究飞不过老李的"魔掌"。它折腾了好长一会儿，终于在卧室飘窗的角落里落下来。那小鸟喘着粗气，眼睛瞪得更大了。

老李走近它，不费吹灰之力就抓住了它。

这只麻雀的喙部还有没有褪去的黄圈。几十年的生活经验告诉老李,这是一只刚出飞的雏鸟。每年的春末夏初,刚出飞的雏鸟由于稚嫩,被人抓到是常有的事情。他捏住鸟的嘴,又掐住它的翅膀,他像把玩玩具一样把玩着这只会飞上天的鸟。

手握着这大自然造就的精灵。他突然有了囚禁它的欲望。虽然他明白这是一种犯罪的施虐心理。但这种心理能让这个几十岁人的寂寥的心得到丝丝的快感。他翻遍了几个房间,在储物间的角落里,找了只鞋盒,把小鸟放到了鞋盒子里。

回到沙发上,老李继续看书。看了好一会儿,他想小鸟会不会因囚禁而死去。老李忍不住走过去,掀开鞋盒往里看,只见那小鸟蜷缩在鞋盒的黑暗里,安安静静的,一动不动,大约它认为是过黑夜了吧!

过了一会儿,鞋盒里传来一阵咚咚的声音,老李明白是鞋盒里的那只小鸟在捣鬼。老李走近鞋盒,偷偷地把鞋盒掀出一个缝,怕它飞出去,所以缝隙开得很小。那小鸟在一片灰暗之中,歪着头看他,那双炯炯有神的眼睛异常的亮。

突然,小鸟嗖地一下朝他的眼睛方向飞来。老李立刻盖住了鞋盒,接下来又是一阵咚咚的撞击声。小鸟飞不出去是不会罢休的。那种碰壁的咚咚声让他无法安心看书。他终究被小鸟这种折腾的精神给折服了。

他打开了鞋盒,小鸟张开翅膀,翻了个跟头,消失在蓝天白云下。

小鸟飞走了,老李看到那个囚禁过它的鞋盒,突然有种怅然若失的感觉。时钟敲了十二下,是那只被囚禁的鸟伴随他度过了这个周日。他站在阳台上,隔着防盗窗,看着外面的天,心想:年轻真好啊!也能像鸟一样冲出牢笼展翅飞翔……

大红棉袄

陆　媛

秋天和秋雨带着一身的寒气，迈着缓慢的步子踏入了临冬的门槛里。

当我打开橱柜想为自己和孩子添件秋衣时，看着五颜六色的各色衣服，觉得整个春天的温馨和夏天的火热仿佛都锁在了我的柜橱里。在这些衣服里面，有一件大红的棉袄最抢眼，而我也唯独钟情这件似乎不合时宜的大红棉袄。这是一件立领、对襟，布纽扣的比较传统的红棉袄，尽管它的款式与现在的衣服一点儿也不协调；似乎与我现在所穿的衣服已经是格格不入了。但是，每次我清理过时衣物时，不但没有把它清理出去的思想，反而每到盛夏季节我都会拿到阳光下暴晒几回，以便日久收藏。我把它当作心中一宝，总会把它摆放在橱柜里尤为尊贵的地方。

"忆往昔峥嵘岁月"。我由一位纯情的姑娘转做人母的那一年，孩子出生时间正是寒冬腊月天。由于当年生活艰难，家里没有热暖气、空调器，而满屋子都是逼人的寒气。为保证我坐月子时候的温暖，就靠多穿几个毛线衣外加羽绒衫，把自己包裹成一个大笨熊的样子。

宝宝每天要喂多次母乳。每次给孩子喂奶的时候，我都要像剥

43

皮的大葱一样，一层层脱去外衣。屋子里的寒气也就不客气地灌进了我的胸怀里。儿子一顿饱饭吃下来，我的浑身也就凉了一半。我的婆婆，一位慈祥的老人，她看在眼里，疼在心头，也急在心里，因家贫底薄，想为我做件袄子的钱都很难拿出。又怕我坐月子身体受凉，以后带来腰背酸痛病。一天，婆婆不顾自己年老体弱，背着我和家人，跑去工地帮人清理拆迁的砖块，一整天，挣来 40 来块钱。第二天，她又顶着凛冽的寒风，冒着雨夹雪的天气，步行十几里路跑到镇上，为我扯来了一块大红绸缎布，又在集市上买来了新棉花。在回来的路上，由于路面结冰，婆婆不慎摔倒，双手都被冰块划破，鲜血直流。我的婆婆为了省钱，为了尽快赶到家给我做棉袄，她对自己手上的伤口，没当回事，只是抓起路旁边一把雪花，压在受伤的地方用冷冻的方式止了血。回到家，我见此就劝她去诊所包扎一下，她拒绝了。她只是挤出少许芳草牙膏揉在伤口上，就等于做简单包扎处理了。

"聪明的婆婆疼媳妇，愚蠢的婆婆疼女儿。"这句话就是我婆婆的口头禅。我婆婆有儿没女，其实她是把我当闺女看待的。她带着伤痛的手，立即为我裁剪做棉袄。

婆婆的针线活始终做得很好的。她一会儿工夫就把我的棉袄裁剪完成，接着就把买来的新棉花铺在上面，又找来木板水泥砖块压住。

第二天，一大早，婆婆戴着老花眼镜，用她那受伤的双手，先穿针引线，再把那个套被针拿在头毛里揉揉擦擦，是用自己的头油给大针润滑。紧接着，她就一针一线为我做起了红棉袄。

婆婆一针一线，用了整整一天的工夫，把我的红棉袄缝制完成了。我把它穿在身上，感到十分的温暖。羔羊知道跪乳，乌鸦还能反哺；百善孝为先。我作为媳妇，暗自思量，我往后一定要孝顺公婆。我在心里祈祷我家两位老人都能健康长寿。

可是，新棉袄虽然暖和，穿在身上，比笨熊还笨熊了。由于是对襟子，仅仅就是奶孩子方便一些。我虽然生孩子，坐月子，但是，爱美之心还是不减。"光棍不穿棉,穿棉惹人嫌。"婆婆煞费苦心为我做的大红棉袄,我仅穿半天,就脱下它挂进衣橱里,让它寿终正寝了。

一天,婆婆见我奶孩子又是扒下一堆衣服,又冻得瑟瑟发抖,就语重心长地说:"孩子啊,不是我说你,给你做的那个棉袄你不穿,这样挨冻值得吗?古人说'穿靠棉,吃靠田'呀!穿这个棉衣你人虽然笨拙了些。但是,保暖啊。你不穿它,也许是嫌我的手工活不好吧,衣服缝制的可能也不合身。月子里的人,一旦着了凉,后半生是没有好身体的。如果你要不是嫌弃我缝制得不好,我还是希望你穿上吧。这新棉花套的棉袄,不比你的羽绒服差。"

婆婆的虔诚打动了我。我知道"孩子不听老人言,吃亏在眼前"的道理。当时,我就脱去了羽绒服再次换上了大红的棉袄。心理的抵触作用没有了,我穿着它,一点点都不觉得笨拙。我生了两个孩子,在两个月子里,我都是穿着婆婆给做的大红棉袄走过来的。或许是大红衣服预示着平安又喜庆的原因,我坐月子的时间里,我和我的孩子都十分健康快乐。

那件大红棉袄伴随着我度过十几个春秋了。如今它挂在我衣橱里不仅是衣柜里的独特风景,更是婆婆给我火一般温暖的存在。

理 发 店

王大为

下楼，到我们单位对面的小理发店和师傅小韦说，我想烫个头。小韦师傅正给人理发，他抬头看我一眼，说，中午来吧。在单位吃过饭，我又去了。

我上班的地方，是个开放的居民区。我们那栋三层小楼，周围有中学、幼儿园、居民楼、小食街、社居委，有人气。单位对面的一楼人家把院子都加了顶，变成了小门面，卖服装，卖菜，卖水果，开理发店。早晚还有流动小摊卖土鸡蛋、煎饼、关东水煮、包饭团……五花八门的。这条路不过50米长，几步宽，整天热闹闹的。

小韦师傅家除了理发，还有个小超市，店对面——也就是我们楼下，他们还承包了一个简易房卖彩票。放学时段卖煎烤肠、煎肉饼、煎豆腐，夏天卖冷饮，门口还有个托盘，上面覆着塑料薄膜，卖原味面包。他家还是快递收发点。小两口简直比蜜蜂还勤劳。

小韦师傅的理发店房子是租的，这原是个三室一厅的住宅，不大，统共也不过80平方米，每室都小，夹在中间的厅更小。向南两间，一间做了理发室。室内，一面墙的玻璃镜子，两张理发椅；一间连着外面的院子做成了小超市，卖文具，零食，饮料，啤酒，一角堆着快递包裹。

学生放学时间，是小韦师傅家最忙的时候。小韦师傅的理发店位于这条小路的东入口，再往东，是个十字路口，东南角的位置就是一所中学，学生们上学放学都似涨潮，总有一股潮水是要涌入小韦师傅家的。学生们来买饮料、零食、文具，呼呼啦啦的。

小韦 30 多点，长得挺帅，但因为有强直性脊柱炎，背驼得厉害。我们单位的人多在他家理发，下楼就到，方便，价格也公道，没有发廊里充卡打折忽悠人的那一套。私下里我们都不称他家店名，顺嘴叫成驼子家，倒没有歧视的意思。

小韦老婆圆圆脸，白皮肤，长得很小巧。她话很少，文文静静的，总是很淡然的样子。

他们的大女儿上一年级，二宝 1 岁多一点，也是个女儿。

我去的时候，小韦师傅一家才忙空下来，正在小厅里吃午饭。我是他家老客户，二宝出生后，我常提着相机给二宝拍照。所以去他家熟门熟路，很随意。他们吃饭，我在一边逗二宝玩。二宝坐在小餐椅上，外婆给她喂饭，我拍拍手说抱你去玩啊，一边假装着就要去抱她。她认真地摇着头，细声细气地说：不要。二宝小嘴吧嗒吧嗒的，吃得挺好。倒是老大，玩着遛遛车，转一圈，过来，她爸喂她一口，又转一圈，过来，她爸喂她一口……

外间理发室又有人来等着理发了，又有孩子拿了两包什么糖进来交钱，又有人喊，买彩票哦……小韦师傅丢下饭碗，又接着忙。他老婆边吃边说她大女儿：不要跑了，快吃，饭都凉了！可小孩子我行我素，照样在那儿转来转去的。

小韦师傅给我上了发卷。他老婆急得提着碗就给大女儿塞饭。那孩子还是转个不停，她妈终于不耐烦，敲了老大头。看到老大哭，小韦师傅不高兴了，他责备老婆，对孩子一点耐心都没有，好的时候又亲又抱的，说打就打，小孩子哪能跟你亲？

有爸爸护着，老大更是号啕不止。

饭是喂不下去了。她妈放下碗，围上围裙开始给一个小伙子理发。

以前那种四平八稳的平头已经不时兴了，现在年轻人流行把脑袋四周的头发都推掉，顶上留个"盖子"。有的"盖子"还要烫卷，还要染色，还要扎成个小刷子。两边推掉的地方，还要勾个"闪电"。

　　小韦老婆认真地用推子给小伙子推头，这边推推，那边推推。再看看镜子。我的发卷已经上了药水，用毛巾包着头。我顶着个"阿凡提"头没事就看墙上贴的大宝的画作，有机器人，有猫头鹰，有大螃蟹，画得都活灵活现的，挺有神。

　　小韦师傅已经在给另一个人忙了。他一边干活，一边又开始责备她老婆："你这边推，那边推，是要把他推成光头吗？也不知道看镜子，就知道两边直转。来的客人就要把他留下来，我就有这自信，像你这样哪行？"

　　今天这小韦师傅怎么了？平时他再忙都是笑眯眯的，一副好脾气。小韦师傅的店虽不大，但客人不少，来客基本都要往后预约个时间。从早上 9 点开门到晚上 9 点关门，小韦几乎没得歇。他一边理发，一边还要兼顾着其他事。——隔壁小店没人看，只是装了个监控摄像头，有人进（大多是学生），自己拿了东西出来，问他多少钱，然后把钱放在台子上，或塞他牛仔裤的后面口袋里。大人呢，多刷微信，客人还没转身，就听他手机"叮"的一声。拿快递也一样，自己拿了，在他眼底"晃"一下。总之他是照忙不歇手的。外面煎火腿肠、卖彩票多是他老婆张罗，但有时她忙家务、弄孩子，他就要驼个背跑来跑去地兼顾着。

　　小韦师傅老家就在肥东，离城并不远。不过他说，他一年到头回不了两趟家。每晚关了店门，他还要在店里收拾，忙到很晚，天天不得歇。母亲已经去世了，60 多岁的父亲一个人照顾着 90 多岁偏瘫在床上的奶奶，"他想来看我也一样脱不开身，我只能经常打打电话。"

　　此时，小韦终于忍不住，他放下自己的活，拿过老婆手里的理发工具，一边修着那个小伙子的头发，一边数落老婆："你看，你看，这不平。你这样一次两次，客人就不来了。"他老婆偶尔替自己辩解两句，轻声细气的。他老婆脾气真不错。

　　那大女儿哭过之后，转眼又快乐起来，自己伏在隔壁小超市的小几子上"波波末佛"地念着，但她不时地跑到爸爸这边，扶着门框，娇娇地冲她爸爸喊：粑粑！她爸边忙边夸张地开心地应着女儿：哎～！

　　一店的人都笑了。

我的思维殿堂

祁　麟

　　前几年，一部由 BBC 出品、名为《神探夏洛克》的电视剧突然间在全世界受到了狂热的追捧。剧中出现的各种形形色色的高智商犯罪分子都被塑造得相当成功，其中在第 10 集登场的犯罪分子"马格努森"给人的印象尤为深刻。马格努森是一位诡谲的敲诈犯，他掌握了英国乃至西欧各国政要的丑闻和秘密并进行敲诈，他犯罪的手段隐秘且高深，以致敢于肆无忌惮地邀请神探到家中一窥他所掌握的信息。而当神探满怀期待地看着马格努森打开密室的大门，本以为看到的会是一排摆满了尘封档案的古朴书架，抑或是一个装满了不可告人秘密的保险箱的时候，出现在神探面前的竟是一张再普通不过的廉价椅子。当神探难得一见地露出困惑不解的表情之时，马格努森无不得意地一屁股坐在了椅子上，告诉神探，储存这些秘密的场所其实是自己的脑子，准确地说，是自己脑子里的思维殿堂。在那里，一切秘密都得到最隐秘、最安全的保护。此刻，神探才终于恍然大悟，而同样恍然的，是窝在电脑前一边瞅着荧屏，一边心神不宁地啃着苏打饼干的我——

　　原来，人的大脑里还真的可能存在着一种东西，叫思维殿堂。

　　就算是我这种侥幸从中文系混毕业的半吊子，也会偶尔在上课

49

看畅销小说的间隙猛然抬头瞥一眼教授在黑板上留下的"史景迁"3个潦草大字。没错，史景迁，好像这个热爱研究中国文化的美国老头确实写过一本关于思维殿堂的书籍，至于我为什么会知道这一点，可能也是我在上课看畅销小说的间隙猛然竖起耳朵听见的。我立刻打开网页进行搜索，两小时之后，我不但确认了史景迁的确写过这本书，而且还拜读了其中的一部分，更离谱的是我还借此了解到一堆其他的东西，比如美国传奇记忆大师乔舒亚的记忆法，布拉德的超忆症，等等。虽然这次莫名其妙产生的网络大探索并未得到任何实质性的依据和理论可供佐证我的设想，但浸淫在各种关于人类思维的轶事中足足两个小时之后，我还是确认了，而且是斩钉截铁地确认了——没错，我的大脑里，的确也有一座思维殿堂。

那是某个因错过了班车而不得不步行 7.5 千米马路返校的狼狈夜晚，此时正值早春，附近既无车辆通行亦无蛙声虫鸣。为了排遣在一片死寂中行走的苦闷，我主动进入了思维殿堂，取出几本科学怪谈开始涂鸦。据说这个世界至少有 11 个维度，或者更多，但这毕竟只是无端猜测，因为作为三维生物，人是看不到更高层面的维度的，因此对高维度所发生的一切都一无所知。就拿小草来说，小草是一维生物，因为它的成长方式只有在单一维度上的延伸，也就是"线"。与之相比，蚂蚁就高级得多，它的世界是一个"面"。但"面"毕竟也仅限于二维，如果一只蚂蚁正急匆匆地赶往巢穴，而人将它拿起放回它走过的路径，它就会继续赶往巢穴，如果人一直无限重复这个过程，它也会毫无察觉地无限重复前进。当然，也许它会困惑，但它绝不会想到这一切是如何发生的，作为二维生物，它无法理解作为三维生物的人类对它做了什么。

想到这里，我不由得开始在思维殿堂内奋笔疾书起来。如果说只是高出一个维度就足以造成天差地别的认知，那么假设真的存在拥有 11 个维度的生物，它们眼中的人类将比蚂蚁更加低级。它们甚至可以随意调整人类的历史，进行回溯或干预，就像人拿起蚂蚁放回去，让它重新跑上一遍一样。我突然感到许多科幻作家是如此可笑，他们为什么认为外星人会驾着飞船来消灭人类呢？外星人只需把地球稍稍推出太阳的引力范围就能迅速抹杀掉这个星球上的一切，就像人类捣毁蚁穴一般，如果人类要消灭蚂蚁，肯定不会趴在地上和蚂蚁进行一对一搏斗的。——在思维殿堂涂鸦了这么几笔的我，突然感受到了前所未有的豁然开朗，并及时把这些做了涂鸦的杂谈放回了思维殿堂进行收藏，哪怕是现在把这些涂鸦扒出来看看，依然能令我感到心情舒畅。

正如马格努森需要一个安静的房间进入思维殿堂一样，我也需要特定的环境才可进入思维殿堂，提取我想要的东西。最理想的环境便是人满为患的图书馆阅读室，坐在阅读室中，环顾着周围密密麻麻却鸦雀无声的人群，很容易进入冥想的状态。这是一个充斥着思想的地方，不同人的不同思想在此处会聚，如汹涌的思维大海一般将人包裹，又化为不息的潮水一般不断地向我涌来，不断冲洗着我的灵魂，一时间只觉四肢百骸都无比舒畅。在这种情况下，从思维殿堂中提取的东西也格外清晰，我很轻易地便走进了自己的内心世界，无须查找目录便轻车熟路地沿着脑海中的小巷来到我要的那个储物柜前，取出东西，再原路返回。除了在阅读室之外，便很难在这个嘈杂的世界找到别的合适的地方了，毕竟我也不想每次都在月明星稀的夜晚孤身一人在公路边上走上 7.5 千米。

不过，如果是戴耳机的话，那就另当别论了。耳机这种神奇的发明的确可以暂时将人和嘈杂的世界进行隔离，并且随时随地都可以实现，廉价且方便。但耳机的缺陷也是显而易见的，它毕竟不能为我提供一个真正与世隔绝的世界，所以每当我戴着耳机进入思维殿堂内逗留良久之后返回现实，就会惊觉我其实已经面带骇人的微笑来回在湖边疾走了 20 圈。而推着婴儿车在湖边散步的年轻母亲和她们的婆婆们，则纷纷以悚然的目光注视着我。

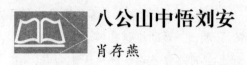

八公山中悟刘安

肖存燕

进入秋季，缠缠绵绵的雨一直下个不停，人在室内蛰居得已经快要发霉了。趁着偶尔天空放晴的间歇，抽空去郊外散心，不经意车轮就转到八公山脚下。山不在高，有仙则名，这座山因淮南王刘安得八公之名，又因为刘安的一部《淮南子》而成为一座人文厚重的历史名山。

季节还在孟秋，山里还没有完全呈现秋高云淡的景色，丹桂、银桂卯着劲暗吐芬芳，满山满园遍是它的领地，不自觉深呼吸，满心满肺都饱醉花香。满山的树木还在努力坚持着青春的颜色，殊不知，成熟过后会更有一派斑斓安详的气象。

走近八公雕塑前，刘安和八公簇拥着《淮南鸿烈》这本大书目视远方。从旁边拾级而上，在大山的静谧中只听见自己笨重的喘息，灰喜鹊围绕身前身后展示它的灵巧，不一会儿就没有耐心啾啾地飞走了。登上半山腰，游人稀少，难得可以放开喉咙竭力嘶吼，也并没有想象中空山幽谷悠远的回声。眼前山林苍莽铺开，气象万千，在逶迤的山峰之中，汉淮南王宫被群山围绕，沿着王宫直到山顶，一小片醒目开阔的平台就是刘安的升仙处。站在高处，视野开阔，胸中总难免会有一番感慨。

两千多年前，刘安带着一众门徒在这里著书论道，山里一定比今天热闹许多。脚下之地，淮南王一定也登临过，眼前应该也是一样的景致。在春华秋实的轮回里，灵秀的八公山给了他怎样的启悟？有着大志向、大抱负的刘安在这里悟道著书，他把写作《淮南子》这本鸿篇巨制当作毕生的事业来做。从《淮南子》开篇布局就看得出刘安胸中的大气象。"夫作为书论者，所以纪纲道德，经纬人事，上考之天，下揆之地，中通诸理，虽未能抽引玄妙之中才，繁然足以观终始矣"。开场是怎样的一个大手笔！"若刘氏之书，观天地之象，通古今之事，权事而立制，度形而施宜，原道之心，合三王之风，以储与扈冶。玄眇之中，精摇靡览，弃其畛挈，斟其淑静，以统天下，理万物，应变化，通殊类，非循一迹之路，守一隅之指，拘系牵连之物，而不与世推移也。故置之寻常而不塞，布之天下而不窕。"这又是怎样的大格局！包罗万象，涵盖天、地、人和社会，并把它们视作一个有机的整体来寻找蕴含之间的大道真理。

夜晚，八公山上的星空一定特别璀璨，在无数次的仰望中，刘安感应到宇宙和人的神秘对应，思索着人、宇宙、自然的关系，《天文训》这样描述万物的起源："天地未形，冯冯翼翼，洞洞灟灟，故曰太昭。道始于虚霩，虚霩生宇宙，宇宙生气。气有涯垠，清阳者薄靡而为天，重浊者凝滞而为地。清妙之合专易，重浊之凝竭难，故天先成而地后定。天地之袭精为阴阳，阴阳之专精为四时，四时之散精为万物。"这样的认知悟道和现代的宇宙大爆炸理论又何其相似？通过观测星象的运行规律，完整记载了二十四节气。根据木星的运行规律，制定了岁星纪年法和干支纪年法。他的目光为何这样辽远，眼界为何如此开阔？难道是这座山给了他神秘的启示，赋予他这样的大智慧？

刘安虽身在山林悟道，作为皇族子弟，强烈的责任担当又让他无时不心系庙堂。探求万物起源、了解社会风俗，摸索历史发展规律，最终的指向还是构架治国之策。刘安治国的基本思想主要还是继承道家的衣钵，主张无为而治，认为只有遵守自然规律，才能达到社会和谐，天人合一的境界，但这里的无为是指顺势而为，不是无所作为；而作为圣明的君主本人则应具备如尧舜一般的品行能力、仁厚爱民，做万世之表。这点上，刘安又秉承了儒家思想。

八公山下，刘安和一众门客探讨、争论、苦读、求解，一遍遍书写，一遍遍修改，我恍惚看见暗夜书屋中飘忽的烛火，室内扔掷一地的竹简。经历寒来暑往的日夜，一卷一卷最终成书的竹简用绢绸系好堆满书房，一部宏大、高深、华丽的《淮南子》终于著成了，刘安一定喜极而泣，"曼兮洮兮，足以览矣，藐兮浩兮，旷旷兮，可以游矣"，生动记录了他当时的欣喜，想见出他当时想急切进献给汉武帝时的迫切心情。然而这本鸿篇巨制并没有得到皇上的青睐，刘彻也许知道这是部奇书，可是不合己用，翻翻也就放到一边了。刘安沉默了，转身退隐山林，就在这八公山上炼丹求仙，鼓捣些黄老之术，神仙之术没有寻到，却意外发明了豆腐。命运弄人，满腹的报国之策无法施展，而不经意间发明的豆腐却惠泽万世。

刘安死后，仍然葬在这里，此后，这座山就被叫作八公山，他的精脉魂魄都化作山的一部分，永远滋养着这块山水。站在刘安的墓前，叹服于这位智者思想的博大、深邃和高远。直到如今，他磅礴的思想内涵仍没有得到世人充分的解读。这块山水始终懂得他，包容他，厚爱他，无论书面的历史给了他怎样的结论，但老百姓仍赋予他得道成仙的美好祝愿，他的名字永远和八公山连在一起。

蚕豆的色彩

沙道芹

　　一直，对豆类素菜有着特别的喜好，而此类中也是有最爱的——蚕豆。以致，披上爱的外衣的蚕豆，在不同时期，拥有了不同的色彩。

　　记忆中已理不出，究竟从何时开始爱吃蚕豆的，或许是背着书包飞快地穿过藏有灰色小水蛇的草坪时，也或许是更早些的时候。

　　儿时，特别喜欢春季的周日，适宜的天气里可以肆意顽劣。最好的去处，就是祖母那里，结伴胡闹的自然是少不了三堂姐和四堂姐。我们抓完蜻蜓抓蝴蝶，抓完蝴蝶抓祖母菜园子里黄瓜秧上的黄莺子，待祖母喊吃午饭时，早已是满头大汗，污泥满手。饥肠辘辘时，门口处，我便可嗅到蚕豆的香气，按祖母的说法，我就是馋猫鼻子尖。尽管三堂姐、四堂姐也爱蚕豆，餐桌上我还是呼啦一下把整盘蚕豆拉到自己面前。

　　祖母炒的蚕豆色香俱全，油亮的青绿中散发着蚕豆独有的清香，在我眼里，那时的蚕豆是一种油亮的重绿色。

　　中学时期课程增多，年龄渐增，加之三堂姐禀性矜持，四堂姐也收敛了，所以去祖母处疯玩的时日减少了。然而，孩童时顽皮的本性并未完全消除，时不时仍想着要过瘾地玩一把。也是一个春季，也是一个晴朗的周末，四堂姐约我去祖母处，当然是有特别引人的理由，听说六堂哥回来了，自是不能撇下三堂姐的，三堂姐只是淡淡地唯诺着。

我们早就垂涎六子刷洗扑克牌的技术，扑克牌在他手里形同弹簧，形同行云流水；那份傲，那份豪，那份侠，无以言表。六哥我们一同午餐，我和四堂姐软硬并施要拜六子为师，可只得到了几句话。"好好念你们的书去吧，要学，也学些针线茶水之类的活儿，就你们俩还想闯江湖去？"失望顷刻变成愤怒，愤怒变成再愤怒，午饭吃得稀里哗啦，蚕豆也失去了原味。

午后的阳光昏沉沉的暖，几只蜜蜂嗡嗡着，祖母早去了邻家串门，三堂姐直打哈欠，四堂姐仍余怒未消。"怎就不能江湖了？今就要江湖一回，大块吃肉，大碗喝酒。"中午吃剩的小鱼、蚕豆被重新端上餐桌，四堂姐打开祖母的酒柜，开了一瓶高炉双轮池。三堂姐喝了一口便直吐舌头，四堂姐也叫太辣，我们都是第一次喝酒。我想起上一日刚学过的课文《孔乙己》，刚好也是有蚕豆，我便提议扮上角色喝酒会更有趣。三堂姐是打死不再挨酒，于是就演了掌柜的。我和四堂姐轮番演孔乙己和小伙计，轮流就着蚕豆喝酒。一瓶酒很快喝光了，四堂姐念叨着"多乎哉不多也，知道茴香豆的茴字怎么写吗？"开始摇晃，我也晕晕的。阳光从正门进来，洒在蚕豆上，醉眼看去，绿色的豆粒，泛着黄光，粒粒金黄。

成年后依旧爱着蚕豆，时常忆起蚕豆油亮的重绿和金黄，然而主妇的眼里，很长一段时间，蚕豆只是那种质感厚实的轻绿了。

还是暮春的时节，母亲查出患有胆管癌，回忆几十年来，母亲的千般疼爱，万般呵护，眼眶潮湿，医院里虽日夜陪护却仍感到未尽孝心。那日临近中午，母亲刚好输完液，我算好时间去购物，不会误吃中饭。便去了超市，回来时见母亲已叫了外卖，"正是吃蚕豆的季节，你不是最好蚕豆吗？十几天了没见你点过蚕豆，要好好吃饭。"母亲说。我"嗯"着转过身去，因为哥哥责令不许在母亲面前流露出半点伤心。透过暖阳透过薄泪，看母亲特为我点的那盘蚕豆竟是暖暖的红色。真希望蚕豆这样的色彩具有永恒性！

黄 墓 渡

谈怡中

　　少年时随母亲到繁昌浮山走亲戚，路过新林。母亲站在新林大堤上，指着东边的漳河对岸说："那边傍河而筑的一片民居，就是我们南陵的黄墓渡。"母亲把"我们南陵"四个字说得特别重，对它有一种躲不开的亲昵。那里的漳河水清美凉凉流淌，西边又有风景优美的群山守望，从此黄墓渡就像一幅意境悠远的水墨画印在脑海中。

　　一次，我随芜湖作家到黄墓渡采风，才对黄墓渡有了零距离的了解。漳河原来是南陵到芜湖的水上交通，黄墓渡口处在这条河的中间，它曾经起着中转站和桥梁作用。桃花汛期小火轮在河中缓缓穿行，渡口两岸的人从这里上船到县城办事或到市里赶集，还有从县城来这里上下班的公职人员。汛期过后进入秋季，老艄公的橹摇得更加频繁，漳河东岸的圩区各家各户必须要烧山柴，取炭火暖火桶给孩子过冬。圩民们过河到新林的山里花钱买一块山，自己砍，早上过河上山砍柴，傍晚挑着柴过河回来，既花钱少，砍的柴又多。也有新林的山民们自己砍柴挑过河，在黄墓渡的小镇上卖给圩民，每担柴价格虽然贵一些，但也方便了那些没时间过河买山砍柴做生意的人。还有圩民家娶媳妇做新房过河卖毛竹，或者是新林的山民们扛着毛竹过河在黄墓小镇上交易，人来人往络绎不绝，一片繁忙。

砍柴的、卖毛竹的，路过小镇都要到小茶馆里坐下来休息，点几碟小菜尝尝仙坊酒，消消疲劳，抖擞抖擞精神。人分河两岸，兴在一杯中。

黄墓渡不仅是一个繁忙的渡口，它还蕴藏着深厚的历史文化。三国时期，东吴战将黄盖墓葬于此。黄盖是东吴三世旧臣，有勇有谋。他继诸葛亮、周瑜之后说用火攻曹操十万大军的第三人，"苦肉计"是他赤心报主的精神境界的最高体现，是赤壁之战的功臣。罗贯中赞扬他"勇将轻身思报主，谋臣为国有同心"。后来黄盖在春谷（南陵）任职。正因为这历史文化的沉淀，黄墓渡给人产生了一种慕名的诱惑而让人渴念：

　　　　草深黄盖墓寻难，青史唯留漳水边，
　　　　小镇一弯通古道，时兴谁手写成篇。

改革开放后，黄墓渡平静了下来，民居灰瓦上的小草，老墙下的野禾，石阶旁的青苔，已把小镇的变化一字不落地告诉了你。小镇的街道是石板铺成的，由南向北延伸，弯弯曲曲干净而畅达。板门、板窗、板铺的店面，错落有致、古色古香。我走在街中间，一伸手就能摸到街道两边的铺面，站在中间不用移步就能买到相对两家你所需要的商品。店铺虽然不那么富丽堂皇，没有高档商品，但小商品还是齐全的。

出了小镇，来到渡口。久雨后，天气刚刚放晴，河埂边有一条泥泞的小路延坡而下通向渡口，两岸没有要过河的人。远远看去只有漳河还笼罩在轻纱薄雾中，站在河岸上很久也没有看见一只过往的船只，只有眼前的河水在微风的吹拂下沿着河道有序地荡漾开去。渡船静静地躺在河旁让河水一拨又一拨地嬉戏着。船头成了水鸟的舞台，一会儿啄啄羽毛亮亮身姿，一会儿清清嗓子高歌一曲，它们的生活淡泊而平静。但看着漳河的流水静静地淌着，仿佛它正在写着"时兴"大篇。

老母在堂

储 磊

经常忙到夜间才下班，公交车早就没了。雪大天寒，公路上冰辙道道，冷光森森。车自然没法骑，徒步返回的路比平时更加漫长。行道树被大雪压得深深弯着腰，昏黄的路灯断断续续，明明暗暗，映着积雪，泛起幽光，苍凉的冷意压得人心慌。

正自低头趱行，突然手机响了，电话那头老母亲叫着我的小名："时伢哪？下班了吧，晚饭还没有吃吧？合肥比我们家冷些，你们要吃好点，穿暖点，千万要注意身体，我就是担心你们喏！"

一通话说下来，后面那句还加重了语气。冬天到处白雪皑皑，朔风凛冽，200 公里外的天柱山脚下自然也一样。年过半百早已当了爷爷的我，在外闯世界多年了，照顾自己肯定没问题，80 多岁的老人家，反倒先来关心我们。我不经意间笑了笑，有点不太自然，一阵暖暖的感觉顷刻间涌上心头。

今年冬天的大雪是多少年不遇的，暴雪和天气预报约好似的接踵而至。寒风裹挟雪花撒起欢来，满世界沸沸扬扬，顷刻之间气温骤降，天地一片苍茫。母亲特意买了内衣，除担心我们冷，还藏着她的习俗玄机："质量不是很好，我老了，也买不到什么好的。穿红色衣服，你们在新年里能旺旺象象！"

　　赶回合肥后，儿子打开行李包，看着桌上剩下的豆腐乳、辣酱萝卜干，对我说："爸，你看这一瓶，又是奶奶准备的吧?"我一看，可不是，细长椭圆的罐头瓶中，满是腊肉。因为一片片压得太紧实，油脂早冻成了一个整体，用力撬松才能夹出来，暗红色的腊肉片切得又薄又均匀。这么一大瓶，80多岁的人了，不说精心地炒制，就是切也不知花了多长时间。

　　这不，正看着发呆呢，母亲的电话紧跟着到了，叮嘱道："少到外面吃，不卫生。这些肉精的多，下挂面的时候放在上面，要是煮饭就放在饭上热一下。"唉，这个老娘啊，一直担心我在外边吃不好。想想自己到了一把年纪，还能有这样的福气，实在不多见。老母在堂，家就温馨，感觉真的很好。

　　本可以在食堂吃了再回来，但我不图简便，特意自己做饭，因为菜已经预备好啦。窗外，风呜呜地打起唿哨，夹着雪花起劲儿地折腾，从天空迅速地扑向楼群、公园和道路，将沉沉寒气罩向大地。我吃着母亲备好的家乡风味，享受着辛劳一天后的美餐，不由得再次打开手机中母亲的照片。窗外的雪花突然变成了春天的柳絮，季节分明是春，不是冬。

　　母亲不愿意落伍于时代，常常想时尚一些，就连平时随意拍的照片，也经常学着年轻人的模样和手势。你看，面前的照片是今年夏天拍的。苍老瘦削的母亲，兴高采烈坐在椅子上，背后是她重孙子的书包和涂鸦，此刻正高举着右手，打着夸张的"胜利"手势，似乎在看着我吃饭，笑着对我说："吃得好，身体就好，耶!"

阳春三月

胡淑芳

"春雷响，万物长"，惊蛰时节正是大好的"九九"艳阳天。气温缓升，天气回暖，春雷始鸣，惊醒蛰伏于地下冬眠的昆虫。

《月令七十二候集解》中说："二月节，万物出乎震，震为雷，故曰惊蛰。是蛰虫惊而出走矣。"晋代诗人陶渊明有诗曰："促春遘时雨，始雷发东隅，众蛰各潜骇，草木纵横舒。"实际上，昆虫是听不到雷声的，大地回春，天气回暖，才使它们结束冬眠，"惊而出走"的原因。此时，正是桃花红，梨花白，黄莺鸣叫、燕飞来的时节，乍暖还寒的仲春已从冰封的冬岩深处款步走来……

农谚语："到了惊蛰节，锄头不停歇。"善良勤劳的人们进入春耕伊始的繁忙季节。真是季节不等人，一刻值千金。田野里，小麦孕穗，油菜花开。萧瑟一冬的褐黄色土壤冒出棵棵青草，一股清新的泥土芬芳裹挟着叶芽出土的气息，弥漫在鼻翼间。春的希望在这朦胧的节气里播种发芽，蓬勃生长。

鸟儿的鸣叫声欢快起来。瘦湖畔，柳树的枝条最先吐露新芽，米粒般大小的嫩绿里略带一点鹅黄，缀满柳梢。凑近了看，毛茸茸的绿意轻拂着，摩挲着，曼妙的身姿摇曳无尽的温柔，低垂飘逸的长发，袅袅婷婷，于绿茵茵的水面倒映出赏心悦目的倩影。柔和的春风里，沉寂多日的湖水似乎也苏醒过来了，阳光下，一圈圈优美的涟漪，滑棱棱地盘旋着，舒缓着。一群活泼可爱的鸭子，尽情地畅游着，追逐着，舞动激情飞翔的青春！"春江水暖鸭先知"嘛！

一转身，不知不觉来到岸边三两株桃树的跟前。桃树很小，只有三到五根纤细的枝干。却惊讶地发现，清瘦的枝丫上簇拥着密密的小花蕾，粉嘟嘟的桃红无声地坠着，一片叶子也没有，光秃秃的枝节只顾结满干干净净的花骨朵。一枚枚小花苞包得紧紧的，像握紧的小拳头，又像少女满腹的心事，流露出欲语还休的娇柔与羞涩。一株更小的桃树，出其不意地盛开了白色的桃花。莹白的花朵儿吐露一嘟噜小鸟依人的花蕊，吮吸着明媚的阳光，轻盈地，柔软地，无拘无束、欢天喜地扬起笑靥。眼前的一抹淡雅，一帘妖娆，娇嫩得让人心生怜惜，不忍触摸。沉默良久不愿离开，想象自己正身处一场五彩纷呈的桃花盛宴，纷飞的花瓣装点了心房，蕴染了整个身心。渴望与美丽的花仙子不期而遇，演绎一段魂牵梦萦的花语佳缘，即便是一曲隐隐作痛的桃花殇也心甘情愿。

不远处的山坡，隐隐约约披上了一层浅绿的新装。枯萎一冬的小草，此刻又顽强地探出了脑袋，唱着生命无言的赞歌，"春风吹又生"了。栅栏外，不知名的野花开得星星点点，稠密的枝叶间时不时抛出朵朵诱人的妩媚，伴着和煦的春风，躲迷藏似的翩翩独舞。那一串跳跃的金黄色啊，直叫人欣喜若怀！

后院一畦菜地，绿油油的油菜，饱满的花的心思就要绽放了。果真是春色满园关不住了。

板仓趣事

王江海

　　我与板仓有过一面之缘。那是去年初冬，我组织乡村文化采风活动，小组几人因为第二天还有采访任务，没回县城，就在倪河村书记家里住了一宿。清晨起来，站在房顶望倪河那岸，雾绕山腰，觉得板仓很近很近，伸手便能触摸。安澜兴起，执意要上板仓走一走。从仓门石景点疾步沿河谷走到三叠泉，兴致正浓时，乡政府陪同我们采访的同志催我们赶紧下山，塔畈村的人在等，无奈我们停下脚步，在那还不到十分之一的行程上初识了板仓。半途折返好不甘心，出仓时我们约定，要在来年春暖花开抑或层林尽染的季节再到板仓好好走走。

　　这次是陪同城市文联、作协的一班人。第一站到官庄镇，官庄与桐城仅隔一座山，金紫山，桐城那边人都知道，龙眠山起脉就是官庄境内的金紫山，主峰猪头尖海拔 1539 米，比天柱山还要高，是潜山最高峰。"猪头尖，猪头尖，吃在潜山，厨在龙眠。"桐潜乡间有这样的戏说。桐城人景仰金紫山，膜拜猪头尖，因为这座山是桐城的龙脉，滋养一方富饶，也让桐城文脉昌盛。带队的洪放先生和我行政同行，又是党校同学，3 日之后他就要去省城履新。洪放先生以桐城文联主席身份促成两地文友在这里相聚，横向交流，逛孝义官庄，探神奇板仓，如此安排，似有玄妙，其实也是机缘巧合。看过德馨庄，千年银杏树，参观了传统汉皮纸工艺作坊，无奈履新之前他手头上交接事务繁多，要提前回去，还没来得及登金紫山，上香山寺，还有下个行程板仓，都与他擦肩而过了。

此时，阳光正好。在余英时故居月塘边，我们与洪放先生握手话别。他由当地老乡引导，没走回头路，抄近回往桐城。而我们，也打听到一条直通塔畈去板仓的乡村近道。水泥路面，虽蜿蜒曲折，七弯八拐，山野风情却一路掠揽。

山里天气就是这么无常，从官庄赶到板仓差不多 50 分钟时间，刚刚还是一路放晴，而板仓已雾漫青山，头顶小得不能再小的一片天空黑云压阵，身边的空气中好像都能捏出水珠子来，大雨随时可能陡降。

穿越板仓河谷，一直在潮湿而长满苔藓的土路、石板台阶上行走，不小心跌倒，又爬起来，司空见惯。幽谷里带着探险的心态旅行，全神贯注全身心融入山水，实乃最佳体验，行程中若再有几个打趣逗乐的同伴，那样的经历便是乐游。大凡乐游，就是既看了风景，且在时过境迁的某天，还能想起那道风景里曾经的一些人，曾经发生的一些事，不知道在他们离开板仓之后的某个时日，还能否想起我这个让他们先是受惊很快又逗得开心一笑的人。

山蚂蝗以及与山蚂蝗"有染"的那些诗人，一直让大家津津乐道，指不定来年春夏之交，这档子事儿还会在诗坛引发新一阵追捧热。说来也怪，板仓山蚂蝗和我经常去的天柱山大龙窝那儿的同类习性大不一样，这里的蚂蝗就好像戴着有色眼镜，专叮那些会写诗的人。不知道是在香果树飞瀑前还是龙井潭边，蚂蝗叮上了桐城的诗人，等他们感觉脚肚子痒痒的时候，它们细条条的躯体已鼓胀成晶莹剔透圆滚滚的葡萄了。山蚂蝗绝对没有敌意，它们的举动，从某种意义上说，是友好，是献媚，医学上说，让蚂蟥叮咬是很时兴的血管疏导生物疗法，和鱼疗馆里小鱼咬脚丫原理差不多。但也不排除板仓的山蚂蝗还有企图，或许，它们是想借文都诗人来访的机会，在诗意板仓繁衍一大群富有诗情诗性的后代。

没见过山蚂蟥的人自是望而生畏，更别说被紧紧叮上之后的那种恐惧。被叮诗人当中正好就有基因甚好的俊哥侠妹，朱向导赶紧找根竹签，将他们腿上的蚂蟥一条条剔下来。老朱这番热情未必明智，既然有益于健康，何必不让蚂蟥多吸吮他们一会儿呢，吮的精华越多，板仓的山水里就能多孕育出一些会写诗会吟唱的小精灵，不好吗？

天色明显阴沉下来，雨点零零星星下落，林间幽径上那层厚厚的落叶在沙沙作响。性子急的人加快了回程脚步，大伙儿三五人自由结伴，行走的速度不一，在山腰涧谷，散如片片云朵。采花的人依然慢慢腾腾，摆弄手机照相机对着石壁上的苔花拍个不停，生怕冷落了荫蔽潮湿处那些寒微的生命。此刻，如果真来一场大雨，我想，不求艳丽妩媚却蕴蓄真爱于内心的苔花，定会绽放得更加色彩斑斓。

就是下起大雨来也不怕，我们这拨 5 个人，当中有两人揣着雨伞。亮子调侃说："要是下雨，那就让三个男人躲进两把伞的怀抱"。真有诗意，山中雨雾，花伞，还有伞花下面的男人和女人，这种意境，板仓会嫉妒。

回到住地的时间比预计晚了近 1 小时。

是夜，与汐等友人欢聚，在听溪亭里碰着纸杯共饮。席间，有人提议，以"板仓"二字开头，每人赋景一句：板仓的石头能开花，板仓的蚂蟥眼不瞎，板仓的天空巴掌大，板仓的山水美如画……不经意间有诗人问："在一座亭子里坐久了/漏风的石椅/会不会泄露多余的秘密给我们？"会的，一定会！亭外，一溪流水不正在拨弄着琴弦，潺潺倾诉吗？

雨是在子夜时候落下来的。板仓，浸在雨中，静在梦里。

白 水 湾

张 玲

　　白水湾的山，满是陡起的绝壁，峰顶与峰脚，面积无大差异，峰的腰际，只是一层一层的岩壁，可望而不可登。石缝中各色奇树突现，像是北宋范宽的山水杰作，大片的山石像披麻，像斧劈，也有些地方宜用荷叶皴。望不见底的峭壁，有时只有几根纵线，有时却纵横交错表现出气魄的魁伟。"近涧涓密石，远山映疏木。"除了那些缱绻着天柱山的骚人墨客，不知道谢灵运当年是否也来过这里？

　　远远望去，五彩斑斓的页面中一条白色宽阔的瀑布，以"带得风声入浙川"的豪爽之气，从上直流而下，气贯山河，出岫的薄雾并不能遮住它的气势，却在微胧的遮掩下多了一丝神秘与飘逸。

　　一条玻璃栈道横卧在瀑布之前，将左右的山峰拉起手来。栈道上星星点点的游人或停驻，或缓缓移动，隔着栏杆望去像极了跃动的五线谱。面前的一切恍若一幅巨大的油画，静立在两峰之间，只是神龙瀑水流的轰鸣声，让我醒悟这是一个真实的存在。

　　山野中不仅有瀑布的声响，还有众人的欢声笑语。一行人中年龄最大的黄老师，沿着装有扶栏的上山栈道，一直快步走在前头，他一身宽松的休闲装与暖色围脖与这山野是极其融和。想在萧瑟的冬季来一点惊艳的我，特意穿了一件大红的薄袄，没想到在这初冬

66

的繁华中，却显得有点突兀，少了一份自然。

我们登上长长的、悬挂在半空中的玻璃栈道，行人和风的掺和，让栈道显得有点摇晃，多了一份惊险的意味，透过栈道的玻璃，神龙瀑如一道白练从眼前滑过，掠过脚底砸进远处的深潭。羊肠曲折的山道上，游人像彩色的星点，向栈道边蠕动着，很有意趣。只那一低头的瞬间，我不禁一阵眩晕，感触到"高处不胜寒"的孤独与恐惧，不敢再向前挪动半步，终点好像是那样的遥远。心跳的频率越来越快，只觉得自己就像一片羽毛，轻轻地飘忽起来，我伸手扶住栏杆，驻足闭目，想让自己有片刻沉稳的安慰。

"你不是为了来体验高空的刺激吗？大胆地向前走哇！"同伴虽然就在身旁，那声音却像是从很远的地方传过来。我睁开眼睛，一群人从我身边走过去了，就连身边的小朋友也走过去了。我担心什么呢？

战胜自己，大胆前行。怪不得同行的一位作家说"玻璃成全了一道跨越的雄心"呢。

终于登上了山顶。此时，薄薄的岚烟早已飘远，山脚下的白水河泛着格外清亮的光，在禅音袅袅的三祖寺前与潜河汇合在一起，用经久不息的声响呼唤着什么。

无法忘却的思念

陈　旭

为什么人总是在失去后才后悔，才懂珍惜？

母亲在世时，我孩子小、工作忙，总认为时间会等我，容许我从头再来，岂不知时光一去不复返，虽然自己忙里偷闲也尽了孝心，但自母亲驾鹤西去后，我突然觉得"树欲静而风不止，子欲养而亲不待。"那种痛人心扉的遗憾与愧疚常蚕噬着我的灵魂……

母亲一生命运多舛，虽生在富人家，但6个月没了娘，6岁失去了爹，寄居在哥嫂的屋檐下，虽缺乏疼爱，但心中却溢满了爱，为了照顾多病孤单的邻居大娘，母亲毅然决定嫁给她在黄埔军校读书的独子，可母亲还没过门，我那可怜的奶奶就已仙逝了。

跟着父亲走南闯北，母亲吃尽了苦头。文化大革命，又因父亲"右派"的牵连，被发配到边远的农村任教。在我的记忆里，娇小的母亲带着我们几个小不点，住在远离村庄，没有院墙的几间被称作学校的破瓦房内。全家的生活费仅指望母亲每月30多元的工资，而我的降临又给风雨飘摇的家雪上加霜，因没奶，买炼乳要花去全家一多半的生活费。

那时的教师是受歧视的"臭老九"，农村的教师更辛苦，一人包好几个年级，经常要家访、扫盲、动员学生上课。母亲白天工作，晚上还要加班加点为我们几个孩子缝补衣服，生活的艰难、精神的压力、工作的重任、几个嗷嗷待哺的孩子，一切的一切几乎让母亲达到了崩溃的边缘。

记得有一次，4 岁的我和 8 岁的姐姐同时出疹子，姐姐烧得最厉害，40℃的高烧持续不退，可把母亲吓坏了，母亲一边从老乡那借来板车，拉着我们姊妹俩到距家十几里地远的公社医院去看医生，一边遵从老乡的风俗给我俩进行物理降温，看着姐姐烧得红扑扑的小脸，母亲心疼得三天三夜都没合一下眼。

母亲一向怕狗，可是为了给自己和孩子壮胆，我们家最多时喂过 3 条狗；母亲从小在城市长大，从没走过乡间泥泞崎岖的小路，可母亲却硬是用柔弱的身躯，为孩子们撑起了一片爱的蓝天，在那荒凉的政治年代，让我们姊妹几个感受到人间的温暖，也为母亲赢得了人们的尊重和爱戴。

母亲是教师，深知教育的重要。打倒"四人帮"，恢复高考那年，母亲调回城和父亲团聚后，就陆续把孙子、孙女接来，罩在自己的羽翼下，整天忙里忙外，操持着全家人的吃喝拉撒，日复一日，年复一年，继续发挥着自己的余热。

父亲的突然去世，给母亲造成了重创。原本精力充沛、活力四射的母亲，一下失去了生活的航标。母亲常说自己像草稞葫芦没见天就不知不觉老了。随着精神的崩溃，身体也出现了故障，可是一向为人着想的母亲晚年生活并不幸福，但最让我难忘的是，母亲在最后昏迷病床数日里所说的至深教育遗言，是母亲纯正人格的自然流露，为母亲的一生画上了最完美的句号。

母亲的一生是平凡的，但母亲却用无声的行动为我们诠释了人间大爱，都说时间可以冲淡过去，可为何冲淡不了我对母亲的思念，在这凄凄飘落记忆的日子里，我愿点燃一片心香，遥祝天堂里的母亲不再有苦难和悲伤，如果有来生，母亲，我愿还做您的女儿，不，如果有来生，让我做您的母亲，来爱您、宠你、疼您、呵护您。

隐形的翅膀

葛梅英

这是一对爱彼此入梦的恋人。

夜归途中，他总是会紧紧地揽着她，无论天多寒风多冷，他的臂弯总是暖暖的。

有一天，他们分手了，他去了遥远的地方不再回来，劳燕分飞。她留在了原地，停滞在原来的氛围中。他走了，带走了他的一切，也带走了属于他们的过往，只有那件常披在她肩头的衣服留了下来，是有心还是无意？她从来没有想过，直到有一天外出，天好冷，风好大，再也没有一个人伸过暖暖的手牵着她，再也没有人愿意自己忍受严寒把带着体温的衣服脱下来给她穿上时，她不禁潸然泪下，发了疯地向住处跑，一口气冲进屋子，翻出那件衣衫，一个人窝进沙发再盖上他的衣服——淡淡的烟草香，淡淡的香水味，一切都是那么的熟悉。多少次，她工作中受挫或者孤单落寞，情绪消沉时，她都会躲进这件衣衫中，那一刻，似乎所有的委屈、悲观、失落、消沉与伤痛都得到了抚慰。

荼蘼已尽夜未央，很多人一路走过，很多事一路漂远，但在时光的河流里有些东西是一成不变的，像恋人之间的执手相握，像夜归途中那一盏盏温暖的灯光……

　　光阴更迭，岁月荏苒。多少年过去了，她依旧是单身，他走后似乎没有人再能走进她的心里。一个秋日的午后，凉意渐起，她又习惯性地躲进沙发再用他留下的那件西装将自己包裹了起来，一边回想着往事一边沉入梦乡。梦里，依稀又回到了大学时光，他们一起在教室里读书，一起在小河边数天上的星星。工作后，他们一起外出，一起经历惊险，一同徘徊过无数孤单……她很喜欢喝醉酒的他，总是憨憨的，痴痴的，很听话也很会照顾人。有爱的地方就是家，有他在身旁无论发生什么事，她都不用担心害怕。他的一句"相信我"总能让她的心安。曾经，一起行过多少路，每一段，都有满满的记忆。不知沉睡了多久，当她睁开眼，他就在自己面前，正端详着自己，他的模样还是与记忆中的一样，不曾改变太多。分不清是梦境还是现实，她不敢相信自己的眼睛，而他却是这么真切地站立在眼前。他牵过她的手，一切暖暖的，一切都如从前，仿佛他从未走远。

守 护

黄廷付

　　我曾不止一次地看到母亲对着墙上的镜框，偷偷落泪。那是一个很大的镜框，里面都是父亲当兵时的照片：有全班的合影，还有父亲战友的照片，但更多的是父亲英姿飒爽的军装照。在镜框的正中间，有一个亭亭玉立的少女。她上身穿白衬衫，下身穿黑裤，脚上穿的是一双黑色带襻带的鞋子，头上扎着两条长辫子，手里还拿着一卷画报，秀气的脸上带着一抹羞涩的微笑，那就是我的母亲。

　　母亲常和我说，以前她和父亲一起去赶集，每次都是父亲用板车拉着她。有一次，父亲从街上买了一板车化肥和种子，还是让母亲坐在车上，母亲说太重了，要帮忙推车。父亲不让，说："你走路还没有我拉车走得快呢，再说我身体壮，这点东西累不着我。"母亲拗不过父亲，只好又坐回车上。看到来来往往经过的路人投来的异样目光，母亲有些不好意思起来，一路上都低着头。

　　我们家有兄弟姐妹5个，属于超生，村干部通知母亲去做绝育手术。父亲又用板车拉着母亲去计生办，这一次，父亲走得很慢，一路上他和母亲说着村里的趣事，想逗母亲开心，但母亲脸上始终满是担忧，怎么也笑不出来。

到了计生办，父亲对母亲说："你在外面等着，我去办手续。"母亲就一直在外面等着，直到看到面色苍白的父亲，颤颤巍巍地出现在她的面前。父亲仍然笑着说："我拉你这么长时间了，今天换你拉我回去吧。"母亲听出父亲的声音有些打颤，感觉出异样，忙去看父亲手里的单子，原来是父亲替母亲做了节育手术。母亲深情地看着父亲，轻轻地把他扶到板车上，她双手稳稳地握着车把，慢慢地往前走着，眼泪掉了一路。

那年春天的一声惊雷，没有任何征兆地带走了父亲。母亲望着那个她最亲爱的人，也是最疼她宠她的人，一动不动地躺在那个透明的玻璃罩下，再也不能和她说一句话。她撕心裂肺地一遍又一遍呼喊着："黑脸啊，说好的一起到白头，你咋就舍得撇下了我？你让我这下半辈子一个人咋过呀？如果不是还有几个孩子要抚养，我就随你去了！如果能替换的话，我宁愿替你去死！"

母亲的嗓子哭哑了，咳出很多血来。她一次次晕倒在父亲的灵柩前，谁也拉不开。在一夜之间，母亲苍老了许多，竟生出许多白发来。她不停地埋怨自己不该让父亲出门打工，母亲一直坚持地认为，如果父亲在家里就不会出意外。毕竟父亲是全村公认的铁打的汉子，毕竟父亲才 45 岁。

父亲生前在农忙的时候，曾无数次不分昼夜地一个人在地里劳作，因为母亲要照顾年幼的我们。有时候只有等晚上吃了饭，我们都睡着了，母亲才能放心地给父亲帮忙。家里偶尔加点餐，父亲总是等我们吃好了，再把荤菜夹给母亲，自己从不舍得吃。他总是笑着对我们说："我年轻的时候在部队待了七年，走南闯北的，啥没吃过啊。"

母亲说，父亲最后一次临出家门前，曾对她说过："等到 50 岁，我就不出去打工了，在家里种种地，养点鸡，多陪陪你。"没想到这句话竟成了父亲最后的遗言。母亲每次想起，都会泪流满面。

后来每到春节，餐桌上座的位置总是空着的，那里摆了一副碗筷。母亲总是习惯地往空碗里夹菜，嘴里还自言自语地说着什么。

我看到母亲的眼眶总是红红的，我知道那是母亲又在思念父亲了。我也相信父亲的在天之灵，一定能听到母亲的诉说。

一转眼 20 年过去了，母亲艰辛地把我们几个都拉扯大，她那满头青丝早已变成了白发。在这期间也曾有人劝母亲再找个伴，也好帮扶她一下，一个女人养活那么多孩子，太难了。但母亲总是坚决地摇摇头说："黑脸活着的时候那么疼我，护我，从未让我受过半点委屈。他走了，得换我来守护着他！"

拎起头发接近阳光

卢　健

　　祖母走的时候，二叔跑到学校接我。一路狂奔，骑坏了自行车链条，回到家中我哭得惊天动地，用了足足一分钟。停下来了，大家笑话我："果然还是小孩子，不懂事，不知道悲痛。"而我停下来嘶吼是因为看到那些飘上天空的纸灰，突然觉得祖母的灵魂轻盈了，不再被这副躯体连累。

　　祖母一辈子生养了 6 个孩子，一个夭折。那个年代饭食简单甚至是稀少，祖母却异常的肥大。那是一种病，因为生孩子的时候没有坐好月子受了湿气胀的，却经常被当时的大队书记笑话。所以，至今我对诸如大队书记类的"官员"都存在着偏见，尤其面对他们那副皮笑肉不笑的皮囊。那些皮囊被伺候得越是油光锃亮，越显得灵魂的卑微。

　　祖母一辈子没什么文化，一个农村女人，偶尔也神神乎乎的。有一次，家里来了客人，祖母让祖父去杀只公鸡。结果杀到一半，公鸡跑了，在厨房的地上跳来跳去。祖母一步上前，抓住公鸡的脖子就往地上一摔。那一幕让我觉得祖母是一个狠角色，祖母说："别让它的魂太痛苦，我那是赶紧把它救出来。"以后我读了书，做了无神论者。虽然知道没有所谓的鬼神魂，却发现这样的话也蕴含着一些深奥的人生哲理。但祖母是个狠角色这个事实无法改变，不然也无法养活5个孩子。

那时候祖父当兵，家里的田地就是祖母一个人忙着。秋收夏种自然是免不了的，抢收抢种也视为平常。祖母说："人倒了要敢拎着自己的头发站起来。"同样，这也是不科学的，我尝试过无数次，这是反力学，却是对皮囊的一种对抗。

有一次，下暴雨了，祖母一个人抢着堆草垛，一不小心摔下来，头磕到石磙上昏迷了。村里的人赶忙把她送到医院，这也是她人生中唯一一次去医院，而第二天就自己偷偷地跑回来了。见到的人都问她为什么不多休息几天，她笑笑："不能对自己太好，越伺候越没出息。"所以，我到现在读了差不多15年书没有迟到过。从小，祖母叫我起床就不是直接掀被子，在大冷的天曾经直接把凉水泼过来。都说隔代疼爱，这不假，祖母却是以这种独特的方式爱我。

祖母走了，邻居们说祖母生前是最爱我的。就算是快死了还不忘叮嘱在床前的祖父："孙子还要吃晚饭，在锅里，烧一把柴火，热热就好。"而锅里留下的是我以后再也没吃到过的红薯稀饭，再简单不过的晚饭，符合祖母说的："不要伺候着肉体。"生命之重应该说的是灵魂，最后却被体重替代，这是一个笑话。

肉体最矫情的莫过于生病。记忆中，祖母每次生病总是要在神龛前祷告着："我知道自己是有罪的，所以惩罚我，可别让我在这皮囊里生活太久。"有时候还不管用就会去神树，还不管用她就去附近的小庙，来来回回地跑上几十里路，病竟然都好了。

而这一回，她走了，是痊愈了，灵魂再也不必被这副皮囊所束缚。我经常在梦里见到祖母轻盈的体态，面庞露着微笑，仿佛在告诉我："乖孙，别对皮囊太好，迟早它会拖累你。"而在每一个被肉体折磨的日子，晚上祖母都会给我这个梦。

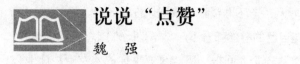

说说"点赞"

魏 强

　　前不久，和几位文友喝酒聊天，无意中有人把话题扯到了网络文章"点赞"上："我经常给某好友作品'点赞'，还不时'留言'，有时还'打赏'，可这位'好友'对我的作品一直'视而不见'。刚才打开朋友圈看到，我上下两位文友的作品他都给'点赞'了，唯独让我夹在中间难堪。"说着还拿手机打开朋友圈让我们看。

　　文友是个直性子人，他的这几句话说明一个问题：某文友心里面总感觉别人就该给他"点赞"，他不需要动手指来回报，也不知道自己是多大的"腕"了。平台"多如牛毛"，文章"满天都是"，谁给谁点赞暂且不说文章本身好坏，分析一下有这种思维的人脑子可有毛病。一次给你点赞、留言是应该的，两次三次还是应该的，难道你就不该给别人"回报"一次？仅仅是手指动一下，你就这么吝啬，怎么好意思一直要别人为你"点赞"呢？更有脸皮厚的是"豁出去"了，你不点赞、留言，我就不停地把文章发给你，哈哈，还真行，就有坚决不理你的主，甚至直接屏蔽你。这位文友说："我已经屏蔽 10 来个了，就是不看他（她）的朋友圈，受不了那种被人贪婪的侮辱。"

　　看看，本来都是为了爱好，为了文友间的友谊，发展到现在成了被屏蔽的对象，这样还有必要是"好友"吗？一旦这样也就失去了做朋友的意义，时间一长不是拉黑，就是直接删掉。与其这样，不如相互尊重，在朋友圈看到经常给你点赞的人，早晚回报一个"赞"。你的名气再大，光环再耀眼，请记住你也是凡人一个，大可不必目空一切，连自己的粉丝都看不起。不是比外国总统都忙的人，就该早晚动手"赞"一个，回报一下一直尊重你的文友吧！让他心里平衡些。

当然了这只是酒场饭局引出的话题，与文章本意无关，读者诸君切莫误会，免得我这几句废话得罪了你们，先说抱歉了，请别对号入座。

爱是天堂

武　奎

　　我以为，人生在世不外乎两种追求：一是物质，二是精神。前者是基础，后者是升华。一味地去追求金钱，倒不如静下心来，去细细品味生活的静谧与美好。物质使人身安，精神使人心安。这就是我的人生轨迹，哪怕你把我看成另类。人，不能强人所难，不能要求同一种生活方式，每个人的性格不同，不可固一，不能定然。我常常在想，生活为什么这样繁杂呢，为什么不能简单一些呢？这可能与人的欲望有关。比如说爱情，本来就是简简单单的爱，可是到了最后就不是你想象的那样了。所以我先前的想法太苍白了。要爱，就爱得像山谷那样深沉；要恨，就恨得像山峰一样直露。因为我们代表不了别人，别人也代表不了我们。就像那天晚上看月亮，虽然是"海上生明月，天涯共此时"，但此时此刻，看月亮的人都有一种同样的心情。那就是，据说那次月全食 100 多年才轮到一次，机会难得。在这个寒冷的冬夜里，大家守望着高远的天空，守望着那轮清冷的月亮，议论颇多，感慨颇多，惊喜颇多。当我从朋友圈里看到那一轮硕大的红月亮的时候，这倒让我想起了多年前的一件事来。

　　那时，有一个文学社团，要求我给他们讲课，既然是社团，就应该有名称，在征求我的意见时，我给他们的文学社团，取的名称就叫"红月亮"。事情过去这么多年了，看到红月亮，又勾起了我对往日的追溯，才引出了这篇小文。说白了，这就是爱与不爱的区别。无论爱生活，还是去爱一个人，想法不同，爱的方式也不同。有的人喜欢轰轰烈烈的爱，有的人喜欢恬恬静静的爱，有的人则喜欢爱得刻骨铭心，有的人爱得含蓄有度，有的则是"情深不及久伴，厚爱无需多言"。这种爱，天各一方，彼此互相思念。不能温情、不能缠绵。只能是：不思量，自难忘，相对无言，唯有泪千行。自古及今，在作家的笔下，爱与死是永恒的题材。有多少人呕心沥血，把爱写得声泪俱下，把生与死写得凄惨悲凉。而生活就是这样，不能逃避，只能面对。生活就是一部百科全书，大家都在读。有熟读，有精读，真正能读懂的寥寥无几。能把爱读懂的少之又少，能把幸福读懂更是凤毛麟角了，所以才有了"身在福中不知福"这句话。

人生最难解释的有两件事：一是爱情，二是幸福。对爱的诠释和对幸福的理解，100 个人，有 100 个答案。前面我提到了物质与精神，物质是世俗的，精神是高贵的。为什么说追求精神生活是高贵的呢？因为精神生活里面包括爱情。爱情是最伟大的，任何事情都超越不了她。

爱情的力量虽然是无限的，但我认为世间最伟大的爱是母爱，人常讲：有母亲的地方才是家！人生离不开爱情、亲情相伴，有爱的地方才是天堂。

村　庄

李　志

　　我的村庄坐落在皖南的一个山区，四面靠山，山并不高，就像方方正正的水稻田般。一条宽阔的公路把村庄分成两部分，村庄安静祥和，紧靠村沿东面和西面各有一条河流，把村庄和庄稼滋润得更加葱绿，到了村尾又汇成一处，流经其他村庄。

　　都说用我们村里的酒曲制成的米酒香甜可口、甘醇清冽、韵味悠长，说着说着都有些醉意了。制酒曲的花，我小时候和爷爷还种过呢，成熟的时候把它们剪下来晾干卖给村里的酒曲作坊，也是一笔不少的收入。这其中的调料用量火候必是隐秘的数据，还有一种说法就是庄里的土地与别的地方不同，长出的酒曲花格外的香甜，所以酒曲一直闻名畅销，衍生出米酒文化。

　　每座村庄都有自己的秉性脾气，一方水土养育一方人，说的自然是有道理的。就连村庄里的鸡鸣狗吠也是如此，它们的每次鸣叫，甚至蚂蚁的迁移，都是因为村庄发出了动静，有了气候的变化，哪怕是丝毫的风卷。江南的空气是温润的，而我的村庄却格外的温润、清新。早起的时候会看到那些雾岚从山坡树林里升起，宛若仙境。这时候如果出门走一圈，看到每片叶，每颗庄稼都会挂着露珠，晶亮晶亮的，微风吹过，甚至脚步稍重一点就会滴落到土地上，而走回屋檐下轻轻地一跺脚，自己的眉毛上也会滴落两滴水珠呢。

　　村庄的四月是极美的，满田畈的油菜花，满山坡的桃花、梨花、喇叭花……七彩斑斓，鸟鸣啼唱，所以在村庄里刮起来的风都是带体香的。花香，泥土香，青草香，山茶香，酒曲香，炊烟香，乡音香，还有各种生灵牛羊的呼吸糅合在空气里，那就是村庄的体香，倘再落下几场江南雨，会更加浓郁稠密。不信，可以拿一张纸放在空中，让风吹过然后放在鼻子上，定是有香味的。不出村庄自是不觉得，如果许久未归，临近故乡，老远吹来一阵风，闭上眼睛，只用鼻子都是可以回家的。如我，在外漂了十几年，总是忘不了那片泥土带来的欢愉和沉静，那些篱笆桩，蜘蛛网，葛藤……交织乱生，却乱得有味道，所以我骨子里早已被庄里的气味填满，实在看不得城里的有些东西，说我故作姿态也好，说我酸味横生也罢。

　　村庄里至今保留着古色古香的明清建筑，散落在村里的青石巷道，被风雨洗磨得油光锃亮，从上面走了多少人才能走成这般厚重！踩在上面总感觉有些黏稠，其实是自己不愿把脚步放快。巷道两侧的墙面黛青斑驳，像一位老者，捋着白白的胡须在娓娓诉说。村庄因酒曲而闻名，所以酒曲作坊全都被保留了下来。有一条沟渠横穿村中，沿着人家一路流到田畈，虽说是沟渠，但里面的鱼多着哩，小时候只要是想吃鱼了，那是很方便的事情。抬头仰望，高耸的马头墙在阳光下拽着院落里探头的桃花或梨花，熠熠生辉，仿佛一下子身临前朝，穿着大褂坐在这院外支起摊子，大声吆喝着"卖酒曲喽"。

　　近几年，政府把村庄作为旅游景点开发，与周边的一些景区连成一线，新建了富有古韵的凉亭和立起高高的牌坊，把老房子也修复了一番，在各报刊和网站大力地宣传。若在气候适宜的时候，游客也是有一些的，架起他们的长枪短炮，记下村庄里的每一处风景。对于政府的举动，我喜忧参半，高兴的是有更多的人认识我的村庄，而我担心过度的挖掘会不会改变村庄，比如纯朴的民心。最近一次回村庄，我走在那条稻田改成的水泥路上，看见两位村里的老人坐在上面静默不语。

　　但这仍是一座很美的村庄，我定是要回去的！它有一个美丽且富含韵味的名字——高路亭。

游蓬莱仙洞

陈　军

　　蓬莱，有仙有鹤有道气，端是一幅朦胧迷离、深邃苍茫的姿态。谪仙慕之，常于佳月流素下歌之，"始向蓬莱看舞鹤""会见蓬莱十丈花"，云树烟波，鹤影翩翩，至于仙人遗踪、琼瑶玉浆等自然勾起神往之情。山，似乎早有之，蓬莱山，总让秦皇痴迷长生之地，徐福寻丹的故事早就将历史沦陷成传奇；而洞，临流不语，得庄子秋水的真传，山高月小，水落石出，将一团混沌之气呼成琅嬛福地，或站或立，早在溶洞之乡，拔得头筹，翘首以待。正如《石埭县志》所言"五彩烂然，苍碧错列，奇不可尽述"。

　　春服既成，洋洋乎游之，呼朋唤友，往蓬莱仙洞去焉。

　　走入洞内，如读清绝之气的宋词。上阕为地洞、地下河，下阕为天洞、中洞，纹理清晰，有条不紊；内容宏远宽阔，但见石壁如雪，高数丈，深如曲室敞如堂。词牌有形，呈鹿角状朝，并向西、南、东方向延伸；词牌有长度，体长 3000 多米，近 7 华里路长。词本珠玑，随处散落，珠光宝气。看钟乳石丛生，光怪陆离；偶尔石上滴落水珠湿人衣衫，又有蒙蒙雾气，清沫喷射，诗意盎然。

　　洞有音律，平仄和谐，暗黑之中，静听乳泉声脆，闲敲如石鼓振响，大有宋人赵师秀诗句"闲敲棋子落灯花"之幽静和闲情。

　　洞有平仄，常用抑扬顿挫之手法，使得洞中有洞，忽高忽低，时宽时窄，蜿蜒曲折，多以壁壁对峙，九曲迴环，并有钟乳石在地上打了底色，让人脚下顿感凸凹圆滑。

　　透过时间长河，我们在这里品读石头开花。从迎宾厅到探海长廊，见莲花台之逸韵，乳牛刍草之农牧，落地金钟之粲然，怪讶鹅卵石飞来之谜，听地下河杳然潜行，灯光、水光、石光交相映发，妙趣天成。间或抬头可望晚清秀才"我来不敢高声语，恐有群真下九天"之佳句，合时境，吟赏忘倦。

　　及至中洞，见东海龙宫起于壁上，飞瀑流泉，灵芝仙草，瑞光隐隐。

　　遂游天洞，神螺敛袂，役使鳞介，俱为妙肖；过通明宫，殿宇尚觅，窗禽叫门；入迷仙宫，满目迷离，壁画峥嵘；至玉蝉宫，睹嫦娥琴室，丽玉悬琴，抚之铮铮。银河长廊，神龟来迎，看天马行空，赏孔雀开屏，登瑶池仙境：树木蓊郁，紫竹疏影，二龙戏珠，瑶池水清，仙舟缥缈，蟠桃茂盛。每一个顽强的积淀、线条，都唤起了我们的审美意识，在这里结晶。其中，记忆最深的是洁白晶莹的"罗纱帐"，管状透明的"天丝"，巨幅立体"山水壁画"，精美雄伟的"千佛山"。

　　从南海出口出洞后，只见几只蝙蝠或飞翔或倒立悬壁，让我惊鸿一瞥，美好的象征意味"福气"贴在此地。出壁口，另有赖少其将"蓬莱仙洞"这个豪迈的符号足以奋力射出，行云流水，泅浸三分缠绵、七分仙气。

二姐丁香

方　杰

一般来说，如果一个家庭孩子比较多，老二总是容易被疏忽的，她不像老大第一次带来的惊喜，也不像老小受到的宠欢。如夹缝中遗漏的阳光，谁在意了她的思想？谁在意了她的着装？她在忽略中成长。

比如二姐，丁香。

就名字而言，丁香是很美且富有诗意的，但你要知道你生长的地名就叫丁香，那是不是就有些随意性了呢，我想二姐曾经应该很讨厌这个名字的。

我想二姐跟我一样，是没见过丁香花的。我不知道丁香花的来历，也不知道我们小时候住的老房子的来历，据说老房子是政府从地主那没收来的，很大，空荡，那些黄旧发白的楼板，被人流传闹鬼的楼上，我是从来不敢上去的。有天井的厅堂，雨落的时候，水从避尘处倾下，溅在下方的大青石板上，注入两旁的水池里，却永远不会溢漫。

望着天井上方的天光，二姐会拼命忍着瞌睡连连，摇晃着摇床，希望我早点进入梦乡。"经常迷糊中把摇床摇翻，把你扣在下面，头上鸽蛋大的包，害怕爸妈骂，涂半盒清凉油，巴望消了。""还有吃饭,有点好吃的菜都在你碗里,我就在拐角哄你啊,宝宝,给姐姐尝一口,就尝一口。"姐姐每次说起过去的趣事,自嘲中总能听到一丝心酸。

我是不记得这些的。我拿着父亲的账簿到野外画村庄,跟小姐姐在小河大河里摸鱼虾,拿着缠着蜘蛛网的竹圈去粘蜻蜓,印象中,二姐都没参与过。直到忽然有一天听到二姐谈恋爱了,才知道原来二姐一直就在大家身旁,花儿悄悄地开放了。

二姐的男朋友就是我的英语老师。在我印象中,他开始好像是跟学校另一老师的女儿谈恋爱的,怎么又成了姐姐的男朋友,我百思不解,但因为是我老师,我还是很欢欣的。

不仅因为如此,他还很帅。二姐当时在镇上财政所上班。他们怎么开始的我不知道,但父母却很反对,似乎我父母对每个姐姐谈恋爱都反对。于是聪明的英语老师想到一个办法,每晚上我家来给我免费补习英语。这样一举两得,既讨二老欢心,又拉拢未来小舅子,关键是可以有借口来见女朋友。

在英语老师的努力下,我的英语水平有了大幅度的提升,甚至名列班上前茅了。

但是,浪漫的时光肯定不会是陪我在小房间里,探讨英语语法,总得两人花前月下。只是每每姐姐迟归,总挨父母的骂。父母每晚临睡时,总把前、后、偏门都闩好,反正你在不在家,都别出去或进来了。只是前脚父母睡去,我便偷偷地把后门闩拨开,好让约会的姐姐回家。

可是美好的爱情并没如我祝愿的那样走到最后。

伤心的英语老师一怒之下,借酒意撕碎了姐姐保管的几大本税票,那是非常严重的工作渎职,父亲花了好几个晚上,一片片地补贴粘好,更碍于父亲的老面,才避免姐姐被辞退的后果。带着满心的伤痛,姐姐被调到更偏远的乡村。

更多的夜晚,父亲坐在院落,默默望着葡萄架上的月影,夜深秋风凉,担忧胆小羸弱的二姐在远方。

我去看过姐姐，那时我已经去城里上学了，财政所环境还好，只是异乡人生地不熟，到了晚上同事下班回家，剩下姐姐一个人做饭、一个人关门睡觉，紧闭门窗，孤独警觉，让我难过。于是我跳在城里学的霹雳舞给姐姐看，读写的诗给姐姐听。

姐姐满心欢喜，告诉隔壁乡邻这是我弟弟，我想姐姐那时开始为有我这个弟弟感到骄傲。

财政所对面是林业站，站里有户和善的人家，对姐姐很好。

大娘经常送些好吃的过来，但来得更勤的却是大娘的儿子，叫毛毛的小伙子。

父亲不久就调到城里去了，更是牵挂二姐，奔波找人想把姐姐调到身边，只是太过匆忙地离去了。

父亲去世后的第二年，二姐便嫁给了毛毛。

而我多年后接触到的丁香花，却是素有"丁香王"之称的画家曹辅銮所画的丁香。曹辅銮画笔下的丁香柔美典雅，似乎总在不经意间散发着淡淡的幽香，充满诗意。

是否也可以形容心目中的姐姐呢?

现在的姐姐似乎过得肆意潇洒，但谁又会知道，当喧闹退去露出忧伤，谁在深夜咀嚼凄凉。

自父亲离开，我们姐弟也就像被风吹散的蒲公英，散落四方，各自坚韧地生长。如果不是太贫瘠的土壤，谁又愿甘心失落最初的梦想。

我也尽量使自己的文字清香，画意悠长，应了姐姐那份文艺的渴望，圆了姐姐褪色的梦想。

姐弟啊，也只是这一生而止，血浓于水的羁绊。

挖 地

涂必宏

　　挖地，是传统农作物耕作中的一环，在牛、马、骡、驴等牲畜尚未驯化之前，是先人们必不可少的一种劳作方式，后因动物的驯化，牛耕、马耕等方式的出现，畜力翻地方式渐渐代替了人力翻挖。随着科技进步，机械化又替代了畜力，就很少有人力再挖地耕作了。

　　牛，伴随着人类生活、农业生产几千年，为人类社会进步做出了极大的贡献，人与牛结下了几千年的深厚情谊，"老黄牛""孺子牛"等长留我们心间。农业机械化让牛渐渐退出了人类的生活。20世纪90年代后出生的，已不知挖地等各种农业耕作方式，牛，对他们来说，偶尔在电视、电影或视频，或某旅游景点、某草原上见到，那是产牛奶的奶牛或是提供牛肉的肉牛，不会与耕地、拉车等联系起来了。

　　现在乡下的耕地要么流转，机械化耕作了，要么荒芜。早已没有耕牛了，偶尔见到也是养殖场圈养的肉牛了，牧童、犁、耙、耖等早已是过眼烟云；锄、刀、斧等也是锈迹斑斑；箩、筐、桶等已朽腐，进了农家的锅灶；稻场也回归为操场。40 岁以上的或白发苍苍的老人还种点菜地，耕牛退出历史舞台，农业机械又不适宜小块或边角地，要想自己种菜吃，只好"躬耕陇亩"了。已过八旬的老父，发如白雪、背似犁弯一辈子从地里刨食，见不得田地"抛荒"了。前几年，家中有几块地被几位邻居讨去种菜，如今荒芜在那，老父每见之，总是心痛不已，嘴中常唸叨着"荒糟掉啦"，而自己还手脚不歇地种点自食的菜蔬，自然得要挖地。

去年处暑前后，江南各地，多雷阵雨，七老八十的老人称为"风暴雨"。午后，刚刚还是晴空万里，突然黑云压城，电闪雷鸣，一场对流雨倾泻而下。但是，对流雨往往是局部的，俗话说"风暴雨隔田埂"，一条田埂或一条路南边下大雨，北面可能是阳光灿烂，"东边日出西边雨"是其写照。近几个月来，以家乡为中心，一二百里范围内雨倒是下得不少，但家乡那块小地方，多是被风暴雨躲过，一个多月来，老父六七米深的水井，水也见底，前山上的树、后山上的竹少量已枯死，菜地旱结如大路。

老父说：要不是闰月，已是八月，应该挖地种萝卜、栽白菜了，天不下雨，没办法育菜秧、种萝卜，种子一撒到地里，几天就会旱死掉，不出苗。只有先把地挖出来，整好，放在那里，天一旦下点雨，地湿，就可以下种了。

听着老父亲絮叨，我正"葛优躺"吹着电风扇，外面阳光强烈、湿气闷热，心里真的不愿意出门去挖地。想想老父已年过八旬，辛苦勤劳一辈子，母亲生病 20 余年，早已仙游，养育我们一大家子，我们为生计都已奔波在外。十几年前，老父就已成留守孤独老人，想到此，不知不觉，一阵心酸，泪出眼眶。我呢，都已"双五"之年，白发盖顶，历尽人间辛酸，泪腺已枯，早就不是容易流泪之人。节假日，只要没有公务或值班，我就回家看望或帮他干点小事，那天，老父未叫我去挖，但实在不好意思，我戴着草帽，找双旧手套，扛着锄头、顶着太阳出门了。

先是板锄挖（上窄下宽，长六到七寸），一锄砸向地面，地面太板结，锄子无法嵌入地里；于是换成条锄（上下一样，大约二寸宽，长八到九寸，比板锄重）挖，哪知条锄也只能挖到一二寸深，根本达不到深翻的要求。地没挖成，我的上衣、裤子全被汗水浸湿，头上汗水淋到眼睛里，又辣又涩，真是"汗滴禾下土"。后又换成抓子（形似条锄，不过它是二根齿，下端尖尖的）挖，因受力面积小，易于钻进地面以下，但因地块太硬结，也无法进入地面以下四五寸。为了能达到深翻的要求，我高高地举起抓子，狠狠地砸向地面，震得手掌生疼，虎口皲裂，血丝渗出，手掌也起了血泡，到晚上吃饭时，手麻木地抓不住筷子，几天后手指头还是麻木的。每当看到菜市场上，市民与菜农为点小菜讨价还价，想着市民真的应该体验一下农民种菜或做农活时，那种"面朝黄土背朝天"的苦累与辛酸，不要一味地认为那是"采菊东篱下，悠然见南山""田园牧歌"式的悠然自得。

连续几个双休日，我都是替老父挖地。白天，太阳暴晒，热得气喘吁吁，胸闷、发慌；每到晚上，手指麻木，腰酸背痛。同时还有蚊虫的叮咬、芭茅、刺的划割或戳伤皮肤等，农民那一点收成，莫不是从辛苦中取得，真可谓"粒粒皆辛苦"。

历朝历代，国内国外，无不重视农业、农民、农村问题，但农民劳动客观条件难以彻底改变，摆脱不了干农活的辛苦，所以"草根"总是想通过读书、考试脱离"三农"，"上山下乡知青"要回城，也就不难理解了。但愿大家在享受山珍海味、珍馐佳肴时，能记得起农民的辛苦。我们的生活离不开农民的辛勤付出，无论科技、人工智能、大智慧发展到哪一步，农业生产还有很多环节很难全用机器或机器人来代替农民。

乌渡湖畔

谢海龙

江南的冬天，仿佛不再是那么寒冷。印象中，小时候冬天天寒地冻，屋檐下的水滴会结成一个个小冰柱。既然又是一个暖冬，我爱出门去乡间，呼吸一下野外清新的空气。

乌渡湖坐落在美丽的池州市贵池区涓桥镇境内，沿着紫岩村的一条乡村道路蜿蜒西进，10 余里开外便显现出一片广阔的湖面，蔚为壮观。湖的四周丘陵环抱，山上长满冬青树，所以冬季时依旧显得郁郁葱葱。青山原不老，为雪白头。联想到前些天各地大雪纷飞，唯独池城没盼来雪花飞舞的场景，不觉内心怀着一丝期盼。

贵池河流纵横，众多湖泊与洲滩相间，较大的有平天湖、齐山湖、黄盆湖、月港湖、乌渡湖等。乌渡湖现在就是人们常说的天生湖，是秋浦河流域最大的一个淡水湖泊，自然风光却是秀丽无比，万亩水面，烟波浩渺，养育了许多珍贵鱼类。乌渡湖的天是蓝的，水是清的，紧挨一旁有家"小圩渔庄"。主人姓燕，个子不高，为人热情诚恳。落户此地十载，经营着百余亩大的鱼塘。因为同是文友，了解他精于诗词，又爱好书画。性情中人的情感往往是纯粹的，因而渔庄内常常是高朋满堂。

乌渡湖美，文化底蕴更加浓厚。2018 年的元月中旬，池州市秋浦诗社的文友们兴致盎然，将采风创作基地选择在这片天地里。而在这里徜徉，作家们会找到一种宁静致远的感觉。画家黄宾虹曾隐居湖畔，大师耐得住寂寞，就地取材而创作，寻找着艺术的真知。我不禁在思考：有时人在寂寞时，反而能体会到百味人生。

我爱在宁静的湖畔散步，乌渡湖碧波荡漾，湖边的村庄里散落着不多农家，白墙黑瓦，与这里的生态自然融为一体。田埂边长满密密的芦花，一丛丛的，在微风中摇曳，舞动着袅娜的身姿，放眼一望在阳光照耀下更富有生机，给人以无限的遐想。抬头远望，蓝天上飘着朵朵白云，一群群白鹭时而站立在田间，时而结队飞翔在山边，点缀着这片天空。一幅天然的水墨画，尽收游人的眼底。与诗人王宏权一起漫步在乡间，享受着大自然赋予的美景，渐渐到了忘我的心境。大家感受着生活的美好，畅谈着未来。诗人是率真的，他的想象力在惬意的氛围里被无限放大……

小圩渔庄里，纯朴的大嫂在厨房里早是忙碌开了，柴火烧得很旺，为宾朋张罗着饭菜。天真无邪的孩子十分活跃，围在父亲的身边，不时好奇地问这问那。坐在渡坞阁内，三五好友围成一桌，品着香茗，眺望着窗外的风光，无拘无束地畅谈着，欢声笑语成一片。刹那间，我想起了李白的诗歌《将进酒》："主人何为言少钱，径须沽取对君酌。"从此诗中，我读懂了古时文人的豪爽，而面前这名眉宇透着干练的主人，不亦如此吗？

归去时，炊烟升起，夕阳的余晖静静地洒在湖面上。望着附近几个渔圩里，一些渔家还在忙着拉网起鱼。人欢鱼跃，一年的忙碌换来的终是满筐的喜悦。

在仰望中倾听

谢峥嵘

清晨，漫步在惺忪的街道上，让刚刚从凉夜里捞起的山风，过滤着身心的混浊之气，一面在想，昨日的夜空一定清明璀璨，菩提树下的佛陀，夜睹了怎样的星空，才证悟了一切万物都是因缘生起的定律？

在江南，山里的湿气很浓，在阳光还未折射之前，山色青莹矜持而又神秘，九华山上的每一座山峰都披上了玉衣袈裟般在禅思入定之中，99 米高的地藏大佛如同一朵金莲盛开在山峦之间。我迎着这遥不可及的灵动水气，轻盈吐纳，好似可以从微尘中凌波而起，恍惚我的前世今生，看见我的生灭缘起。

人世凡尘，天天勤勉，日日拂拭，役役一生，终究是断不了烦恼，脱不了生死。所以，世间的修为，除了努力，还需清醒地思考，超然物外的智慧。本来无一物，何处惹尘埃。

为物所困，患得患失，如何息虑静缘，对内不妄想，对外不攀缘？管他风动幡动，心静如水，则内心光明映照。王阳明格竹反省，最终在龙场悟道，求理于物不如求理于心，心外无理，心外无物，临终才会从容坦然："此心光明！"

佛陀在涅槃之前，要求一切经典的开头都设置"如是我闻"的字句，以证明经典内容的真实可靠。而我理解的"如是我闻"不仅仅是一种证明，还有用心良苦的提醒。

从有涯到无涯，人生有太多的无知与无奈，困顿于身体的局限，激发人心的延展与突围，唯有智慧。摄心为戒的心，经拴一心的心，法门千万，不外乎人心在戒、定、慧中的修行。

所以，"如是我闻"的闻，不单单是听的意思，还有心的意义。耳的能量离不开脚心的引力，而心的倾听可以极致无限，傍日月，挟宇宙，天地一参，万物尽然，自由空旷才是生命追求的至臻状态。

听地藏大佛的大愿心声；听九华河水的明月前生；听陵园中光阴的转折；听果林里飞花的落定；听钟鸣的参悟，古村的淡定；当我们在仰望中倾听，生命的体验有得意忘言的会悟，凌空绝顶的开阔。

听山的气息，我们体会此中有真意，欲辩已忘言；听水的流淌，我们体会千江有水千江月，万里无云万里天。人与自然的融合，是生命之间的流动，也是个体生命的突破和超越，是人心回归真实的本然。而这种本真的回归又促进人与自身的相遇，身心相遇的瞬间，有破茧重新、涅槃妙心的豁然。拈花之时的会心一笑，是因为，心中已溢满青莲的颜色。

在仰望中倾听，是一种方式，也是一种态度，低至尘埃里的倾听，触及空无中的仰望，有莫之夭阏的冲破和通达，有背负青天的积淀和广大。仰望中的倾听，让生命从有限向无限发散，扩展生命的极致，完成生命里的通透和圆满。

游醉翁亭记

马永昌

环城皆山者,东临龙山,西傍琅琊,南踞龙蟠,北亘白米;山峦起伏,绿水飘带,百亭点缀楼宇,似芙蓉出水,城醉山水中,滁州也。

西南数里,大道蜿蜒,树荫深邃。霞光淡出,游客结队,相伴相随。闻路边小花,翠蒂天香者,滁菊也;品西涧春雪,清香高锐,滁之茗也;观参天大树,琅琊醉翁榆,唯此有之。古树怀抱一亭,亭之秀美,醉翁亭也。千古名胜,闻名遐迩,智仙建之。入二贤堂,思俩与修;想醉翁美酒,曾一醉方休。人醉心未醉,壮志追毛遂,天生之才必有用,他人不用可自用;登峰造极者,人物也。

欧文苏字,金石之宝,文人墨客赞之。菱溪石下九渠弯,不见诗人把酒欢;回望千年玄帝宫,方知醉翁驾鹤还。览余台上观八景,不是江南,胜似江南:鸟儿林中戏,鱼儿水中欢,景色好别致,亭阁出悄然。醒园桥上凭栏处,鸿雁敖长空,丰山落日圆。晚霞映山红,林壑美人醉,宠辱皆忘亦。顽童嬉戏,掬一口让泉,呼之爽也。

夜幕路灯烁,幽静无声,唯潺潺流水,清脆悦耳,伴一声蛙叫、两声蝉鸣、蟋蟀之韵,翁醉洗心亭也。摘片树叶吹首歌,悦者谁乎?

95

醉城老翁永昌也；歌为谁赞乎？四大名亭之首耳。翁意不在酒，在鸟语花香、山水如画；在一轮满月、溪水银花。

同乐园里总关情，峰回路转民为先。顶光叹曰：盛世年华，今非昔比，修不及也。康而安、民无忧、心如镜。侧听林中有玄音，抬眼处处皆诗画；莫道琅琊无奇观，醉翁三绝是精华。

丁酉年中秋

小桥，乡情的呼唤

薛守忠

　　小桥，有我童年的记忆。

　　听父亲说，土改前，小桥是用 3 根约两丈长的木头并排铺成的，桥墩也是土和石块垒的，不牢固，所以经常被暴雨或洪水冲毁。土改那年，家家户户都分了地，背井离乡的都回来了，从前穷棒子，今天做主人，劳动热情高涨。一位土改工作队的领导说，乡亲们耕种要过河，猪、牛、羊放牧要过河，这小小的木头桥，怎么承受得了呢？于是，全村发动，老少上阵，从逃跑的地主家里抬来了两块很长的青石板，又拉来 4 个石磙子，把磙子竖起来，石板横放上去，不到一周，小石桥建成了。起啥名字？大伙说，就叫"土改桥"。说来也巧，我就出生在这一年，小名也叫"土改"。因而"土改"一词的含义就多了，既指"土地改革"，也指小桥改建，更重要的，还能纪念我的生日。

　　后来，村民干活，累了，就经常到小桥上歇息，吹吹风；渴了，就喝点桥下清澈的流水；热了，流汗了，就掬起清凉的水，洗洗脸，擦擦身子；有时候，人聚多了，就七嘴八舌地侃大山，聊家常，什么周瑜打黄盖啊，聊斋故事啊，东家长，西家短，哪个媳妇俊，哪个老婆丑，就都成了小桥的保留节目。如有人唱上一段《小寡妇上坟》，就会赢得热烈的掌声，开怀大笑。这些笑话和趣事，随着岁月的流逝，早已化为天上的流云，飞向了远方；也许落入水里，流入大河。可是，小桥依然是人们田间休息、聊天的好去处。正是这些有趣的事情，让我知道，小桥是一个充满快乐的地方。

改革开放了，我跟随爱人到了遥远的上海；光阴荏苒，转瞬离开小桥已经几十年了。

现在，我们已是坐六奔七的人了，头发花白，眼睛昏花，腿脚也不怎么灵便了，但是，当年那座熟悉而亲密的小桥，却成了魂牵梦萦的地方，一种乡情的呼唤。

初秋的一天，我们终于回到了阔别已久的故乡。眼前的景象，让人激动异常。低矮简陋的平房草房，变成高大漂亮的楼房；以前的土路，今天水泥路；两边的白杨树，高耸入云。大路，就像一条伸向遥远的绿色胡同。家乡的变化，真是翻天覆地啊。可是，当我们来到了当年的小桥时，激动而热烈的心情，却立刻降到了冰点。

小桥已经废弃不用了。在小桥的旁边，又造了一座气派的钢筋水泥桥。据知情人说，原来小桥的基础是泥土和石磙子构成的，承受不了现在繁忙的交通和运输，同时，拆了再建费工费时费料，于是，只好另起炉灶了。

小桥两边的路基塌陷了，荒废了，长了许多蒿草——黄蒿、狼尾巴蒿、米蒿、白芷蒿等；茅草、巴根草、三楞草、老牛拽、蓑衣草等，荒凉的意味不禁让人唏嘘；秋风吹来，发出沙沙的声音，好像小桥对重逢的老友，诉说那缥缈的往事和风烛残年的凄凉。作为桥墩的石磙子，已经倾斜，躺在上面的两块石板，也偏离了原来的位置，摇摇欲坠；不过，经过多年的风吹雨打，石板显得清爽洁净，在夕阳光辉里，颜色纯净而深沉，蓝莹莹的，像两大块深蓝色的美玉，纯朴自然，浑厚稳重，默默无语，犹如饱经风霜的老翁，静静地注视着岁月的变化；桥下的涓涓细流，穿行于石块和瓦砾之间，细碎的水声，如泣如诉，好像在为小桥悲凉的老境而哀伤叹息。

小桥在草丛里沉默，我们在新桥上惆怅，深深感受到了"相见亦难别亦难"的苦涩意味，无奈之下，只好留下一张夕阳晚照，记录了萧条冷落的小桥，也蕴蓄了无尽的惜别之意。

这时，夕阳的余晖洒在湖面，随着波浪的起伏而浮光跃金，煞是美丽。这，让我们想起了那尘封已久的闪光岁月。

在水泥桥上，一辆辆不同颜色、不同品牌的轿车，来往穿梭，风驰电掣。那些开车和坐车的人们，在灿烂的晚霞里，悠然自在地享受着飞速疾驰的快感和喜悦，却无眼顾及那座久经风雨的小桥。

眼前的一切，让我有了疑问：人们在建设美好家园的时候，能否让那些天涯倦客的心灵深处，永远珍藏着乡情的呼唤？

寒 食

丁梦远

　　那年春天，我在乡间的一所学校里教授语文。我亲手哺育着这群稚拙可爱的灵魂，盈耳的是清脆又娇憨的吵闹，心里觉得从未有过的明快与喜悦。那天寒食，一大早，许多叽叽喳喳的小精灵们就已爬满了我卧室的窗台。他们喧闹不已，像一群叫晨的百灵；但我一起身，却又不见；待一打开门，忽又喧喧然的一拥而入。他们带来了各式各样乡间的冷食，而尤其多的，是那种掺和了初生的野菜汁、圆圆甜甜的青米团子。青米团是糯米磨粉做的，绿莹莹的，像块半透明的玉石，顶上还拍了一点胭脂红，简直就是一件浑朴的工艺品啊，叫人怎舍得吃下去呢？

　　到了晚上，男女学生来了一大群，约我去不远的小村里看露天电影。这群孩子前呼后拥，簇着我，过小桥，经竹林，沿低圆的小山而行，一路欢声笑语不断。女孩说："老师，你上课时好凶哦，眼睛瞪起来有这么大！"她用小手比了一个比我的脑袋还大的大圆圈，借以说明我"凶"的程度。我说："上课嘛，就该这样。"他们又说："老师，你家离这里远吗？""远的。""几多远呢？""嗯，有这么远吧。"我用拇指和食指比了一个小小的距离，他们自然不信，"嚯，骗人！"小鼻子一耸，脸蛋儿就扭过去了。我慢悠悠地接上说：

"这是地图上的。"于是哗然大笑，脆脆的笑声在夜的田野里传播得很远。

隔了一会儿，他们又生出一个主意，"老师，你唱一段戏文，好不好?""不好。"我说，"我一唱，会把你们吓跑的。"于是他们开始报复，赫赫虎虎地道："老师，你到我们家里，先要吃一碗荷包蛋，一家一碗，这是我们这里的规矩!"我吓了一跳，忙说："那我就不去了。"他们立即高兴起来："不去不行的，你认不得回去的路的!"我说："我认得的，从这里往回走，过小竹林，再过小石桥，那就是我们的学校了。"他们便又慌张起来，忙一起拉住我，齐声说："不回去，不回去，我们骗你的哟! ……"

那是一个多么美好的夜晚，是南国的春天里的一个难得的晴日。和煦的风吹着，星星在遥远的天上眨着眼睛;桃花杏花开在枝头，春茶生长在低缓的山坡上，出蛰的青蛙已经开始在水田里鸣鼓了。我们手牵着手，沿一条弯弯曲曲的小道，一齐向露天电影场走去。——啊! 这春夜里的一切都可以做证，我多愿意就这样永无尽头地一直走下去啊……

进城以后，因为生计匆促，那所如童话般美丽的小小校园，已经很久没有再回去了。去年中秋，我得闲做故地之游，发现当年低矮的小瓦房，已换成了一幢 5 层高的砖混教学楼;旧日同事已星散不少，只有两三故人，仍在那片丰沃的黑板上辛勤耕耘。还有我的那班烂漫的孩子们，那班每让我在追忆的遐想中魂牵梦绕的孩子们哟，这么多年过去了，你们也早该长大了吧!

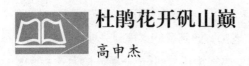

杜鹃花开矾山巅

高申杰

举目望矾山，首先扑入眼帘的，是一片类似戈壁的半爿山的内脏——赭石。刀削斧劈一般的掠夺，似血的红褐色，使我震惊，让我失望。好在，远远望去，它顶部的边沿上围着一溜红花——花中西施红杜鹃——酷似少数民族帽檐上的花饰，还能让我眼睛一亮，心头一喜。我在内心感喟：如若不乱采乱挖，那么，这座山就完整了，那该是一座饱满而体俏的山；该是一座草木蓊蔚的绿山；该是一座娇烂漫红的花山和香山；该是一座花蝶纷飞蜂吟唱的生态宝山。

那个叫月亮的一声呼唤打醒了我的沉思。我们跟着他从一座小坡开始向上攀爬。爬了一会儿，绕到后山，哇，风景竟在僻幽处！这边，山的肌肤还在，山腰杂树杂草横生，山巅开满迷人眼的繁花，似一抹丹霞在蓝天下绚烂，像一堆篝火在绝巘上燃烧。

仰望山巅，那一堆堆红杜鹃却是一片模糊的红，一片迷乱的红。我们急切地想要贴近她，领略她们每个个体的美，独特的美，与她偎依，与她拉扯，与她嫣笑，与她亲昵。

山，不算高，但太陡了，太险了，脚下是万丈深渊，跌下去就意味着粉身碎骨。月亮说，带了几拨人，都望而却步，抱憾而归。

　　而我们同行的这几枚美女，一个个都是实打实的花袭人，花仙子，花痴。"会当凌绝顶"！嗨，她们居然豪气冲天。既然巾帼不让须眉，那须眉也断然不能装孬，爬呗！于是乎，一个一个像千年老龟，手脚并用，望着月亮的屁股往上爬。这山也怪，那么高的高处，居然许多地方都是风化过的松泛泛、湿润润的积砂，脚一蹬，连砂带人往下滑，险啊，跌下去就是阴曹地府！年过花甲的月亮像一位山居奇人，总是那么神秘，那么超人，总是捷足先登，鬼使神差屹立在我们的头顶上，然后抻过一只粗胳膊，用力地一个一个往上拽。颇费周折，我们终于登上山巅，来到花西施的身边。那无数棵花西施阵仗甚是宏大，那无数朵红色杜鹃花在半爿山巅之上像火一样燃烧。一根长长的枝条，就是一束烈烈的火苗；一棵花树就是一个熊熊的火团。这无数束火苗和无数个火团在山巅一齐燃烧，烧红了山巅，烧红了云朵，烧红了我们的脸庞。此时，有一种置身阆苑的感觉，于是奇了，醉了，迷了，尖叫了，疯狂了。陡然间，我诧异于这一株株娇艳西施，怎么就像前世有约，一齐吆三喝四地凑到一起呢？她们扎堆儿来到这里，抱成团，连成片，汇成海，凑成云，燃成火。是了是了，只有这里，只有在这人迹罕至的山巅之上，她们才能生存，才能妖娆，才能风光，才能妩媚，要是在山下早就被游人猥亵了，早就被居民挖回家囚在那块小天地里了。返回路上，我们真切看到有居民在山的较低处挖了杜鹃树，一跷一跛地往家挑。盆栽的红杜鹃与人家院落或花圃里的红杜鹃我都见过，她们是抑郁的，猥琐的，晦涩的，凄怆的，与这里的红杜鹃相比，那简直有如东施、西施之别。这里的杜鹃，开得饱满，开得奔放，开得火辣，开得热烈，开得野性十足，开得肆无忌惮，开得风骨凛然。眼下杜鹃正适时，东风袅袅，香雾霏霏。同行的 3 枚秀女宛若 3 只蝴蝶，不自禁地钻进花丛之中，与花西施争妍斗奇，那累得泛红的秀脸就像没化开的胭脂，在一众花红柳绿中红着，笑着，烧着，火着。

痛在山村深处

黄治斌

关庙冲，是个长达 20 多里的冲子。父亲曾经是那条冲里的名人。现在，即使在我居住过的那个小村庄——王岭，还知道父亲的人，也已经不多了。

离开我们已经35 年了。他的影子已渐渐模糊，模糊得大家不知道他是谁了。"国本大爷""肚大队长"，曾几何时，也是那条冲的名片啊。

父亲姓黄，名国本，1925 年出生。他给东家做过许多年的小放牛，也打过许多年长工。幼年时，他便用那柔弱的肩膀，支撑着一个贫穷的家。贫困的生活，繁重的体力劳动，使他的食量大得惊人，以致有了个"大肚子"的名号。

父亲既勤快，又直爽，且肯动脑子，很快地成了那条冲里的一个人物。先是老东明大队大队长，后是关庙大队大队长。一当就是几十年。那条冲里谁不熟悉"肚大队长"？上下十几个村子，许多人和他年纪相仿，团在一起，老伙计一般亲热。赶上吃午饭或是吃晚饭，大家总是喜欢留他喝上一盅。一把山芋爪，几粒豆子，一碗南瓜丝，便是下酒的最好菜肴。那时候也不是什么干部不干部的，就是"哥俩好"的那种感觉。也许在相当长的一个时期，这种喝酒的心态也很难再现了。

父亲爱酒,他喝酒时从不讲究菜肴。记得我开始教书的时候,有次有个村子死了头牛。父亲下队时顺便买了点牛肉回来。我便准备做水煮牛肉给父亲下酒。做时才知道家里没有一滴油,只好用烧开的清水下牛肉,再放上几粒食盐,仅此而已,父亲竟也吃得津津有味。父亲爱酒,可生在那个年代,酒,不是你想沾就有酒沾的。有时候一年也难打上一斤。好在我叔父在庐江城里工作,且是单位负责人。他知道我父亲喜欢喝一杯,回家时,总不忘带上几瓶。那可真是滴滴金贵啊。父亲平时也舍不得喝上一口。可是家里一来人,他便笑呵呵地把藏在柜子里的酒,一瓶接一瓶地往外拿,直到拿光为止。那时我曾想,拿一瓶上桌已算很客气了,为什么不留两瓶自己慢慢喝,非要一下子喝个精光呢?后来我才渐渐理解,原来父亲心里对朋友的那种"诚",比酒还要金贵得多。从那时起,父亲的那种品格,慢慢地融入我纯洁的心田。

关庙一条冲子的人都知道父亲不爱"好",穿的衣服因为旧,看上去总是邋邋遢遢的。在我的印象里,他几乎没添置过新衣服。记得叔父从城里给他买了斤暗黄色的毛线回来,母亲给他织成毛衣。平时他也难得一穿,看不出他喜欢这件毛线衣。1980 年春季,那是个冷酷的春季,疾病的痛苦把父亲折磨得死去活来。临去世前几天,他跟我说,他死后,把那件毛线衣和一件新马甲一同放进棺材里去。听到父亲的话,我止不住眼泪扑簌簌地往下掉。原来父亲他也爱美,只是一辈子的穷困,让他养成了极为节俭的习惯,能将就点就将就点,绝不肯乱花一分钱。

父亲是个非常和蔼的人。他患上绝症后,我和妻结婚,她初来乍到,父亲对她总是关心备至。我妻怀孕后,他总是叮嘱我母亲要多多关心孩子。短短的几个月相处,我妻已把他当成了世界上最伟大的父亲。父亲去世已经 30 多年了,每当提到他,我妻眼里总是闪着泪光。

有人说,一个村庄是一个地方的伤口。王岭,我的故乡,它便是关庙冲的伤口。因为那里曾有我患病父亲的痛苦,那里有我无法报恩的遗憾,那里是我的根,是我永远的思念。让泪化雨,清明时节,纷纷扬扬,洒向王岭东边的那片山坳,那里长眠着我的父亲。天人如能感应的话,父亲,我已给你满上 3 杯了。

春的大圩

马少琴

当汽车缓缓驶进大圩四周，茫茫的绿色从天的那边向我们蜂拥过来。我们满眼，满脸，满身，都盈着春的颜色，心里洋溢着说不出的兴奋和喜悦，我们仿佛立刻就变成了一群融入大圩春色里的快乐之物。在通往大圩深处纵横交错的田陌上，散落着葡萄园等各色果园，她们仿佛就在大圩的深处穿行着；那些花儿在微风的吹拂下像是偷喝了米酒的孩童，粉红的小脸和顽皮的身影在我们身后跟随着；一阵阵微风像一群多情的少男勇敢地掀开少女的裙衣，把所有的树叶翻卷着；湖水在阳光的照射下湖面像是闪耀着碎银似的；湖中的那些苇草，轻轻地战栗着，像是被风惹急了似的，一瞬间，就变成了那一湖淡淡的青雾在湖面上悬浮着；那些远远近近的树木、果园和蔬菜都呈现出绿波闪烁的姿态，煞是好看。这样的愉悦，应该以怎样的方式表达呢？我们忍俊不禁地吟诵起席慕蓉和徐志摩的诗，伴着音乐，我们怎么可以不放声歌唱呢！我们就这样在大圩的春色里歌唱着，吟诵着，诗意地徜徉着，我们在愁闷笼罩的日子里吟唱，在明朗的日子里吟唱着，春之阳光又仿佛把我们的声音涂上金色，就这样把我们的幸福和快乐播撒在大圩的每个角落了。

最能代表大圩春色的是分布在圩新路上的那些果园。你若是走在圩新路上，首先映入眼帘的是两排高耸挺拔的杉树，给人以极度的视觉美感。向西望去，是一条宛如绿带般潺潺的溪水，嫩黄的垂柳随风舞动着，再经过一个小木桥，就可以走进世外桃源了。这里的桃园一片接连一片，其间用一道绿网隔开，就各自为家了。那么多株桃树铺天盖地，粉红色的桃花竞相怒放，千姿百态地绽开着笑脸，在春风的吹拂下摇曳着她绰约的风姿。这该是什么样的一种阵势呢，我们仿佛置身于陶渊明笔下的那个世外桃源。那样的美景你只能让她眩晕着，陶醉着，无语能表。我们除了张开双臂拥抱，亲吻，沐浴着桃花的花瓣雨，还能有更好的方式表达吗？我们躺在地上，让身体接近桃树的根部，细细地看着桃花，想着桃花，恋着桃花。桃花真是风骚的娘子，她一定喜极了春风春雨的挑逗，要不怎么会这么妩媚和风情，就连地面上不想开的野花，也受不了桃花那般妩媚挑衅，也绽开了些细细的黄花和白花，还引来蜜蜂蝴蝶在花枝间，翩翩起舞。几只小雀儿，像是约好了一样，一齐从桃花的花浪里飞来，落在一枝桃树上欢唱着，真像是在电影里一样，就算黄药师的桃花岛也不过是如此的美景吧。

我们沉醉在春的大圩的美景里不忍别离，西边的太阳开始落山了，夕阳把整个大圩抹上一层金黄色，天色已渐渐暗了下来，我们只好踏上回程的路。此时我不禁想起唐代著名诗人李商隐的名诗《花下醉》："寻芳不觉醉流霞，倚树沉眠日已斜。客散酒醒深夜后，更持红烛赏残花。"我没有在深夜后持着红烛再一次去欣赏大圩的桃花，我知道下一次再来大圩时，春天已经过去，再也看不到桃花在春风里的笑靥了。我猛地觉得心为之一颤，桃花最是红颜薄命，花期只有半个月左右，就如一个女人的容颜，在时光的飞逝里渐渐变老的一样。岁月的光阴是抓不住的，有谁能和光阴对抗呢，我们的青春包括生命都是这样短暂，但是我想，只要保持内心的宁静、从容和优雅，我们青春似的心情就不会被光阴带走，我们的人生就能够青春永驻。

念念于心

颜玉柱

新年的第一声鸡鸣，唱醒了东方的黎明；新年的第一缕阳光，打开了我们从部队踏上人生之旅 40 周年的大门。当脚下的路，已不再像年轻时那么宽阔和遥远，回首往事，我们朝气蓬勃、绚丽多姿，没有什么遗憾；当白发已爬上了鬓角和头顶，回首往事，我们历经风霜雨雪，就像凤凰涅槃浴火重生，没有什么遗憾；当孤独即将来袭，回首往事，念念不忘青春的脚步留在了汾水河畔，留在了太古岚和北同蒲铁路线，留在了连队，留在了心爱的岗位，留在了山西人民心间，永远地留在了战友们的心坎，没有什么遗憾；当我们儿孙满堂，回首往事，念念不忘连队官兵，念念不忘战友、同乡，念念不忘那一桩桩一件件感人的事情，更没有遗憾。

八百里巢湖，波光粼粼，两岸万家灯火。我们生长在这块土地上，已不知道祖先是从哪里走来，但湖底城池向我们传递出唐咀遗址的信息，还有姥山神话的佐证。可以想象祖先曾在这方水土刀耕火种，用脚印丈量田地、用脚印堆起田埂，灾害和磨难层出不穷，就像母亲一样养育着子孙后代繁衍生息薪火相传，养育着我们这一代最优秀的儿子和母亲湖一样最优秀的品质。为创造幸福美好的生活，我们用勤劳的双手、智慧的心灵，甘愿流尽最后一滴辛酸泪，吃尽最后一茬苦，将艰辛与苦痛拌和混凝土灌注坚实的基础，做家乡通往小康、家庭通往幸福大道的铺路石。如今，八百里观光大道车水马龙，湖光山色，小溪潺潺，鸟语花香，风景旖旎，处处如诗如画，我们和父老乡亲共同把家园建设得日新月异，秀丽可爱。

新年的曙光已映照我们喜悦的脸庞，也映照远在山西、西藏、甘肃、内蒙古、云南、广东、深圳、湖北、北京及其他地区的巢湖籍战友们的脸庞，大家尽情享受这春天般的温暖，快乐地步入晚年生活圈。我曾在一首诗中感叹："岁月如歌，追赶着白天黑夜，追赶着春夏秋冬，追赶着西边的太阳，青霜、雪花从头顶和鬓角纷纷飘落我们脚下，铺满前面的小路，仍有一万缕阳光藏在枯草丛，仍有一万缕阳光藏在白发间。"激励了成千上万的老年人和铁道兵战友们走好人生旅途上最后一段路程，把美好的心情交给蓝天白云、交给青山绿水、交给精神世界、交给自己，用生命的力量揽住夕阳，像大地托起高山峻岭，像纤夫肩背激流往上游涌进。也许会遇到难以想象的不测风云，可是新年太阳的光辉照耀着我们，看那一抹晚霞依然会别样出彩。

新年时辰敲响的钟声，所有的战友都在聆听，春天的脚步声越来越近。不知已离我们远去的几位战友是否也听见了那钟声和春天的脚步声？要是听见了该有多么美好啊。他们那么英俊潇洒，走得太早了，所到的地方一定是莺飞草长……令我们内心疼痛深切怀念！

我还是把我写的另一首《生命的禅》，在这一元复始万象更新的时候，献给我亲爱的战友们吧："风霜雨雪，湮灭不了青松描述绿色的含义；岁月更迭，覆盖不住春天点起的圣火；一路熊熊燃烧，我的躯体可以化为烈焰，让骨髓寻找它的出口，喷发蓝莹莹火苗，你会知道——枫叶为什么红于深秋，梅花为什么傲立冬天，野草为什么死而又生，多么像我走过的路。"

浮山墨韵

袁文长

　　当我第二次来到浮山的时候，因大面积的摩崖石刻而眠眦震撼了。我也曾攀缘过泰山，泰山石刻皇家气象浓厚，道貌岸然，给人以威慑；我也曾穿行过嵩山，嵩山石刻佛音缥缈，神情迷离，给人以幽远；呈现于眼前的浮山石刻，充满人间烟火，天地人相合，儒释道相通，沐身清心，涤荡灵魂。

　　10 多年前我首次来浮山，是因合铜公路入枞阳境时，有巨幅标语"黄镇故里欢迎您"。停车与当地人攀谈得知，著名革命家、外交家、美术家黄镇不仅是枞阳人，而且还在浮山中学当过美术老师。或因自己曾经做过教师且粗通书法的原因，便车绕浮山中学，希望更多地了解一些关于黄镇的情况。可是，当我一踏进浮山中学的时候，顿觉震撼，这座逶迤于浮山的校园，其形为天境，神似圣者。我恍然大悟：浮山，中国近代散文的宗源！我便由此而得知朱光潜、房秩五、吴汝纶、方苞、姚鼐、刘大櫆、方以智，等等，一大批我心中铭刻伟岸之躯，便是从兹走来。浮山，桐城派三祖之基；浮山中学，中国近代文化摇篮之一。两个多小时的访谈，言者罗列难尽其详，听者发聩仅知其端。当时的浮山还没有开发，山中荆棘挡道，入其深而不辨其路，本人与摩崖石刻失之交臂，只能发下下次再来的宏愿。

　这次来浮山，我直奔会圣岩附近的摩崖石刻群了。浮山的摩崖石刻自唐代以降，历时近 1700 年，存碑 480 多块，可辨识的有 350 多帧，应该是当今中国最大的石刻群之一。石刻所涉书体真、草、隶、篆皆备；按其源流可谓是一部中国书法史的石刻版。从魏晋质朴，到唐代法度，从两宋尚意，到明清复古，脉络清晰，阶段突出，爱书者留连而不知其返也。石刻之人，既有达官显贵，又有辞人骚客，也有山僧武夫。所刻内容既有描景状物，又有叙述其事：点景之作，以标岩为最，浮山三十六峰，峰峰有景。刻石人因景生情，寄情于景，自然之石，赋予了文化之灵。如极乐岩、首楞岩、紫霞关等。叙事之篇，内涵丰富，博大精神，启迪人生问道天宇。"行窝"两字凝练明末清初大思想家方以智之思想精髓，并浓缩冷冻于万古；"因棋说法"四字洞然而开大文学家欧阳修之心智，使醉翁而不醉于永年，"陆子严"标物之后说，演绎了其子陆放翁离情而忧国的经典故事。还有"壶天别业"，还有"瑞竹瑶"，等等，关于诗人的故事，关于佛的故事，令人三步一徘徊，五步一回首，凝神涌情而不知其返也。浮山石刻又是一部人文学百科全书之石刻版也。

　浮山，长江入皖继天柱、九华之后又一次布阵，山体面积仅 18 平方公里，最高峰不过海拔 163 米，在地球山之大家庭中，充其量只是一块巨石。然而，浮山，也就是这一块地壳运动偶然之物，却因石而生，因石刻而升华，因哺育了一群文化巨擘而光耀宇宙。

　浮山墨韵，润泽人类精神家园！

寂寞龙脊山

曹大根

　　2017 年 5 月，我到烈山镇土型村调查村史时，说到境内龙脊山。当得知我来到龙脊山时，曾担任过新蔡镇副镇长的朱学勇老先生非常热情，自告奋勇要当向导，带我去龙脊山游玩。

　　吃过午饭，我们便驱车前往龙脊山。车一直开到"龙吟湖"的停车场。"龙吟湖"实际上是一座人工水库，湖水清澈见底，四周青松成行，绿涛如海。我在思考：山，为什么叫龙脊山？湖，又为什么叫龙吟湖？朱镇长说："留个悬念，过一会儿告诉你，就明白了。"

　　在朱镇长的带领下，我们一行 4 人，沿着水泥铺就的小路，开始向山的腹地进发。路，高高低低，起起伏伏，总体是上升的。越往深处，树木越密越高大。过八仙之一的张果老塑像，横在面前有两条路，都能到大方寺。朱镇长领我们走的是一条水泥路，向南，呈弧形再向东，拾级而上，有点陡，不好走，好在朱镇长给我们介绍各种树木花草，不仅不感到艰辛，反而兴趣盎然。龙脊山有 2000 亩的原始森林，蔚为壮观。100 多种树木，其中不乏珍贵品种。除橡树、银杏、黄连木、山榆、山麻秸、川楝等较常见的树木外，还有少见的菩提树、铁木树、柏栗树、黄杨树、杜仲、桂花、油树等珍贵树种。朱镇长说："过去，这里人迹罕至，只有上山采药的人才来这里。"

说着，我们来到杏子山的观龙台，其四周深谷，中间为一座山峰，峰上有一巨石，上用繁体字刻的"观龙台"3 个大字，非常醒目。我们沿着螺旋梯登上了观龙台。远眺西北，华家湖和相山尽收眼底，心旷神怡。环顾四周，山脉像一条飞腾的巨龙，头伸向北。朱镇长问我："山的头向西北，尾甩向东北，山形是不是像龙？"我说："像，非常像！"朱镇长进一步说："那龙头的下面，就是一潭清水，犹如龙在饮水。那就是龙吟湖的位置。"我恍然大悟，想起一首宋诗来："不识庐山真面目，只缘身在此山中"。我终于明白了龙吟湖的来历，也知道山为什么叫龙脊山了。朱镇长指着老龙脊南端说，上面有百亩面积的山寨，由于日久风化，寨墙发黑，当地人称"黑寨墙"，又称"老龙寨"，相传五代时韩小雨曾在此踞寨称王。这里是老龙脊最高峰，顶端非常平坦，为抗日战争时国民党军队的飞机场，摧毁了日军在徐州的许多军事设施。没想到，我们的龙脊山，在抗战时还发挥了那么重要的作用。

下了观龙台，继续前行不到 2 里，便是著名的大方寺了。大方寺四面环山，坐西朝东，背倚龙脊山，面对芳岩山。芳岩山，因山上有种药草叫芳岩而得名，故大方寺又称芳岩寺。又因寺建得方方正正，而叫大方寺。初识大方寺，颇有"曲径通幽处，禅房花木深"的感觉。大方寺是龙脊山内最古老的建筑，据说始建于东汉，已有 2000 年左右的历史了，历经唐、宋、元、明、清多次重修。大方寺鼎盛时期，有僧人 100 多，建有大雄宝殿、佛雕、罗汉堂、碑林等，民国时被土匪所占，设施遭破坏，寺庙显得寂寞无奈。大方寺门前有座千年古井，常年不枯；有 1700 多年的青檀古树，人称"九龙檀"。山上还有 800 多年的橡树和少见的菩提树等，这些都彰显了龙脊山悠久的历史。

明朝时，大方寺吸引了众多文人骚客，留下了许多优美的诗句。明朝丁育果《游芳岩寺》，描绘了龙脊山的艰险："危颠无人径，攀缘不畏劳。闻钟知寺近，回道见山高。壁涧深龙窟，苍松老鹤毛。平临崖际阔，归鸟人翔翱。"

　　明朝周国鼎的《芳岩寺》："隔岭闻钟起，空山落杏花。獐鹿当客路，薜荔护仙家。洞口封云密，石泉纳雾奢。登峰聊驻足，双手掬流霞。"又使我们看到了龙脊山的旖旎风光。

　　清朝李心锐《春游芳岩寺》："四周山色锁青烟，古寺深藏不计年。著雨野花红染地，攒云老树绿撑天。月临梵宇僧皆佛，春到禅林鸟亦仙。我入上方心便远，烹茶留客座生莲。"更是把龙脊山描绘成人间仙境。

　　可以想见，明朝时，龙脊山是一处风景优美的景点，吸引了众多游人，很是热闹。反观现在倒显得冷冷清清。今天的游人不多，三三两两。龙脊山景点不少，但开发不够深，规模也不大。我甚是疑惑，朱镇长道出缘由：龙脊山很特殊，东南连宿州市的夹沟五柳风景区，西北接淮北的烈山区。大方寺这一带树林是夹沟林场的，也就是说，龙脊山属于宿州市和淮北市共同管理，而核心景点大方寺却不属于淮北市，这是制约淮北市龙脊山风景区开发和发展的最大障碍。

　　龙脊山虽然没有泰山的雄伟高大，也没有华山的奇险壮丽，但她小巧玲珑、涧壑幽深、云洞飘霞，有原始森林的覆盖，空气清新，是天然的氧吧！最重要的是八仙之一的张果老，就生于斯，长于斯，出家大方寺，故这里仙气氤氲：藏仙洞、仙人石、仙人洞、仙人灶，处处是仙境。古人说得好："山不在高，有仙则名；水不在深，有龙则灵。"龙脊山风景区有张果老这个名人，将吸引八方游客来此旅游观光。现在连奥运会都能两国合办，龙脊山为什么不能两市共同开发呢？在商品经济飞速发展的今天，合作双赢，是大家共同追求的目标。下山时，我一身轻松，我坚信龙脊山的明天一定会更美好，寂寞的龙脊山将不再寂寞。

你已远行

陈 玲

你早已渐行渐远，我已记不清你的模样，你也早已将我淡忘。但我依然会常常想起你！

还记得吗，估计你已记不得了。你3岁那年，蝉鸣声声的暑期之后，我与你初见。那是你人生的第一次重大转折。我知道你的担心恐惧与焦虑，我知道你对家人的依依。那时，我还能洞察知晓每一个你的心思。我微笑着轻抚你的哭泣与焦虑，挽起你的小手，好像托起了整个世界。我试着，把故事讲出童话的美，把歌谣唱成盛开的花，把游戏玩到你的心里……

3年相依相偎，与你在一起的点点滴滴，丰盈着我人生的每一段历程。记得：春天，与你一起在植物角种菜种花；夏天，与你一起看蚂蚁找蜗牛，尽情地嬉戏；秋天，与你一起在歌声中赏丰收的喜悦，与落叶共舞；冬天，与你一起在院子里堆雪人打雪仗，任雪花把你我弥漫成满头白发……告诉你一个小秘密：那时，看着你贪玩也是我心底的一道最美的风景。

6岁时，你要上小学了！我给你举办了一场盛大的毕业典礼，送你离开。还记得吗，你对我说："老师，我爱你！"还记得吗，你拉着我的手说："老师，我不想走！"还记得吗，你说："老师，我长大了，就不去小学了，天天和你在一起!"还记得吗，你折了纸飞机，说长大要开飞机，带我去周游世界……你带给我的幸福，成了我生活中最珍贵的记忆。

进入小学的你，与我开始远了。我常常在上班前，悄悄绕到你的小学门口，看着你雀跃地踏进校门，看着你对着新的同伴欢笑，看着你对着新的老师问好，仿佛看着自己的孩子脱离自己的怀抱，依依不舍却又满怀欣喜。那时的你，偶尔还能想起我，偶尔还会与我分享你在小学的信息，我还能有你的片言只语。记得有一个傍晚，你放学早，戴着红领巾拿着奖状来看我，我开心得竟然泪流不已。我知道，那时的我，还住在你的心里。

12岁，你开始上初中了。你离我更远了! 总感觉你还是小不点，可在岁月的时光中，你早已成为翩翩少年……那时的你，学习紧张了，没有时间想我了，你能想起的也只是小学的老师。我很清楚，你开始渐渐淡忘我了。我不怪你，你长大了! 你会结识许多新的朋友和老师! 你的人生越来越丰满，可我依然想你! 记得，听说你学校开运动会，恰逢星期天，我又一次走近你，一个人坐在操场一角，看你和同伴们在跑道上飞奔，看你在篮球场上振臂，我兴奋地忘记了自己的年龄，为你呐喊助威。夺冠的你，和同伴老师一起欢呼，你怎知操场一角，我正抹着激动的泪水悄然离去。我知道，那时你的世界里已经开始没有我了。可我依然快乐欣慰，你长大了!

走过夏夜荷塘，翠绿与粉会与你相伴；走过林海雪原，青松白雪会为你装扮。你正轻舞踏歌，向远方而去!

你上高中了! 离我又远了一程。我知道，你又开始在做一个全新的梦，并开始为了梦想更加努力。那时，我在你的世界里已销声匿迹。我在心里轻轻对你说：尽管我在想你，但你那梦里不必有我! 那时的你，早已高出我许多，可我依然把你当作初见时的那个你。你像一朵朵蓓蕾，每一蕊都鲜艳欲滴；你像是一棵棵直立的小树，每一棵都充满了朝气，等阳光雨露一来，飒飒作响。你正朝气蓬勃，向着阳光飞去! 我开始仰视你了!

18 岁，你上大学了。还没放榜，我就迫不及待地一次次到你的学校门口张望录取的信息。看着一个又一个你从我身边走过，你不认识我，没关系！我知道我的心底住着一个又一个你。有一次，你的妈妈认出了我，叫你喊我老师的时候，你迟疑地看着陌生的我，尽管你也礼貌地喊我老师好，但我知道你根本记不起我带过你什么课，更记不起当年幼儿园的我和你！我一点都不怪你，能在你踏上又一段征程时遇到你，我不由又一次哽咽难抑。

送你远行，似乎有很多话很多祝福要说，可是我却只能微笑着注视着你。未说出口的祝福很多很多，我告诉自己把祝福攒着，等你在远行的路上，让我谱成歌，在心里轻轻吟唱。

你开始工作了！走在路上，我常常会对着一个个高大陌生的背影发呆，那是你吗？你长大成人了！难怪我开始有白发了。一个你，又一个你如电影般掠过，依稀又清晰。

记得那次家长培训活动接近尾声时，一个高大的年轻爸爸蹲在我的座位边，叫我看看还能不能认出当年那个小调皮。原来我也有记不清你的时候，原来我也并非完全消失在你的心底。你抱着一个宝宝，牵着我的手走上舞台，你说 20 多年前你曾在这里与我相依，现在你把宝宝也交到我这里。那一刻，我的笑容里挂着泪滴！

有人说过：爱自己的孩子是本能，爱别人的孩子是天使。我不是天使，我只是普通的人；我不是蜡烛，只会燃烧自己照亮别人。可是，那又如何呢，我爱你如自己的孩子，我爱你甚至超过我自己。

一湖静水寂寂，无边蒹葭苍苍。摊开掌心，流失的岁月在脉络里若隐若现，而与你的相依相伴都在心底，只要轻轻一触，你就会清晰！无论你远在哪里，我的心里都会有你！

那次摔跤后的采访

聂士俊

　　那是 2014 年的 8 月 22 日中午，在抽油烟机的轰鸣声中，小小的厨房里，我扎着围裙，不停地摆弄着油盐酱醋，手忙脚乱，显然不是合格的家庭主男。只因妻子身体不适，我临时替补上去，大有赶鸭子上架的感觉。我真实地感到做一个家庭主男真的不易。这时，一阵电话铃声打断了我的思绪。我匆忙熄灭了灶火，拿起了电话。一看电话记录，是市场星报社六安站李站长打来的。李站长没有寒暄，直接说事。他说，首届中国汉字听写大赛，你们寿县三中代表队，成绩突出。明天这支代表队，将代表安徽队进京参加复赛。中央电视台和我省的相关媒体已做过一些报道。在复赛前，你去深度采访一下，稿件务必在今天下午 4 点截稿前传过来，明天见报。我没有推托，也没来得及细想，便爽快地答应了李站长安排的任务。

　　我解下围裙，把没有完成的烧菜任务交给了妻子。转身进屋，拿起了钢笔和笔记本，骑上自行车，向位于县城东街的寿县三中奔去。骑在自行车上，太阳火辣辣地照在身上，汗珠一个接一个地滚落下来。我才意识到这次任务的艰巨。从接到采访任务到交稿，总共只有 5 个小时，这里面包含多少不确定因素。首先，我得制定一个采访提纲，该从哪几方面采访，采访谁，这些都成了难题。毕竟，这支代表队已接受过包括中央电视台在内的多家大媒体的采访，他们还会接受我的采访吗？这样想着想着，颠簸的道路，让我一下子从自行车上摔了下来，一阵疼痛袭来。我撸起裤管，膝盖处已血迹斑斑，外面的裤子也撕开了一个口子。我定睛细看，原来我的自行车，掉进了深深的车辙中。去过寿县的人们都知道，古城寿县，历史悠久，很多的大街上，仍铺着古代车辆碾压过的青石板，道路的中间仍保留着深深的车辙。平时，前去参观的人们，行走在上面，若不小心，都会摔倒。更何况我三心二意，摔跤就是不可避免的了。我咬牙爬起来，从路边抓了一把灰，直接撒在出血的膝盖上，以便快速止血。这是我们小时候常用的止血的方法，我曾经上网查过，到现在为止，我也没搞清楚有没有科学依据。今天的摔跤，使我坚定了完成采访任务的信心。来到三中，我先是和门卫攀谈起来。得知这支代表队的辅导老师叫薛敬淑。据说她正在学校办公室开会，我又向门卫打听了薛老师的相关情况。为了确保不会错过薛老师，我走出门卫室，站在教学楼出口的正前方。8 月的阳光，直射下来，汗水流进眼中，刺得双眼疼痛难忍，可这儿根本找不到可以庇荫的场所。约摸 20 分钟后，教学楼的人们陆续走了出来，我睁大眼睛，逐个询问，终于见到了薛老师，我语无伦次地介绍着自己。或许是我满脸的汗水和焦急的神情，让薛老师有些不忍。她邀请我到她的办公室。我稍稍缓了口气，向薛老师讲述我的意图。没想到薛老师一点儿也没推托。我们的交谈相当顺畅，我提问的思路清晰，他回答得全面仔细。同时她还向我透露了一些准备比赛的小细节。比如，初赛时，他们在进京的火车上，她猜了一个"鏖"字，居然在初赛中真的出现了，这平添了比赛的情趣。我回到家中，快速地整理采访原稿，虽然篇幅不长，但我逐字推敲，一遍遍修改，准时在 4 点钟前交稿。此时，我已饥肠辘辘，这才意识到，还没吃午饭呢！

第二天，《市场星报》一版赫然刊出"寿县三中跻身全国汉字听写大会复赛"，下面小标题，"进京路上猜中'鏖'字"。此时，我长长地舒了一口气，心中暗想，这一跤，摔得值了。

粽子和我的人生走向

秦红燕

　　话端午、说粽子、谈人生还真得要先回归到母亲对我们的教育开始说起呢。母亲一直都是按照"上得厅堂、下得厨房"的方向培养我们的。一大早就反复催逼我们起床读书，我们姊妹 3 人都觉得这是一天中最难熬的时段，在一遍一遍的催促下我们每个人拿着书迷迷糊糊地爬上平房顶，心里困得油煎煎地，眼皮还在打架，但嘴里却不得不开始含含糊糊地朗读起书来。尽管如此，我那另一半紧握于命运之手的沙里埋珠的命，任你怎样努力，平时考得也还好，一到关键点还是油糊了心似的总出不了好成绩。至今还记得妈妈带我去看秦汉、林凤娇演的《汪洋中的一条船》的情形，电影结束，啪嗒，剧院的灯亮了，你看我泪流满面的样子吧，还抽抽搭搭地哭个不停，母亲适时利用剧里秦汉演的双腿残疾的郑丰喜身残志坚、不屈不挠考上大学的感人故事，现场说教感化我好好努力学习将来才能上得了厅堂。然后母亲就拉着我走出剧院，口中依然趁热打铁滔滔不绝，不知是母亲不断升级的唠叨的缘故还是剧情使然，我越发哭得泪人一般，我痛彻心扉地觉得平日里努力是多么不够啊，我好手好脚的还赶不上一个残疾人……

　　可是，电影说教信誓旦旦之后的状态依然是老样子，依然没有激活死读书的模式，心里不知道为什么而读，读书之后我要干吗。没有女儿子域幸运，她一趟澳大利亚两个月游学，忽然在那个环境里开窍了：原来英语是有生命力的啊。然后回来英语成绩就从七十几分突飞猛进到 90 多分。我却一直没有这种机缘让我彻悟，从而去除蒙住心的蛤蜊油，让心中清明起来。直到高考前两个月借读到五中忽然间觉得好明白的样子，两个月学得很明白很有激情，可是太晚了啊。油糊住心的时段也有清晰有激情的时候，就是对着镜子画自己，看着手帕画仙女，常能激情澎湃地画到深夜，父母看到我深夜亮着灯不是在做题目而是在"不务正业"就颇有微词，却也没有想到我有画画的潜能，培养培养这方面的才能。

之后，我觉得"上得厅堂"太难了，就悄悄朝"下得厨房"方向努力，相信天生我材必有用。妈妈有位老友，我们喊余妈，她是宜兴人，对我们家帮助很大。记得她个子不高，雪白皮肤圆圆的脸、大眼睛双眼皮一直都是很美很慈祥的笑容，而且吴侬软语说话很好听。妈妈很忙不得空闲，她就每年都把我们穿了一冬的棉衣棉裤带回家拆洗干净，然后再一针一线套好清清爽爽地送来。给我留下印象最深的是她每次送来的梅干菜和每一个端午节来家里包的漂亮的粽子这些我最喜欢的吃食。妈妈说原来自己生活的乡里没有人会包粽子，每逢端午就每家缝个白洋布袋子，把米装进去，再缝上放在锅里煮，这似粽非粽稀稀踏踏的糯米饭勉强打发了端午节。她说哪有你余妈包的小脚粽子好吃啊，她只要一根短绳轻松系一道子就能把粽子包得又紧又不会漏米，放在铁锅里大火煮开小火咕嘟到晚上睡觉前闷火闷一夜，第二天一早就会吃到清香很 Q 的粽子了。

余妈每年都在端午节前抽空来我家帮忙把粽子包好，我们小孩子就挤在盆边凑热闹，我很好奇很喜欢，就观察她的每一个步骤，不知不觉竟然学会了，妈妈很高兴说以后就不要再麻烦余妈啦，我也很自豪地觉得"下得了厨房"初见成效了。之后奶奶偶尔来淮南又把她的锥形粽的方法教给我，我的技艺就更加多样化了。妈妈买回的青翠的粽叶我又突发奇想不要去煮熟就直接包，结果粽叶自然的清香与糯米完美结合，更加相得益彰，不用放蜜枣或酱肉的白米原味粽都好吃得很，如果再蘸点老红糖就更加美味了。

顺道还要提一下梅干菜的美味，妈妈的蔬菜公司那时是计划经济状态，生产队送上来很多的雪菜，结果供大于求即将烂在大街上，妈妈就通知余妈拖回家去，因为她会做美味的梅干菜而不至于暴殄天物了。她甚至把有些黄叶子的雪菜洗净用盐腌上，一点不影响味道，20天之后翻出来在锅里煮煮，再拧干在外面晾个两三天，半干时再闷在缸里封闭好，一段时间之后再打开看，腊菜都变成酱红色了，开坛喷喷香，买点五花肉红烧和梅干菜一起慢火炖，满屋飘香啊，烧到菜肉完美融和，这时梅干菜比肉还好吃呢。

在不谙世事的少年里、青春里，在只有读书一条路的应试教育里，在除了成绩之外任何潜能爱好都是不务正业的环境里，因为沙里埋珠的迷糊命运使然，对"上得厅堂"无望的绝境下，粽子技艺的掌握给我的人生黑暗隧道里点亮了一根蜡烛，让我重新审视了自己：我还可以"下得厨房"呢。

嗯，是端午的粽子决定了我人生的走向啊。真正走向了"下得厨房"的道路，而且把厨房做大延伸到家以外，乐此不疲地坚持了近20年，把美味卖给更多的人享用。

徽州的小桥

张　科

　　徽州属丘陵地带，溪涧纵横，千百年来，勤劳智慧的徽州人，修建了许许多多奇巧壮丽的小桥。这些小桥横跨在山水之间，便利了交通，装点了河山，成为古徽州文明的重要标志之一。小桥的种类也繁多：小石拱桥、小石板桥、小砖桥、小木桥、小竹桥、小独木桥、小石步桥，几乎应有尽有。可以说，不管什么样式的小桥，在徽州都能找到。

　　我曾在徽州歙南山里某村水口，见过一座别致的小小石拱桥。桥身用青石砌成，桥栏杆的石柱上还雕刻了形态各异的小狮子。因年代久远，字迹模糊，桥墩及两侧缠满了爬山虎，静静地卧在丈把宽的小溪上。小桥一头有座土地庙，庙旁立着一棵古柏；另一头连着几户人家，她是这个小山村通向外界的交通要道。她纤巧秀美，静如处子，与世无争。

　　表弟上学经常要经过一座小木桥。桥面用杉木镶成，桥墩也用松木做成"A"字形，立在水里。几个桥墩之间还用铁链连着，以防洪水冲走。有时被洪水冲倒，村人又把小桥架起来。

　　还有一种最简单最朴素的小桥：一块石板、一段原木、几根竹杠，横在沟渠上，便成为桥。她常常出现在山乡僻壤、田间地头，行人推车挑担全靠她。难道你能说她不是桥?!

还有一些小桥,我们更不能、也不应该无视的。你看——徽州区岩寺有座廊亭式小桥,该桥位于后街颍水之上,四垛三孔。桥上有木柱24根,建美人靠,置廊屋,设佛龛,古色古香。桥垛有桥头堡式小屋,其中一间名曰"香积"的小屋,当年是新四军军部机要室、电报房。该桥踞津扼要,为通往新四军军部必经之路。抗战年代,中共中央军委副主席周恩来曾在桥上给新四军将士们面授军机大计;叶挺将军常在桥廊与老百姓促膝谈心,宣讲革命道理,鼓动抗日救亡。此桥因有幸与中国的"普罗米修斯"结缘,染上火红色,"履历"非凡,载入了千秋中国革命史。

千年古村——唐模以水口园林、水街景致为特色而闻名于世。在长约二三里的檀干溪上,有13座颇具经典的小石桥,这在江南水乡是不多见的,在古徽州也是一枝独秀。这里每一座桥都是不同的,故有"十桥九貌"之美誉。桥的名字也十分贴切形象,其中最出名的是一座廊桥,名叫高阳桥。此桥建于清雍正年间,为双拱桥,桥上建有一廊阁,阁顶正脊中部有一宝瓶,寓意为祈求平安、天赐洪福。西面开设一观景台,用以观赏水街景色。阁外设有较宽的桥肩,供人通行。高阳桥是水街的抢眼之处,游人大都在这里小憩、观景和欣赏茶艺民俗表演。座座小桥精巧别致,各具特色,给画里乡村增姿添彩,吸引了无数的中外游人。唐模景区亦被指定为"洲际小姐大赛巡游地",佳丽们身披红绶带,手撑小红伞,在小桥上漫步留影。她们喜欢小桥,她们亲近小桥;小桥迎接了她们,小桥也随她们走上世界。小桥与美人相映生辉,如锦上添花,此事至今被传为佳话。

……说不完道不尽的徽州小桥!

一碗葛羹

程婧铭

葛粉，在我眼里，是一件很神奇的食品。一直弄不明白这些粉末在冲泡之后为何能呈现出晶莹透亮的胶质状态。只有请教身边的专业人士——梅，她说："这种状态不仅要求葛粉的品质高，而且对冲泡的方法要求也很高。"

梅是黄山区越山村的葛粉销售人，主要销售她父亲制作的葛粉。越山的人家，每年入冬大多会进山挖葛根、黄芪等野生植物，近几年因为制作葛粉过于烦琐辛苦，且没有销售渠道，很多人都不再进山挖了，也有的人只挖黄芪，因为黄芪有商贩来村里收，虽便宜，但不愁销路。

梅的父亲是村里为数不多的挖葛人，她常劝父亲别去挖了，又挣不着几个钱，还累得要命，母亲的手每年都会因为洗葛而破裂。可倔强的父亲总是不听，依然在冬季来临时，带上大锄头、小锄头、柴刀等工具进山。

其实，深秋的时候，葛藤的叶子尚在，远远的一大片绿色渐黄的叶子相连，很容易便能找到。可老人家总说这个时候的葛根品质不是最好，出粉量也少，营养价值不高。带着那份执着等到冬天，葛藤的叶子都凋落了的时候，他一眼便能寻得葛根的位置，然后开始清理它周边的泥土，慢慢地挖，以免把它挖伤。有的时候能挖到和他一般高的葛根，足足花上小半天时间。质量好的葛根每 100 斤只能做出 20 斤葛粉，如果遇上柴葛，出粉量更少，也只 10 斤左右。梅的父亲每年都要挖出将近 3000 斤葛根，能制作出 500 斤左右的葛粉。

挖葛只是制作葛粉的第一步。将葛根背回来，他便与老伴一同将葛根的外皮刮掉洗净，这是决定葛粉色泽的重要一步。然后将去皮的葛根分拣，细的切成片，制成葛片用于泡水饮用，粗的经机器碾碎，然后用山泉水一遍遍地清洗过滤，变成黄色的浆水。梅家有个秘方，将一味山里的中药与葛根一同浸泡，能帮助杂物分离。通常要浸泡两到三天，然后倒去水，取出来晾晒。

晾晒这道工序是最讲究天时的，太阳好的时候暴晒个五六天，葛粉会变得特别白净。假使晒得不够，葛粉呈现灰色，品质便大打折扣。在这一点上，山里人最实诚。有一次，梅拿着一笔 100 斤的大订单找父亲拿货时，正遇上连着一周的雨。父亲怎么也不愿意卖，因为葛粉没有晒够时间，没有呈现出白净的色泽，坚决不拿出来。

两年前，曾陪同一位世界旅游组织的官员索非亚游览黄山，她在品尝了葛羹和用葛粉做的徽州美食葛粉圆子后，赞叹不已，而在了解了它的食用价值后，便想带些回西班牙。当时梅为她准备了父亲亲手制作的葛粉，看着白色小块状与粉末状的葛粉，索非亚玩笑地问："会不会被当成白粉不让入关啊？"

我疑惑地问梅："为什么我先生就泡不出好的葛羹呢？"

"是不是没有慢慢地注入烧开的水呢？葛羹是需要一点点地倒水搅拌而成的，急不得。"

我想，一定是的，他一定是心急了。

我的"孩子"

沈　燕

　　我从小就喜欢读读写写，总把作品比作自己的孩子。友人曾取笑我，你的作品都是你的孩子，那你的孩子还真不少。是的，一路陆陆续续地写过来，我写过让当时自己满意的作品，更多的是藏在草稿箱里，被打入"冷宫"的。有些作品被登出来了，见刊上报，更多的是堆在电脑的文件夹里。还有些是起了头，没有了下文……不管好与坏，长与短，什么体裁的，一篇篇，一件件的作品都是我的"孩子"，我都以十二分热情，十二分亲情，满满的浓情包围着我的"孩子"。我始终认为作为写作者是何其幸运的，能把当时所见所闻记录下来，又把所思所想写在文中，加上自己的积累，等待突如而至的灵感深情满满把他们一一地记述下来，感受着生活，感悟着人生。文如其人，每一篇作品就是代表写作者每一个人，文字中带着写作者的气息，饱含深意中满满的思想火花，文字的结晶不就是个孩子吗？

　　毕加索说过，我的每一幅画中都装有我的血，这就是我画的含义。我虽没这位大艺术家那么悲烈，但特别能理解他说这话时的深情。我也是个母亲，养育着一个女儿，深知从孕育时用的心血和养育时精心的呵护，每一步都是饱含着深情，凝结着血汗。写文犹如育子，写作者们用心地构思，点滴地收集，让她从无到有；用心地训导，一句一字地推敲，让她立德塑形；信心满满地把她推出去，同她一起站在众人的眼光下，这时候写作者和文字是一体的，共同坦然地面对所有的一切，好的一起接受，坏的一起承担。

过年时一名读者辗转找到我，她说看到我那篇《卖米的制砚师傅》，她喜欢书写画画，想寻一方我文中写到的行囊砚，我赶紧把文中那个制砚徐师傅的联系方式给了她；我写过一篇《卖花渔村的老洪》，真人真事，写的是在集市上碰到一个倾入毕生心血培育徽州盆景的老人，他穷得吃了上顿没下顿，样刊出来了，我特意留了一本等到下一次集市时拿给他；我笔下还写了楼下开旅舍的邻居老方，当儿科医生的好友，车站客运班员的文友……一个个活生生的小人物，鲜活灵动，自带气场。

想到什么写什么，喜欢什么就写什么。我的写作没有任何功利，如果一定要说有，那就是让我的作品更像他生活中的主人翁。不是有句老话吗？要缘于生活，高于生活。

写作如同育子，花的最多的就是时间和精力。一篇作品是一个孩子，灵感可以是那双明亮的眼睛，是那红扑扑的脸蛋儿，一字一句下，孩子就渐渐丰满起来，有血有肉，再加入才情、灵气，"妙文偶得"的机缘，她就活蹦乱跳，跃然纸上，博得众人会心一笑。

文如其人，"孩子"都像极了写作者，大胸襟的人气魄大，写出来的"孩子"也生得大气；心思灵巧的作者写出来的"孩子"兰心惠质，清爽自在，招人喜爱；满是世俗秒气的写作者的"孩子"必是紧锁眉头，让人看着就揪心的难受。

写作都是熬出来的，熬了多少个日日夜夜，熬着多少心血把作品写精写好，写作者的"孩子"们经得住熬，反复地推敲，来回地修改，其中的心血是常人难以想象的。这样打磨出的"孩子"立得住，站得稳，人见人爱。不似那些只经历过一朝热潮，没有回味，就淹没在文字的海洋里，再也寻不见了。

我喜欢看人家优秀的"孩子"，在"孩子"身上去窥探家长的影子，看到写作者的气场、心思、阅历、气度和思想。再不由地掩卷感叹，人家的"孩子"都是怎么养出来的？"酸葡萄"心理就像看到别人家优秀的孩子羡慕嫉妒得牙痒痒，再暗暗给自己加油打气，可心里明白得很，只有自己更加优秀才能培育出更好的"孩子"。

夜深人静时，一个人静坐电脑前，仔细地去聆听心底的那个声音，调动着所有的心思和灵气，努力找寻属于自己的世界中最好的那个"孩子"。

思念絮语

时跃发

喜欢思念这二字。

感觉就像一盏灯，暖暖的，亮亮的，从泛黄的书卷里，从茫茫历史长河中，折射出一道灿烂的光芒，温暖地照亮了每一个走近它的人。

常常想，在所有的语言里，汉字恐怕是世界上最为古老、内涵最为丰富的一种语言了，因为它是由笔画、象形和意象组成了一个文字王国，单个的字是沉默的，一旦组合在一起，就有了生命的律动，轻如天籁，惊如声雷。

生活中，总是与思念相伴。

思在前，念在后。有思，才有念，一左一右，相依相偎，像极了一对孪生姊妹，更像一对恋人，在风尘起落的流年里，牵手走过曾经的浪漫与美好，也遭遇过冬天的凛冽，但他们始终坚守一份从容与淡定，以及那份"执子之手，与子偕老"的最初的执念，携手走进暮色苍茫的黄昏。

但很多时候，思与念，却是分离的，总是隔着或近或远的距离。近，就如草对一朵花的期盼；远，就像天空与大地的相望。近也好，远也罢，唯有心中的思念，像缥缈的云，飘向爱的彼岸。

其实，思念也需要距离的守望。倘若没了距离，也就失去了思念的内蕴，就是一片苍白，再高尚纯洁的思念，仍是一潭死水，只有在或长或短，或近或远的距离中，才能锻造出它的硬度和深度，使思念得到升华，并开出一朵芳香四溢的花来。

当然，要说最为钟情思念的，也最能表达思念的，就莫过于那些古代诗人了，他们可谓是诠释思念的高手。

一部《诗经》，诠释了多少思念之情。"昔我往矣，杨柳依依；今我来思，雨雪霏霏。"读着这样的诗句，仿佛就看到一盏孤灯下，一位面容憔悴的女子伫立窗前，遥望茫茫星空，想着在远方打仗的丈夫，心中的思念，犹如窗外的雨雪，绵绵不绝。其思念之悲凉，难以言表。

要说历史上，思念最真切，也最痛苦的，恐怕就是那位被人称为"亘古男儿一放翁"的陆游了。因母亲的从中作梗，致使他和唐婉这对情深似海的夫妻，最后不得不劳燕分飞，相隔天涯。时光荏苒，岁月沉浮，数年之后，在一次寻游踏青中，陆游竟在沈园与前妻唐婉相遇，在举目相对的那一刻，郁积在各自心中的思念，犹如岩浆迸发，掀起了巨大的情感波澜。但他们心里都清楚，一切都已不同于昨日，所以，两人相见之后，并没有人们想象的那样，抱头痛哭，而是将压抑已久的思念，借助诗词来发泄内心那一腔难以割舍的思念之痛，相思之苦，在相遇的那堵墙上，他们前后分别写下了一首感人心扉、痛彻灵魂的千古绝唱：《钗头凤》。一个是"错，错，错"；另一个则是"瞒，瞒，瞒"，仿佛他们在各自茫然无边的思念中，相望无语，唯有独坐一盏孤灯下，让思念的泪花，化如窗外的寒雨，纷然飘落……仅从他们各自 3 个字的悲叹中，就足见他们的思念之情有多深，思念之痛有多切，仿佛字字是泪，是血，也是痛。从此，一座巍峨的思念丰碑，就永远矗立于历代青年男女的心中，沈园也因此成了人们信奉纯洁爱情的圣地。

同样是思念，但在苏东坡那里却有另一种表达。他为官几十年，尝到了人间冷暖炎凉，更加思念家，思念曾经与自己朝夕相伴的妻子，然而当他回到那间老屋，已物是人非，爱妻已故，只有孤影相伴。回想往事，不由地泪水涟涟，悲从中来，于是，仰望苍天，悲怆地吟出"十年生死两茫茫。不思量，自难忘"的千古慨叹，那是人间最疼痛最孤绝的思念。

坦然地说，我是一个比较念旧的人，对于很多的人和事，因了一次偶然的相遇，一次意外的相见，甚至是一个陌生的回眸，都会让我念念于怀。至此，心里滋长出来的思念之蔓，便宛如那篷青藤，将心灵小院缠绕得枝繁叶茂，使庸常的日子，变得越来越温润而恬美。

有人说，念旧是一种病，会让人多愁善感，从而给生活带来羁绊。但也有人说，念旧并不是什么坏事，因为这"旧"里有我们的喜怒哀乐，我们只有从这"旧"中汲取人生的经验与力量，使向前的步伐更加稳健更加坚实。

有时，生活也还需要念旧，因为有了这"旧"，思念才变得更加丰富多彩，人与人之间的关系就维系得更长久，更牢固，也更纯洁，并始终有一种"人生若只如初见"的美好，心灵也会得到思念的浸润。

马尔克斯曾经在他的自传《活着就是为了讲述》中有过这样的一句话："生活不是我们活过的日子，而是我们记住的日子，我们为了讲述而在记忆中重现的日子。"正是因为有了一份思念，我们的心灵便不再孤单，世态也不再薄凉，即便是天涯海角，也感觉不到遥远；也正是因为有了一份思念在心，人生才充满快乐与希望。

其实，最美好的思念，就是没有风的摇曳，没有花的惊艳，只要轻轻念起，心，便像是浸润在一片暖流里；又恰似一人独坐一方小院，天上流淌着明媚的阳光，小鸟飞过湛蓝的天空，唯有院落里的两棵相思树，在一片恬淡与安静中，飘扬着日渐斑斓的沧桑。

思念之情，自古已然。只要我们人类还存在，思念这盏灯，就永远不会熄灭。

窗 外

吴恒仁

透过窗子远望，高层建筑如火箭般蹿出地面，耸立在城市中心，挤压得人喘不过气来。心烦意乱时我就望着窗外，窗外有我一处心灵安放之地。望着，想着，我就会走进记忆王国，在回忆中让我的心灵休憩片刻。意识流的遐想是有利于健康的，我一直这样认为。我想起了夏日去深山里游历的场景。

那天清晨，友人邀我一起前往小昌溪。小昌溪，多么有诗意的名字，它是一条河的名字，也是一个村庄的名字。我们沿着一条蜿蜒的小路开始登山，小溪、稻田、峰峦、清风，还有低头吃草的黄牛，它们组成的美景不仅聚集了我的眼光，还牵绊着我的脚步，我知道我心底里的田园情愫复活了。走到山腰，松涛阵阵，像大海退潮，像箫鼓齐鸣，又像马群奔腾——我们钻进了一条林荫山道。正是盛夏，忽明忽暗的阳光使山谷里有如深秋般寒凉。这种清凉，让人忘记了所有的烦恼，洗涤着落满灰尘的心灵。山路曲折，高低不平，在抬脚落脚中，肌肉恢复了记忆。是的，肌肉是有记忆的！离开了故乡，也就离开了山路，脚步也就飘摇起来，水泥路面不需要多少力气就能扎稳脚跟。现在我把全身的力气运送到了脚部，使脚和泥土巴紧些，把我的心也埋入泥土。

上山峰，下峡谷，钻树林，跨涧溪，一路变化多端，挑逗着所有神经。临到山脚，传来了几声狗吠，声音清纯，没有一点浑浊。

两条健壮的灰狗向我们跑来，我们被它们的野性逼得倒退两步。在离我们两步的地方，它们站住了，不停地叫唤着，也不停地摇着尾巴，是驱逐，亦是欢迎。我从它们的眼神里读出了兴奋，还有淡淡的哀愁。灰狗目送我们下山，当犬吠声被抛在我们身后很远的时候，我们已经走进了一片开阔地带，阳光暖暖地，普照在山野，是的，暖暖的，因为我们刚从清凉的山谷里出来，被太阳抚摸着，暖暖的舒服无比。

完全没有想到，在翻越一座山后，还隐匿着这样一个飘散诗情画意的地方。我们走进了世外桃源，我们穿越到了晋朝。眼前是一片稻田，稻子灌满了谷浆，微风拂过，稻浪如潮。紧邻稻田的是清凌凌的河流，大小不一的卵石睡在河央，流水声似一曲无字的歌谣，亦似一首无人能弹的神曲。阳光舒缓地流淌在这片土地上……

沿着田埂行走，一眼鱼塘，两座茅房，三畦菜地，恍若画家笔下色彩饱满的艺术作品点缀在整个田野和山谷。这里的天和地是静谧的，田野和山谷是静谧的，一幅幅画面纯粹洁净，不含半点杂质。我们神情恍惚，沉默不语，静静地走着。过了小桥，下了小河，我们丢弃了身上的尘世之物，伸手泼弄河水，几条鱼儿在水里穿梭，河水向远方流去……

当我上了河岸，一位老农站在我要走的路上，其实这条路是他的，他才是真正的主人。这样的村庄应该是被诗人们吟诵的村庄。时间仿佛停滞，世界完全与现代文明隔绝，对于文明积蓄已久的浮躁世俗的心灵，这样的时刻是多么奢侈。而这样的一个梦幻般的桃花源，竟然就潜伏在我们的身边……

收回思绪，抚平心灵的皱褶，我静静地坐在窗前。窗，是生活的一个角色，因为有了这扇窗，才能看见窗外的风景，我们才能走向心中的那片桃花源！

那个暑假

刘家宝

1988 年的暑假，对于我家来说，意义非同寻常。那时，我和二姐相继领回了师范和中专录取通知书，这就意味着我和二姐同时捧起了"铁饭碗"，吃上了"商品粮"，意味着我们家一下子出了两个"老国"的。这在我们村可是史无前例，因而我家获取了许多歆羡的目光，得到了很多由衷的赞赏。

然而，当时的我并不太懂得家人们的难处，青春叛逆的我不停地耍着小脾气，执拗地对抗着爸爸，这就给那个暑假增添了许多不协调的音符。

那个时候的招生与现在不同，中专和师范是第一批志愿，招完之后才轮得上高中招生。因而，高分的学生几乎全填报了中专和师范，而农村孩子尤其如此，因为能够跳出"农门"是每一个农村家庭梦寐以求的愿望。我是个例外，我明确地和爸爸说过，我要上高中。于是我空缺了第一批志愿，在第二批志愿上填报了全市最好的高中——市一中。然而，我接到的却是县师范的录取通知书，我知道，是爸爸在我的志愿上做了手脚，他将我的大学梦无情地阻隔在了银河左右。我拿着通知书去质问爸爸，爸爸小心翼翼地说："你还有弟弟妹妹，他们都要上学，我们家……"我可不管这些，我将通知书一摔，恶声恶气地吼道："我不上了，我再复读一年！"我看到爸爸的目光逐渐暗淡下去，犹如暮色四围的乡村夜晚。

那个暑假热得邪乎，屋前的稻场被晒得能烫痛脚板，屋后竹园里的竹叶全都蜷缩成一个个卷筒。奶奶总是一只手拄着拐杖，拖着她那条摔伤的腿，慢腾腾地挪动着小脚，一只手甩着芭蕉扇，嘴里不停地念叨着："这鬼天气，要热死人，真没见过。"那时，我将借来的一本《红楼梦》一口气连读了两遍，我痛恨贾母，恨得咬牙切齿，恨她是一个最大的阴谋家，恨她采用瞒天过海的手法，让宝玉在揭开新娘红盖头的一瞬间疯癫了过去。中午，家人们都在午睡，将凉席或被单子摊在茅屋里的泥巴地上，然后躺在上面不停地摇着芭蕉扇。我中午不睡觉，经常骑在屋后竹园边的那棵老桑树上看书，有时就待在水塘里，只露出半颗脑袋，一待就是几个时辰。那天发现竹园里有个大马蜂窝，我带着满心的恶气一棍子打下去，我看见一团马蜂腾地一下全飞了出来，虽然我跑得快，眼角还是被一只大马蜂叮了一口，于是脑袋肿成了一个"大面团"，半个多月才消下去。总之，我尽情地宣泄着自己的情绪，表达着自己的不满，只觉得被马蜂叮得酣畅淋漓。有一天晚上从地里农忙回来，我又顶撞了爸爸，然后我狂叫着奔出家门，奔得迅猛狂野，叫得撕心裂肺。许久许久，我看见妈妈打着手电筒快速地走过水塘，快速地走过一道道田埂，她一声一声地唤着我的名字，带着哭腔，凄凉而又急切。此时，天黑沉沉的，几颗星星探头探脑地张望着人间，我就坐在妈妈走过的一块红麻地里，红麻只长到一人多高，麻秆很嫩，被我一脚一脚踢倒一大片。不知过了多久，我耷拉着脑袋走进家门，妈妈在油灯下一边做衣服，一边啜泣着。见我进屋，妈妈猛然起身，猛地抓住我的头发，扬起巴掌。我被吓住了，我从来没见过妈妈如此吓人，但妈妈没有打我，她松开了我，哭声更大了。

暑假的后半段，天气稍稍凉快了一点，农忙也就开始了。我和爷爷先将门口稻场上的青草除尽，之后用锄头浅浅地锄起一层，泼上水，待到大半干时，赤着脚拉动石磙在上面细细碾压。被压得平整板实的稻场在阳光下泛着白光，仿佛是为了等待客人而精心妆扮一番。不久，她的客人——水稻，也就开镰了。此时我已不太开口，有时一整天都不说一句话，害得奶奶为我操了好多心。割稻时，别人都穿上长袖褂子或是戴上护袖将胳膊保护起来，而我就是光着膀子，任凭胳膊伤痕累累，不管谁怎么说，我都不理不睬。我像和稻子有仇一样，将镰刀恶狠狠地杀向它们，杀得它们尸陈遍地。挑稻捆子时，我将重量加了又加，双肩磨得红肿破皮，也全然不顾。晚上打场，我用洋叉将稻秸挑得老高老高……我拼命地干着农活，让劳累麻木自己。也只有这样，我才觉得解气。那一年，师范学校新建校舍，开学整整迟了一个月，我将所有的稻子收完入仓，将所有的稻草晒干堆垛，又将能犁的田地犁开耙平。此时，爸爸已将我的户口迁好，生产队也开始催要原本属于我和二姐的那份土地了。我背着简易的行囊，揣着 120 元钱的学费，怅然若失地到县师范学校报了到。

时间只过了大半年，也就在第二年开春不久，奶奶便离开了我们。跪在奶奶的坟前，爸爸告诉我，除了弟弟妹妹都要上学外，奶奶的心脏病当时已十分严重，爷爷的双腿也疼痛得难以屈伸，为了保证几个孩子都能上学，同时还尽量多给爷爷奶奶买点好药，他只能让我读师范。爸爸说："家里只能负担起这些，你以后全得靠自己了。"

我记下了爸爸的话。师范毕业后我成了乡村小学教师，工作之余，我自学了专科和本科课程。从乡村到县城，从小学教师到初中教师再到高中教师，我踽踽前行，虽然步履艰难，但也一步一个台阶走得踏踏实实，走得从从容容。时光荏苒，岁月静好，我虽没能上成高中，但我成了高中教师，并且多年带毕业班。我完全理解了爸爸，完全走出了那个暑假的炼狱，心中的缺憾也早已消散在岁月的风中。如今，每每看到我的学生捧着录取通知书时的快乐，我的脸上也总会浮现出最开心的笑容。

送米的父亲

沈立全

记得上初中时，学校离家有 10 来里之遥，需住校。住校就得背米换饭票、吃食堂。那时家中没有自行车，来来回回全靠我肩背手提。每个周末我都要回家讨米，周日晚上还得赶回去上自习，雷打不动。

又是一个周末，回来的时候天很是晴朗，可是星期天的早上却下起了瓢泼大雨，看着扯不开的雨帘我犯愁了。好在吃过饭雨住了。这时父亲从外面回来了，一头雨水。他从口袋里摸出 10 元钱塞到我手里，关切地说："娃，天刚下过雨，路滑不好走，今儿爹送你一程。"我心里一热。就这样父亲扛着米走在前头，我提着菜罐子跟在后头。路面又烂又滑，一路上空手的我有好几次都险些跌倒。

走着走着，突然父亲身子一趔趄。我眼睁睁地看着父亲高大的身躯，像山一样慢慢地倒下去了。我赶忙去搀，父亲一身泥水地站了起来。他顾不上去擦满身的泥水却急切地问我："米没湿吧?"我点点头，心里涌动着一股暖流。

当我们准备重新上路时，父亲突然觉得腰钻心的痛，原来他的腰扭伤了。我让父亲别送了，父亲执意不肯。就这样父亲扛着米一路是咬着牙往前赶的。把我送到校门口，父亲却再也不肯往里进了。

他大约是怕我的同学瞧见他满身泥水的样子吧！父亲回去了，一步三回头地看，我的眼睛模糊了。

在父亲的希望里，1998 年我考取了县师范。也许是处在长身体的年龄，我特别能吃。国家定量的每月 17 公斤口粮，顶多吃上 20 天。一次在与母亲的闲叙中我提及过这事，说过我也就忘了。一天上午我正在教室里上课。突然一个熟悉的身影出现在教室的窗户边。是父亲！会是什么重要的事呢？我胡思乱想。碍于课堂纪律，我只好等，好容易盼到下课，我冲出教室。只见父亲的身旁放着一袋什么东西。

"娃，听你母亲说你上学吃不饱，我给你送点米来了，到食堂换点饭票。在外读书，饭要吃饱，别挨饿。"霎时我的眼泪夺眶而出。原来我的一点点要求，父亲竟是如此在意。以后父亲每月坚持为我送米，这一送就是三年。

毕业了，我在家乡的小镇上教书，离家 10 余里。单位没食堂，我自烧自吃，一个月的工资还不够开销的。父亲发话了："米还是从家里弄吧，家里还怕你吃那点米？"

后来我成了家，有了女儿，渐渐地回家的次数少了。父亲看我不怎么回去，他 10 天半个月骑车赶趟集总不忘为我捎些米呀、面呀什么的。女儿大了，挺挑食的。一次她竟当着父亲的面说爷爷送的米太碎了，不如买的好吃。父亲一怔，脸上的笑意凝固了。父亲再送来米时竟十分的整。经我再三追问才知道这米是父亲用稻子和米厂换了的。吃着父亲送来的米我心里有种说不出的味道，女儿却欢呼雀跃。

吃过午饭天下起了小雨，父亲执意要回。我送父亲出门，路很滑。没走多远父亲一趔趄险些跌倒。我赶忙扶住他。长大以后这还是我第一次这么近的看父亲，父亲两鬓苍苍，背也驼了，腰也弓了，一眨眼间父亲老了。

雨中望着父亲离去的背影，刹那间，中学时代父亲为我送米跌倒又爬起那刻骨铭心的一幕又浮现在我的眼前。

长途大巴上的美丽邂逅

史云喜

1988 年冬季，我怀揣着梦想到南方城市去寻找一份适合自己的事做。那时，交通还不太便利，内地人去深圳需要到公安机关办理"边境证"才能通行。县市还没有开通发往广州深圳方向的长途客车。省城合肥两天才有一班到达广州的大巴，沿途很少经过高速公路，单次车程需要耗时近 40 小时。去深圳只有先到达广州后再转车。

这是我第一次出远门。为了在途中有个照应，我和一位老乡在购票时特意紧挨着一起排的队。上车后却发现我俩的座位被人行道隔离在两边，我俩试图找司乘人员协商和邻座调换一下位置，没能如愿，只有对号入座。

我们乘坐的是一辆"扬州亚星"卧铺客车，我的邻座是一位年轻女子，她自称是肥西小庙人，在深圳那边打工。因为春节期间在工厂加班可以拿到双倍的工资，她就提前赶回老家一趟看望亲人，过年就不打算返乡了。

当年，深圳正在轰轰烈烈地开发开放，劳务市场十分活跃，该女子算得上是安徽第一批赴深圳的打工仔。女子在深圳闯荡了几年，好像见过很多世面，打扮也很得体，讲话大大方方，言辞颇丰，每次和我交流总是她先开口引出话题。

客车行走的速度比较缓慢，车载空调不太理想，开开停停，车内温度较低。加上一路摇摇晃晃，很多人在车厢里不能适应，开始出现晕车呕吐的症状。客车行至九江境内时，天色已经暗下来，司机把车子停靠在一家长途客车定点安排就餐的饭店旁，大声喊话让所有乘客都要下车吃饭，并告知，若在这里不下车买点吃的，夜间没有特殊情况就不停车了。旅客们听了一阵骚动，开始叽里咕噜地往车下挤。

下车后，大家都急匆匆地朝着厕所方向奔跑。我邻座的这个女子却款款地向商店走去，她边走边对我回眸一笑说："我上车前吃的是干食，没事。现在去厕所还要排队，我先到商店里买袋方便面去。"等我们大批旅客从厕所转移出来时，我远远看见那女子已站在商店门前，两手各拿着一次性碗筷，笑盈盈地迎着我说："泡袋方便面凑合着吃吧，比在这过路店里吃得放心，也便宜。""大哥，请帮我拿一会儿，我去趟洗手间。我怕人多时开水不够用，给你也泡了一份。"待她入厕返回时，我执意要给她泡面钱，她坚决不要。这是我第一次品尝弯弯曲曲的方便面。

客车在九江段大约停靠了 40 分钟的样子，我们继续上车赶路。很多人上车后不声不响，昏昏欲睡。我为了报答这份饱含热情的方便面，只好有一句无一句地陪着身边的这位陌生女子唠嗑。从闲聊中，我知道这女子仅比我小一岁，去年春天才结婚，现在又想离婚。这次回来也托人调解离婚的事了，男方坚决不同意，只能慢慢地拖延下去了！

吃过方便面有点口渴，我从背包里摸出了几个橘子，递给她两个，又让她传递两个给邻座的老乡。这时，我俩的手指无意中发生了触碰，她惊讶地说："你的手好凉呀！"她把橘子放在了身边，侧过身来把手伸到我的跟前说："你摸摸我的手，好热乎！"我很难为情地把手伸了过去，礼节性地触摸了一下她的手指，顿时感受到了她那光滑细嫩而又温暖的肌肤犹如一股电流传遍全身。我屏住呼吸，又暗暗地做了一次深呼吸。我闻到了她脸庞那淡淡的胭脂散发的幽香，我感觉到了她手腕脉搏的跳动。接着，她又用手朝我这边理顺了一下头发，随之，飘逸的长发飘过了两座的界限，发梢掠过了我的脸庞，我又嗅到了洗发水残留的香味……我听见自己的心在怦怦直跳，车厢内已不觉寒冷。

车内光线一片黑暗，乘客们说话的声音逐渐减少，她开始有意无意地多次把手放在我的手上，我紧张的心情也随之放松了许多，一次次很自然地接纳着。我俩的身体仍然保持着距离，就这样手挨着手熬过了那个漫长的冬夜。

晨光透过了车窗，车内的乘客们已能看清彼此的脸庞，她仍保持着似睡未睡的样子。我把手缩回来揉一揉惺忪的眼睛，伸了个懒腰，我俩相视一笑，结束了一只手的"一夜情"。

分别的时候，她给我写了张纸条，留下了联系方式：深圳布吉布心路某某电子公司和公司传达室的电话号码。她说："你若在这边能找到合适的工作，我们可以经常在一块聚聚。若找不到称心的工作，准备回去时一定要跟我打声招呼，我请你吃顿饭。"

那时，我还没有手机，随身携带了一个数字传呼机，我把传呼机的号码也告诉了她。此后，我在深圳逗留了约一个礼拜的时间，也去过她上班的工厂门前溜达过，最终还是没有勇气主动找她再见一面，无功而返。

其间，我传呼机收到过两次深圳特区的电话传呼，我因身边没有公用电话，不能及时回复，待我找到公用电话回复过去时，对方已经不在电话旁了。第二次接电话的人告诉我，他那电话是公用电话，位置在深圳布吉。刚刚过来打电话的人是附近电子厂的一名女员工，一个穿天蓝色工作服的年轻女子。我猜想一定是她，因为此前我在那边无亲无故……

"百年修得同船渡，千年修得共枕眠"。一夜寂寞的陪伴，一次温暖的牵手，虽不需要千百年的修得，我想也是今生今世的缘分吧！

做个好梦，孩子！

夏书阔

孩子，去年的 4 月 8 日我坐在你的墓碑前。

那里是延安"四八"烈士陵园，你的父亲叶挺、母亲李秀文、姐姐叶扬眉的英灵就长眠在那依山傍水苍松翠柏环绕的山坡上。

镌刻着"叶阿九之墓"几个字的墓碑，浓缩了你短促的一生。这也算是一生吗？仅仅 4 岁，还没有正式起名字，一个在兄弟姐妹中排行第九的 4 岁孩童，你的墓碑在烈士墓群里看起来那么的稚嫩、脆弱。

1946 年 4 月 8 日是个令人诅咒的日子。一架美军 C – 47 运输机载着参加国共和谈的中共代表王若飞、叶挺、博古等 18 人由重庆返回延安。当途中飞机撞在山西省西南 40 公里处的黑茶山的时候，你还来不及明白什么叫作灾难，什么叫作——不幸。

4 月 8 日那天山雾沉沉，天空下着毛毛细雨。毛主席与其他领导同志和王若飞的爱人李培之、你的哥哥叶正明，还有延安很多的官兵、群众一大早就伫立在霏霏细雨中迎接他们凯旋，直到下午 4 点多钟。毛主席回到王家坪，在桃园路口焦躁地踱来踱去，不时地凝视着雾蒙蒙的天空……

孩子，你的父亲——叶挺将军，一位嫉恶如仇、正义忠贞的革命军人。5 年牢狱生活，10 年海外漂泊，磨不灭他救国救民的坚强意志和不屈精神。上飞机前，叶将军很激动，因为他知道，就要同延安那些中华民族的热血男儿伟人志士一道去搏击旧中国的血雨腥风了，就要尽情地张开双臂挥洒力量做正义的事业了。你的姐姐所以叫叶扬眉，那是你父亲期待中国人扬眉吐气的那一天。

叶将军在出狱前，留着长长的头发，灰色军衣的两袖已经破烂，久别重逢特地来接父亲的叶扬眉，采了 3 朵鲜艳芬芳的梅花，挂在他的军衣口袋上。孩子，我相信，用世界上最有品格的花儿点缀世界上最高尚的人，最坚贞的父亲佩戴最有傲骨的梅花，该是多么令人幸福、欣慰的事啊！所以，当国民党方面提出为他换衣服时，叶将军严词拒绝，他说："不换，我穿的是新四军发的衣服，我要穿回去！"那天，你们一家 4 口人在盛开的梅树下，拍了一张合影。孩子，那天，你们真的很扬眉吐气。

50 多年后，我曾有幸在你父亲亲手创建被誉为"铁军"的部队服役，并任某红军团副政治委员，以你父亲名字命名的"叶挺独立团"也在我曾经服役的部队。现在，虽然我早已转业到地方工作，仍时常回顾叶将军当年叱咤风云的故事，但没想到他的小儿子，那么小，就永远地沉睡在那不该你这个年龄来的地方。

那天，当我静静地坐在你墓碑前的时候，我在想，若不是那场灾难，也许你早已成为出色的科学家或像你父亲一样出众的将军；也许你会亲自按动电钮让导弹、卫星呼啸升空；也许你会在绘着美丽标记的军用地图前运筹帷幄，指挥一场战斗或一场演习。我很认真地为你设计几十种人生方案，我相信其中肯定会有你在摇篮或睡床上梦到的那种。

转瞬间又是一年，让我思想的火焰穿越时空的隧道、坚硬的石碑和松软的黄土，拥你而眠……

做个好梦，孩子！

记忆深处的梆子声

童宏胜

　　经常来我们居民区卖桂花酒酿的，是一位老人，60 来岁，说一口长江以北的全椒土话。老人个子极高，背有点驼，无论晴雨寒夏，都戴了一顶塑料帽，推一辆挂着酒桶的自行车，"笃笃笃"地敲着梆子。梆子敲得像戏园，那梆子声里含有一份手艺人的骄傲。

　　听到叫卖声，我就会拿上景德镇产的白瓷海碗出门买上一碗，卖酒酿老人看到我经常买他的酒酿，每次从我家住的楼前经过，常常有意停下来，将梆子敲成一串由远至近再由近至远的马蹄声。漫不经心的梆子声久久不停，老人等我去买他的酒酿。

　　卖酒酿老人不是每次都能等到生意，买不买酒酿，全得看我的情绪：高兴了，才买，心里不快，就不想买。星期天早上，有时候日上三竿，我还睡在床上，听到梆子声在响，我懒得去理会它，有时还埋怨，心想这么一大早，"笃笃笃"地吵了我的好梦。酒酿好吃，梆子声烦人。不知怎么的，桂花酒酿怎么吃也吃不腻，但梆子声听多了会腻，到了我实在讨厌梆子声的时候，我想出一个绝妙主意，酒酿还是要吃的，但一定要等老人调转车头，推过我们这栋楼房的转弯拐角，我再把白瓷海碗塞在妻子的手里，打发妻子追上去买。我在制造一个假象，让卖酒酿老人以为早先那个爱吃酒酿的人搬走了。卖酒酿老人三番五次的在我家楼前敲梆子，却不见我出门买他的酒酿，久而久之，也就不在这里等生意了，渐渐地，楼前梆子声消失。再后来，我叫妻子去买酒酿的次数也少多了。

一个月前的一个夜晚，天空里飘忽着淅沥的雨。我又听到楼前梆子声。梆子声显得生疏稚嫩，点子不准，声音不脆，听上去涩涩的，断断续续，毫无章法。我已经多时没吃到酒酿了。妻子不在家，无人代劳，我就自己拿了白瓷海碗出门去买，卖酒酿的人换了，不是老人，是一个20来岁的年轻人，头上也扣着一顶塑料雨帽。年轻的卖酒酿人只顾盯着我手里的白瓷海碗，我甚至以为他看中我手中的白瓷海碗，他仿佛不是在卖酒酿，而是在收古董。年轻人先取酒酿，再从我手里收钱，动作一点不熟练。我心里面将他与卖酒酿老人作了一番比较。我说，早先，有个驼背老头常来这里兜生意，他生意做得很活络、熟练。年轻人说，那是我爹，我爹出门卖酒酿到了夜晚遇了雨，从自行车上摔了下来，中了风，上个月去世了，临死之前，我爹跟我提起过，说在这附近有个戴眼镜的，常买酒酿，我猜我爹说的就是你，我爹说过，你装酒酿用的是一只白瓷海碗。

听年轻人这么一说，我如同触电一般，浑身发麻，接下来，胸口发堵，鼻根发酸，眼角发涩。吃了卖酒酿老人一年多酒酿，我却不知道老人姓甚名谁，家在哪里。在我既想吃酒酿又嫌梆子声烦人的时候，我还耍出读书人的小聪明，愚弄这位老人家。老人没有记恨我，相反，他在离开这个世界的时候，还在心里惦念着我。被人惦念着总是一种愉快的事情，但是一想到再也不会有人在我家楼前用梆子为我敲出一串由远至近再由近至远的马蹄声时，我心里泛出一种杏仁味，甜甜的，苦苦的，又甜又苦。细雨层层密密，抽打在我的脸上，我感到面颊一阵阵生痛。

一个雨夜，睡梦中，远处传来悠悠的梆子声。我给惊醒了，从床上一跃而起，拖着鞋，奔到窗前。窗外，斜风雨越下越大，滴滴答答的檐漏，敲打雨棚，这就是我睡梦中听到的"梆子声"。那一夜，我热泪洗面，再也无法入睡。

我的幸福之旅

戴旭东

　　黄梅飘香，诗意金秋。10 月 2 日上午，著名作家石楠和老伴程必书画作品展在安庆市美术馆开幕。一时间，观者如潮。人们分别来自河南、南京、合肥、芜湖、太湖以及安庆本土。南京财经大学教授、文艺理论家石中扬在画展序言《生命的意境》中这样写道："生为女人，却秉阳刚之气，为玉良画魂，替寒柳写心。且为中国文坛创一新品种——石楠体传记小说。"程必先生是石楠的第一读者与文抄公，在石楠用电脑写作后，他用小楷抄了石楠 200 多万字的书。石楠感慨：这是亘古少有的事。"如此天作之合，有似石头记创作史上一芹一脂之神话。"笔墨濡养精神，更滋养爱情，合欢树结出长生果。如今，两位老人的书画作品与大家见面了，面对如潮人群，石楠深情答谢："感恩时代，感恩师友。"

　　她说："我不是画家，程必也不是书法家。我们只是喜爱文学艺术的老人。"她说："我很幸运，让我的晚岁赶上了改革开放的好时代，觉得天天生活在天堂之中，满眼看到的都是美，就想把我看到的美抒发出来。"她在 77 岁时开始习画，一幅幅的画作背后，是一种创作的激情和寂寞的独行。大约 3 年前，她说：我要画一百种花，然后开一个百花画展。如今，她的愿望终于实现了。人们从四面八方慕名而来，与其说是仰慕她的声名，不如说是因为她"老骥志千里，丹心映天红"的精神令人感佩。

我返回合肥后，看到许多作家写石楠画展观感的文章在公众号推出。我忍不住要写和石楠投缘的那些事儿。我儿时的梦想是想当画家，一直在苦苦追寻。特别是租房陪伴女儿冲刺高考的日子里，一有空我就去省博物馆二楼展厅看潘玉良的画展。我拍了许多潘玉良画作的照片挂在家里，欣赏的时候，自然会想起为她写传记而蜚声文坛的石楠以及作家所经历的苦难。我在杭州当兵时经常路过浙江美术学院，也画过石膏素描、白描和芥子园画谱。我在部队图书室看到人民文学出版社（1982 年版）出版的石楠的《画魂》，还看了根据同名小说拍摄的电影，知道书的作者是安徽的作家石楠。根本想不到几十年后，石楠老师会认我当"儿子"。前不久，我因为劳累和风寒去医院打点滴的时候，最想念的人是母亲。吃饭时，我点开手机听石楠老师的语音留言。妻子说我俨然把石楠老师当成了母亲，反复听她亲切的话语："多休息，多喝水，多喝排骨汤。"

记得有一回与几位文友聚餐归来，我草草发了一篇插科打诨、调侃彼此的稿子。没想到石楠老师看了非常生气！她在微信里语重心长地规劝我："文章要有提炼，不能想到哪写到哪，面面俱到的琐碎是你散文写作中致命的东西。"让我汗颜和羞愧的是她虽然眼力不济，却认真看了我的文章，还说："听了我的话，你可能不舒服。不要不舒服，你要想在文学创作中做出成绩，一定要静下心来，下功夫去写出有质量有厚度的文章！"石楠老师如此坦诚相待，令我感动。

石楠老师把冰心老人给她的题词书赠给我"真实的情感是一切创作的力量和灵魂"，还有盛开的白玉兰的画。这是最好的鼓励！我有幸受邀参加了石楠老师在 800 年历史文化名城安庆举办的画展，展厅里一幅幅精彩的画作，都是她封笔之后精心创作的。此次幸福之旅，使我有机会了解石楠先生晚年学画的经历，学习她谦恭研学的精神！感激她在我人生的中年给我的引导和鼓励，让我重新拾笔获得了写作的冲动和快乐！

楹联中的廉政观

秦心福

　　徜徉在历史悠久、拥有诸多古老文化符号的晋中平遥古城，晋商文化的博大、厚重交相袭来，令人叹为观止。尤其令我难忘的，是镶嵌和悬挂在古城县衙里那些富有廉政哲理的一副副"署联"。

　　在雄伟、端庄的县衙府第中，一副副精致的楹联点缀其间，那风化的古木、镏金的大字、丰沛的内涵，无不透射出历史的沧桑和文化的魅力。抬眼望去，正门两侧的楹联首先映入眼帘：

　　莫寻仇莫负气莫听教唆到此地费心费力费钱就胜人终累己；

　　要酌理要揆情要度时世做这官不勤不清不慎易造孽难欺民。

　　此联语言平白如话，但内涵丰富。上联对民，劝诫老百姓应止争息讼、和睦相处，避免因不必要的纷争和诉讼伤了彼此的和气。下联对官，要求衙门的官员公正执法、爱民自警，莫要因不勤不清不慎做了那造孽欺民的贪官、庸官。此联位置显著，教化色彩非常浓厚，可以视作封建官场对官民双方诉讼行为的规范要求。

　　仪门上的楹联是：门外四时春和风细雨；案内三尺法烈日严霜。

　　此联对仗工整，既宣扬了官员应为民做主、止争息讼的民本思想，又强调了法不容情、明镜高悬的执法理念，与大门两侧的楹联相映成趣，更加透露出封建官场廉政教化的韵味。古人喜欢以格言名句"一日三省乎己",真不知道那些天天从此门往返进出的县衙官员们,仰视着这些对联,每天该要反省自己多少次呢?

如果说前两副楹联重点阐述了官民双方面对诉讼的正确态度,那么书于县衙大堂、二堂和献厅里的三副楹联,则是直接针对封建官吏的一句句职业警示和道德宣扬。

大堂楹联是:吃百姓之饭,穿百姓之衣,莫道百姓可欺,自己也是百姓;得一官不荣,失一官不辱,勿说一官无用,地方全靠一官。

此联因语言质朴、寓意深刻而受到各地游客的好评。我记得几年前在河南内乡的古县衙内也曾经看到过这副对联,可见当年这副对联的流传之广。相传此联系清康熙十九年(1680年)内乡知县高以永所撰。上联的核心意思是要正确地对待老百姓,要尊民如身;下联的核心意思是要正确地对待自己,要淡化"官本位",以勤政为己任努力造福一方。这种自觉与百姓平等、时刻为百姓谋利的职业精神,即使对现在的公务员和领导干部来说,也都有着很强的现实教育意义。

二堂的楹联是:与百姓有缘才来此地;期寸心无愧不鄙斯民。

此联引自余小霞任三防县主簿时自撰的对联,直接抒发了为官者坦荡的胸襟和爱民的情怀。作者把到这里做官,当作与百姓的一种缘分,但愿能尽心尽职,心中无愧,不做对不起老百姓的事情。书写者为了明示楹联作者的意思,特意将联中的"愧"字少写了一点,喻示为官者应对老百姓更多一些关爱、更少一点愧疚。

献厅的楹联是:不求当道称佳吏;愿共斯民做好人。此联的寓意很明显,针对性很强,回答的是官场上一个永恒的问题:是眼光朝上还是眼光向下,是奉行长官意志还是坚持以民为本。可见在中国古代官场文化中,也有提倡俯身为民、民贵君轻的公仆精神。联想到现在我们弘扬的"以人为本、执政为民",不是可以清晰地看到这种"科学政绩观"发展的脉络源头吗?

走进古色古香的大仙楼,两副充满生活气息的楹联立即收入视野。只见大仙楼的楼联是：官场似弈无同局；吏道如诗有别裁。院联是：柴米油盐酱醋茶，除却神仙少不得；孝悌忠信礼义廉，无有铜钱可做来。这两联以生活琐事和传统道德来阐释廉政哲理，浅显易懂，彰显了为官者必须秉持的道德要求。作为官吏，必须坚守艰苦朴素、廉洁奉公的道德底线，不能因生活的困苦和俸禄的微薄，就铤而走险贪污受贿。因为传统的礼义道德和价值追求，不是金钱能买到的。

平遥县衙作为中国封建地方政权的实物标本，这些为政箴言，早已成了折射古代政治、官吏作风以及世态民情的一面明镜。作为一种文化现象，无疑也是我们现在加强干部队伍建设和提高各级领导干部公仆素养的一种行之有效的方式。它逾千年而不衰，其根本原因就在于这些楹联包含了老百姓对执政者的一种道德渴求。这些道德要求古代有，现代有，将来也仍然会有。伴随着从严治党的不断推进，我相信，我们的党政官员一定会给历史、给老百姓交上一份份更好、更满意的时代答卷。

从黄墩到余井拜年

郑生发

"一代亲，二代表，三代了"，说的是亲戚间走动的大致规律。一年之中，亲戚走动，要么是逢年过节，要么是婚丧嫁娶，而最具标志性的，莫过于拜年。

在父母当家问事时，舅和姨是我家最亲的亲戚。我有一个舅三个姨，他们都比母亲小，除了二姨在余井，其他人都在黄墩。余井是潜山县毗连县城的一个乡镇，黄墩是怀宁县中部的一个乡镇，虽然潜怀是隔壁邻县，但余井与黄墩并不接壤，两地之间抄近路有20多里路程。

从黄墩到余井拜年，小时候，我为此纠缠了父母好几年。在那几年的正月，我总觉得已经长得够大，完全可以像哥哥一样作为家里的代表，与舅和姨家的孩子一道到余井拜年。在未能成行之前，它是让我无比艳羡的事情。长大后，我才理解父母的初衷，他们一是怕我小，走不动那么远的路，二是怕给二姨添负担，因为初次上门，二姨是要给红包的，可二姨父的身体不好，家庭条件很差。

如此闹腾了好几年，在进初中的那年正月，我终于如愿以偿。在来黄墩拜年的二姨家孩子回家的前一天，外婆便挨个问派谁到余井拜年。按照惯例，我、大姨和小姨家各派一人，而舅家不受限制。

尽管父母一开始又不准备让我去，但外婆看我又是泪眼婆娑的，于是就帮我说了一句顶一万句的话：反正迟早都是要去的，今年就让黑皮（我的外号）去吧。

去余井的那天早晨，大姨、小姨家的孩子和我均被送到舅家集中，在那里吃过早饭再动身。吃早饭时，大人们不停叮嘱：不要光顾着欢喜，要吃得饱饱的，喝得足足的，路上可没吃的喝的，在余井要放得乖乖的，不要像在家里那样横吃直赖的。不过，他们的话全被当成了耳边风，草草地划上几口饭就觉得饱了，茶水刚挨到嘴唇就说烫，也并不是因为常说的"年饱"，而是我们的心早已飞向了余井。

那天是正月初五，晴天耀暖，是个拜年的好日子，只是我们稍晚了些，田地里已有干农活的农民。尽管沿途也会偶遇拜年的，但他们三三两两，顶多也不过四五个，无法与我们一行 9 人相比。9 人之中，二姨家姐弟仨，老大的外号叫呆子，年龄最大且是唯一的女孩，老二的外号叫荒毛，老小的外号叫卵子；舅家兄弟仨，老大的外号叫花生，老二的外号叫汽灯，老小的外号与我相同；大姨家表弟的外号叫干伢；小姨家表弟的外号叫帮船。我们年龄上下不过 4 岁，外号稀奇古怪。

呆子、荒毛和卵子携带着装满拜年果子的箩和包在前面走，其他人或背着拜年的糖糕包或空手随后。穿过春意盎然的原野，途经年味犹存的村庄，如出樊笼的我们起初是一路嬉闹。可走着走着，就到了走不动的时候，初次去余井的便会一路不时地问还有多远，而得到的回答总是快了。再到后来，就只能走一程歇一阵，唇干舌燥不说，竟还感到肚子有些饿，拜年果子也因此被吃掉不少。途中，年长几岁的呆子懂事得多，有谁不愿拿包，她接过去，舅家的黑皮赖在地上不肯走，她就背起走上一程。

那天下午一点多，我们才到二姨家。二姨为几个初次上门的燃放了欢迎的鞭炮，笑着向前来看热闹的邻居们挨个介绍娘家来的侄儿们。饥饿好下食，满桌的饭菜很快被我们一扫而光。疲惫好睡觉，晚上二姨家的房间和床不够用，荒毛和卵子只得出去借宿，我们黄墩6个老表挤在放于堂厅的两张床上，都是一觉睡到天亮，丝毫没受隔壁房间里二姨父成夜哮喘和絮叨的影响。

正月初六，因二姨再三挽留，我们没按要求回家。白天，我们被带去见识潜水和余井大桥，晚上，在二姨村子里到处看舞龙灯。正月初七，在我们动身回家时，二姨又燃放了欢送的鞭炮，给每个初次上门的两块钱红包，然后眼泪簌簌地送行了很长一段路。但作为孩子，当时我感受到的只有快乐。

时间过得真快，转眼已经30多年，我记不清其间还有多少次从黄墩到余井拜年，但去的方式已从最初的走，到骑自行车，到骑摩托车，到坐客车，到开私家车。在读书读到贾平凹的《从棣花到西安》时，我不禁联想到从黄墩到余井，虽无可比性，但社会的变化真大，如今，黄墩这个曾经难以活人的黄泥巴墩已成为安徽蓝莓第一镇，昔日的鱼米之乡余井也已是潜山县城的卫星城镇。

其中最令人刻骨铭心的，还是外婆、呆子、二姨父和母亲的先后离世。我清楚记得，外婆去世时，走着回来奔丧的二姨痛哭流涕：娘，为了活人，你怎么就舍得把我一个人嫁那么远。呆子到了婚嫁年龄，拜年时亲戚们开玩笑说要为她在比余井稍好些的黄墩寻个婆家，但二姨坚决不同意：我就只有一个女儿，说什么也不会把她嫁远；可嫁得近并没有带来想要的幸福，呆子在女儿两岁时因夫妻争吵喝农药自尽。二姨父去世引起的矛盾，竟然让荒毛自断了与黄墩所有亲戚走动的路。母亲去世时，前来吊唁的二姨在临别前对我兄妹说，你们要把老头子服侍好，现在他一个人可怜。

其实，亲戚走动，拜年只是形式，维系亲情才是内容。从黄墩到余井拜年，从少不更事到忧患增生，但我相信，只要父亲健在，只要长得越来越像母亲的二姨还健在，这条给我留下深长人生感悟的亲情线路就不会被时光无情地掐断。

秋天的名片

鲍官明

秋天是一位成功人士，相对夏日的酷热与冬天的寒冷，他有很多张名片。

这第一张名片，当属风。"凉风起天末，君子意如何？"秋风一起，天气便凉爽了。天气一凉爽，人自然就舒适了。人是感性动物。赤日炎炎，自顾不暇，何暇他顾？自己能活下来，便是个奇迹了，哪里还有心思想着别人。但到了秋天，情况不同了。不再是日炎炎，汗涔涔。秋高气爽，秋风宜人，秋色无边。人自己舒服了，第一时间想起的自然是老友，得问问老友，你在他乡还好吗？

秋天的第二张名片，当属落叶——金黄色的落叶。郁达夫在《故都的秋》中写道："七八月之交，是北国的清秋的佳日，是一年之中最好也没有的 Golden Days。""金色的时光"，多么美妙的形容。而我以为，能让人感觉到秋天是金色的，除了高照的秋阳，枝头已经成熟了的各种颜色的果实之外，功劳最大的当数无边的萧萧落叶，以及那些仍立在枝头，等待着一阵阵秋风吹起便跃身而下的黄金叶了。"袅袅兮秋风，洞庭波兮木叶下。"这些完成了光合作用，夏日遮阳送荫任务的秋叶，是静美的。

"春云夏雨秋夜月，唐诗晋字汉文章。"这些都是人间的极品，文人雅士心中最高的境界。因此，这秋天的第三张名片自然非月莫属了。"明月几时有，把酒问青天?"以苏学士之聪明绝顶，不知道尽人皆知的八月中秋的月最圆、最亮? 只能说是政治上失意的苏学士借酒张狂罢了。抑或者此月并非自然界之月，而是词人头顶上那一轮遮了雾霾的政治的明月。无论如何，自此词之后，一向用以怀人的秋月，更加著名已是不争的事实。

"萧萧几叶风兼雨，离人偏识长更苦。"不错，这秋天的第四张名片当是秋雨。纳兰容若一生深得康熙皇帝的宠爱，是皇帝跟前的红人。尽管卢氏与他3年便殁，但他很快又抱得美人归。因此，他有多少离别，又有多少孤苦，并不是他的诗词作品所能实证的。倒是另一位女词人，在罹经战乱、丧夫、嫁错郎又获牢狱之灾之后写下的"梧桐更兼细雨，到黄昏、点点滴滴"，这是真实的秋愁，真切的凄苦。秋雨连绵时，秋天萧瑟的意味是十分地明显了。

秋天诸多名片中，还有一张不得不写的最著名的名片，便是菊花。但是我最不愿意写的也是这张名片。"我花开尽百花杀，满城尽带黄金甲。"因为，递出这张秋天的名片之后，秋天差不多就走到了尽头，肃杀的严冬已经悄然来临了。

如果人们将婀娜多姿的春天比作一位漂亮的姑娘的话，我倒更觉得秋天是一位成功的男士；他不光是位男士，而且是男士中的绅士；他不光是位绅士，而且更是绅士中的极品。林语堂《秋天的况味》用了两个词8个字来形容这样的男士：纯熟练达，宏毅坚实。我觉得，读懂了秋天这种意味的人，也算得上是一个有趣味的人了。

梅花糕香

鲍逸秋

观看了一期节目，说的是商家没有商德，如何伤害小孩子的故事。以至于那段时间，我天天在思索这个问题，是不是这样的？

之后的某一天，我与友人一同前往夜市就餐，看着熙熙攘攘的人群，热闹的夜市，心里的那份纠结并没有因环境的变化而有多少改变，正在前行的过程中，友人驻足购买糕点，说极为好吃，不免打量了下这个摊点。

一个 30 岁左右的青年男子，一身白衣，稀疏的胡碴子，冷峻的面庞，我感觉那不只是因为整天机械的工作造成的，也许是天生如此。一个黑炭色的炉子，之上一个个梅花形的图案分布，金黄色的糕点模样的东西排列着，手一刻也没有闲着，快速倒出红豆液体，干练地制作着，一丝丝香气四溢开来。

我漫不经心地看向旁边的时候，一个小孩子出现在我的视野里。

呆呆的，带着那种神往的表情看着摊主，不，应该是那梅花糕，小手还不自觉地攥了攥。看着心不在焉的我，友人捣了我两下，问道："怎么了？"他顺着我的眼光也看到了小孩子，会心一笑，此时摊主将梅花糕递给我们，也注意到这个站了有会儿的小孩子，起初一愣，好像看到什么，想到什么似的，随即恢复正常，只是冷峻的

157

　　面庞似乎柔软了些，空洞颜色中仿佛多了一抹色彩："小朋友，你要不要来一块？"温柔而不再机械的问话，让小孩子踌躇不前，好像有些慌乱："我没钱的。""不要钱，拿着！"他说完，马上捡起几个递给他，小孩原本很近，却往后退了一步，摊主伸着身体再递出来，很真诚地说："拿着，真不要钱！"小孩又往前一步，但又犹豫，双手攥得更紧，咬着下嘴唇，很纠结的样子，但是似乎做了什么决定，迅速跑开。

　　老板看着，无奈摇摇头，与我们相视会心一笑，比刚才活络多了。"你们认识？"我问道。"不认识。""不认识免费哈，老板不错。""不值钱的东西，一两块有什么要紧，看他挺像自己孩子的！"而就当我们要转身离开的时候，刚才的小孩手里攥着什么东西，迅速地跑过来："老板，我有钱了，我要两个。""好，那，给你，钱就不要了。""那可不行。"小男孩把钱一丢，再次昂着头，挺着胸跑开。看他快乐地走开，我感觉那是一个异于同样年纪的小孩子身影——自信而优雅，或许还有一点真诚的意味。

　　而正当我们走开之时，一个饮品摊处，刚才的小孩子正用那梅花糕喂着一个中年妇女，两人的笑容使我内心某处有个东西仿佛正悄然而易碎，还发出了悄悄的声音。

　　爱心与爱心之间才能成就美好，自爱与自重之时才能让人感动，分享与之才能体现价值。

映像白湖

丁祖胜

很多人不知道，巢湖还有个小弟叫白湖，因为特殊，鲜为问及。

特有的杂居场景，移居风情，处处皆显中国风景。革命史扉页，东北军人留下来了，南方部队团就地转业，西部移民至此，造就了白湖特有的文化渊源。快乐似相近，家家节不同。过小年，有二十三送灶王，有二十四才将灶王送的；有过年以吃饺子为主食，有满汉全席还不过瘾的。至于什么粽子"南甜北咸"、活动是南船北马，在白湖，全部"一锅熟"，酸甜苦辣皆有，南腔北调齐聚。即便是儿童称呼，也多味多彩。有叫"伢子"的，有叫"小不点"，有叫"小屁孩"；知道不，个晓得，个懂吖？这边刚打趣庐江人把女的说成"乳的"，萝卜说成"萝壁"；无为人把铅笔说成"刊笔"，那边就出事了，突然有人寒风中奋不顾身跳深水，帮岸边女人捞掉进水里的"孩子"，整了半天只摸到一只鞋子，哆嗦地追问，女人也无辜。方言"鞋子掉水里了"，听起来"孩子掉水里了"。省内桐城腔、淮北佬、巢县语、蚌埠味，省外东北那旮旯、广东银（人）、西北风土、江西老表、天津嘛玩、阿拉上海知青，等等，多方杂居后的文化冲击与融合，成就了白湖包罗万象、包容善待的风俗。外地人来白湖，总搞不懂这是什么地方，如此"鸟语"花香，却又惊喜他乡遇故知，总有乡音相亲之处。

白湖农耕文化，盘点起来，窃喜间掩饰小兴奋，岁月情怀深藏其中，犹如低调的怀孕少妇，幸福感满满的，颔首不语乐开怀。置身其中寻通感，白湖，名片的正面是浮雕，一个群体，用心、用力、用情，去开创自己的绿色产业。绿色大米、绿色防护林、绿色家园，在食品安全处处担忧的背景下，绿色白湖犹如春风拂面，令人欣慰和振奋。名片的背面是动漫的工艺城，白湖有机米，生产地水源自成灌溉体系，远离主干线，边区没有污染源。现代物理农业不使用化学合成农药肥料，完全靠人工治虫或灯光诱捕虫。在农机栽培和收割过程中，单独运输，单独存储，在专用生产线上进行加工。这种有机米从秧苗栽插到成品供应，全程绿色培育，成为名副其实的绿色放心米。许多打死都不相信的人，在亲临现场，看完有机米生长过程介绍后，对绿色有机米产业，对生态发展首先考虑社会责任的这种作为，肃然起敬。农业部来了，央视来了，院士来了；今日白湖，草木葱茏，绿树成荫，实现了青山滴翠、碧水奔流的生态建设目标。

小小盆景，有人说是压缩的精美风景，也有人说是"缠足"，是对植物的摧残和虐待。这种对立与矛盾，在白湖，华丽转身后完美统一。162 平方公里的生态风景区由 3000 多个"苏联模式"的方格盆景组成，每个盆景占地 50 亩，外圆 1500 米，方框之内不间断尽情上演四季歌。春有深绿，浸染大地；稍一疏忽，串联田圩欲偷访，3000 公里的小圩埂迷恋你，沟渠交纵翠绿成林包容你；流连忘返，只因身在原野中。万米彩色长廊将你揽入胸怀，生机在同感中无限延长；在绿意盎然的私语中，心醉神痴忘归路。夏有茂盛，时时处处，停顿一下俯下身子，侧耳钟情，你能听到植物呼吸的声音，渠水潺潺的声音；温情凝视，你能欣赏到稻穗丰满的娇姿，鸟儿抛媚眼的艳遇。感受秋韵，金黄涟漪里，喜悦随风而至；稻浪起伏中，动感随波欢送。冬，蕴得深奥，大地孕育着希望；冬，静得安逸，梅花园竞相绽放。置身其中，自然的力量，勤劳的感悟，透彻身心。

老屋的回忆

方华强

当秋天伴着一片落叶如约而至，我回到了久违的乡下小镇。沿着光滑的石板路，来到童年的老屋，只见斑驳的门扉上，写着一个斗大的"拆"字。老屋后面，一条宽阔的快速通道即将越宅而过，我暗自庆幸能和老屋作最后的道别。老屋在秋阳下，沉默而慈祥。寻着老屋那古朴的气息，我再一次走进童年的时光。

小时候，我们一家就住在这上了年岁的老屋里。那时，老屋的土墙已裂有很大的缝隙，冷风一吹，耳边呼呼地响，煤油灯火也冻得打颤。我蜷缩在被窝里，睁眼看着老屋那纵横交错的橼梁以及叠架在梁上的各种农具。外婆的咳嗽声从土黄色的蚊帐里轻轻传来。母亲独坐在油灯下，正在为全家老小赶制新年的新鞋，打了黄蜡的麻线，在母亲的手中饱满地跳荡起来，唱着沙沙的歌。每当雨季，大雨瓢泼，父亲总是赤着脚，手提锄头，在屋子的四周奔突，疏泥排水；母亲则在屋子里带领我们兄妹，用锅碗瓢盆来阻挡漏雨的袭击。年少的我，从父亲的背影、母亲的倔强和乐观中，读识了生活的艰辛，领略了平凡者与困难抗争的姿影。每当大雨初歇，父亲则笑容可掬地从床下摸出一瓶老白干，就着几碟咸菜，品尝酒的浓浓气息，那享受的神情，仿佛是位大师在品茗。

161

每当冬天来临，老屋和大雪总是默默地和谐着，黑瓦白雪衬着青色的袅袅炊烟；颀长的冰凌，像老屋长出的眉毛，思考着冬天。外婆不紧不慢地把我们塞进火桶里取暖，自己却在老屋的天井下面忙碌着，择菜、淘米、生火煮饭。趁着空闲，她总喜欢给我们讲那些和老屋一样久远的故事，直到暮色已冥。平日，外婆在院子里养了几只母鸡，母鸡下的蛋除了卖些零花钱给我们补济学费以外，偶尔也留下几个藏在布兜里，在我们得了奖状一口气跑回家的时候，便可等待吃那香喷喷的煮鸡蛋了。

也许是吃够了没有文化的苦，母亲时常鼓励我好好读书。我还记得是母亲帮我捡来许多断砖石块，又找来一块木板，当我们一起搭好之后，我雀跃着欣然铺上几张报纸，然后再放上几本学习用书，于是，一个硕大的书桌就在老屋的一角撑开了。母亲还用她那粗糙而温暖的手，抚摸我冻裂的小手，然后从锅灶里挑一个最大的热山芋，塞给我取暖，一直暖到了今天。到了夏季，天热蚊子多，又舍不得点蚊香，更没有电风扇，于是母亲又教我从院子的老井里打一桶清水，放在桌下，将双脚浸在水中。蚊虫果然无从下口。而我又得到了几许凉爽，书本上那一尾尾铅字，也被这清泉滋润得生动起来，游到眼里驻进心底。辛勤的付出终于有了回报，那年中考，我以优秀的成绩考入市一中理科实验班。母亲笑了，眼角溢出幸福的泪花。

如今，父母的青丝早已变成白发，那时的少年已近中年，但我却更加怀念那间老屋，怀念母亲做饭的老铜瓢以及父亲那只粗瓷酒杯……沧桑转瞬，人世的变迁，似乎也蕴含在这老屋的皱褶里。回首流年，不禁追寻起那一泓记忆的逝水，以及梦的碎片、歌的余响；而面对簇新的未来，又迅疾掠过几许惊喜的闪念。这纷至沓来的感受，仿佛秋天的雁阵，张开一扇广角，又会于一个交点，在时空的天庭变幻着，呈现多元的美丽。

黑瓦土墙的老屋，在这个秋天的早晨，被我的视线打湿，定格在记忆的深处……

从 前 慢

黄琼会

"记得早先少年时，大家诚诚恳恳，说一句是一句。清早上火车站，长街黑暗无行人，卖豆浆的小店冒着热气。从前的日色变得慢，车、马、邮件都慢。一生只够爱一个人。从前的锁也好看，钥匙精美有样子，你锁了，人家就懂了。"

喜欢木心这首《从前慢》。灵巧、精致、舒缓，字里行间氤氲着一种怀旧气息，弥漫着一种沉稳静气，像一幅泛黄的旧画，无言地存留在记忆深处，素朴而静谧，透着优雅从容的美。只慢慢读着，旧时日子，仿佛一朵碧绿的睡莲，于记忆的心底悄悄盛开，升起一缕柔软的思绪，整个世界安静下来，缓慢下来，仿如老电影一样，朦胧而幽深。

那年我去乌镇，只知乌镇是茅盾先生的故乡，却不知乌镇也是木心先生的故乡。我想这首《从前慢》，写的就是旧日乌镇吧。试想那样的清晨，一个人，默默穿过无人的长街去火车站，所有街坊四邻都还未醒来，只有卖豆浆的小店冒着热气。火车站，注定是个离别与远行的地方。木心先生，一生从乌镇到上海，从上海到纽约，其路漫漫而修远，其中多少坎坷艰难，流离颠沛，多少宠辱不惊，去留无意，都自不待言了，唯有故乡小镇，从前的慢，从前的美，诗一样宁静美好，一直温暖着客居他乡的游子心。

从前是慢的。那时，我们正当少年，还依偎在父母长辈身边，还在故乡低矮的屋檐下，安心学习，尽情玩耍，生活里没有远离，没有思念，只有青梅一样的年纪，竹马一样快乐的时光，只和亲人一起简单度日，无忧无虑。爷爷奶奶是诚诚恳恳的，说一句是一句，隔壁大叔大娘也是诚诚恳恳的，说一句是一句。春风、夏雨、秋月、冬雪也都是淳朴地顺应着季节，诚诚恳恳应时而来，来到我们的村庄和田野。桃花开在三月，桂子落在中秋，一切都刚刚好，不早也不迟。

从前是慢的。不久的后来，我们渐渐长大，记忆里很多次清早离乡，总是天还不亮，就匆匆起身，背着行囊开始一场场远行。我们坐火车北上京津，南下两广，搭汽车越重山往皖南，要么过长江去江苏，有时是三五结伴，有时是孤身一人。无论身处何方，去往何地，那时我们的心中，无不揣着满满的思念，那时我们的身后，无不落下长长的旅愁。那时的绿皮火车，开得极慢，穿山渡水一程程，整日整夜都铿锵在路上，穿过千山万岭，前面依然万水千山……

从前是慢的。从前四季缓慢，日色悠然，没有电话，没有手机，没有网络，没有车水马龙的喧闹，两地天涯的分别里，你慢慢写信、寄信，我慢慢等信、读信。那厢是"云中谁寄锦书来，雁字回时月满西楼"，这厢是"渐写到别来，此情深处，红笺为无色"，花开花落，云卷云舒，小半生就这样慢慢过来了，慢到只有鸿雁传书，鱼传尺素的山长水远，一生慢慢地等，慢慢地爱，且慢且缠绵，且爱且珍惜。

从前是慢的。从前的锁，都是锁匠手工慢慢制作，慢慢做出精致好看的样子。一如从前的日子，缓慢、安静，一天天柴米油盐，一户户暖老温贫。各种各样的锁好看，各家各户的人也诚实，好看的锁是君子之腹，好看的锁是路不拾遗，好看的锁是月色清朗……就这样一路逶迤看过去，便是岁月静好，现世安稳。

蛟淤凼的传说

李坤明

老家门前有口小水塘，状如葫芦，如果说它像花生或腰果什么的也未尝不可，不过在我们小孩的眼里它就是一只放大了的葫芦。塘稍连着一条长长的排水沟，极像葫芦上的藤蔓。

池塘镶嵌在村庄与田冲之间，塘水清碧，是妇女们洗衣洗菜的好处所。岸边无依依杨柳，却有两棵合抱粗的檀树，树身倾斜，半个身子伸到池塘中间，大人叫它傲树檀。傲树檀的特别之处是能预报天气，每年春天，当四周已是绿树成荫的时候，依然看不到它一点生机，只有等到一场春寒过去，它的枝头才肯绽放一丝绿意，要是还有一棵没有抽枝长叶，就预示后面还会有春寒。村民们根据这一规律来处置冬衣。

池塘有个古怪的名字，叫蛟淤凼。乡下人把小池塘叫作凼一点也不奇怪，大多是根据其形状作用来命名的，比如长凼、团凼、藕凼什么的，奇怪的是它不叫葫芦凼，而叫蛟淤凼。小时候，我问过奶奶，奶奶说这名字是老辈传下来的，说的是在很久以前，有一年的五月（农历），大雨下了三天三夜，家后山起蛟了，一只麻鹰蛟从后面的山上飞冲而下，这是一只好心的蛟，它没有伤害村民的房屋，也没有伤害生灵，带着一股巨大的洪水直接飞过村庄，落到前面的稻田里，把稻田冲成了一个大水凼，老人们为记住这只好心的蛟，就把这个水凼叫作蛟淤凼。我还问过村里其他的老人，他们都是这么说的。故事就这样一代又一代演绎下来的。

那时候我不知蛟为何物，只知道起蛟就是发洪水。从大人的闲谈中知道蛟是龙的一种，有许多不同的名字，比如蚂蚁蛟、麻鹰蛟、美女蛟，等等，都是以生物命名的，这些生物受日月精华孕育成型，蛰伏于山中，等到天降大雨时冲破泥土，带着一股巨大的水流游回大海。

少年是人生中最赋予幻想的季节。我们想象这股水流也像我们手里玩的挤水筒，受到压力后，水就自然喷出，在空中划了一道弧形，最后落到村前，既然蛟是从后面山上出来的，必定会留下一些痕迹。于是，寻找出蛟水的源头成了我们课余生活的一部分。放学回家，有时候会绕道家后山，假日里寻柴、放牛也特意到家后山，尤其是夏天的雨后，我和小伙伴们光着脚，顺着家后山上流下来的泉水，一路寻找，希望能找到那个隐藏在某个不为人知的角落里，一个神秘的洞穴，每一次都是无功而返。

渐渐地，我们失去了寻找蛟源的兴趣，开始怀疑起这个传说的真实性了。其实家后山算不得山，高不过3丈，面积不足百亩，按照现在的说法，起蛟就是发生泥石流，这样的小山包是无论如何也不具备形成泥石流的条件。然而，我们的祖祖辈辈一直活在蛟的阴影里，对这个荒诞的传说深信不疑，以至于后来发生了一件荒唐可笑的事。

1969年仲夏，一个久雨初晴的清晨，一声凄厉的叫喊打破小山村的宁静。"起蛟了，赶快跑！起蛟了，赶快跑！"紧接着是一阵敲打金属的声音在山村中骤然响起，睡梦中的人们被这突如其来的叫喊声吓到了，纷纷逃出家门，像无头苍蝇似的到处乱撞，村子里乱成一团。我稀里糊涂地抱着一床破被单，跟着惊慌失措的小脚奶奶，朝门前的田畈跑，父亲一手抱着弟弟一手抱着妹妹，见我和奶奶往田畈跑，连声急呼"朝后面山上跑！"于是我和奶奶又折转回来朝后山跑，母亲抱着最小的妹妹，吓得腿都软了，怎么也跑不起来，急得哭了。

等我一家人跑到村后的大路上时，村子里男女老少差不多全聚集到这里了。纷乱的人群里不知谁问了一声："哪里起蛟了？"这时，最先发现起蛟并呼喊的队长说："你们看，那不是蛟吗？"众人顺着队长手指的方向朝东望去，只见东边的大圩里水势浩荡，几丈高个水头奔涌而来，人群又一阵慌乱，有几个孩子吓哭了，老年妇女在不停地祈求菩萨保佑。后来还是一个见多识广的老人说，大家别惊慌，起蛟水也淌不到山上来，这是大圩破了。我们村子在圩外，地势高，破圩丝毫不影响村庄的安全。

原来，连日暴雨，湖水猛涨，队长早起出门去查看水情，突然见到滚滚而来的滔天大水，以为又是起蛟了，慌乱中来不及细想就在村子里喊叫起来，结果闹了个大乌龙。

几十年过去了，蛟淤凼还在，传说还在，但不再有人信以为真了。随着科技的普及，盘踞在村民心头的阴霾也消散殆尽了。

村无炊烟

杨邦贵

　　阳春三月，一个细雨霏霏的双休日，我们一行几人下乡踏青，刚一下车，只见那乳白的晨雾把四周遮得严严实实，仅露出了一条模糊的"村村通"水泥路，向前延伸着，平整而幽长，弯弯曲曲。三月天的庄稼还是一种半眠半醒的状态，天气乍暖还寒，下地的人很少，更显得有些清幽宜人。那一望无边的小麦沉淀的绿，静得犹如一个绿色的梦，连空气也是绿色的，小雨点也如同绿色的小鸟一样，在水面上尽情跳跃。几个村姑在塘边嬉耍打闹洗着衣菜。天的倒影，树的倒影，屋的倒影，水映画中人，鱼在画中游。鸟鸣鱼跃，此景此画，一切都那么饱满而丰润，宁静而灵气充盈。偶尔有鱼儿探出银亮的头，一只水鸟从水中世界的深远处飘来，好似电影银幕中的画面，洁净而优雅，无疑是刻意求不得的。这个逐步地，却又是在同一画面中的反复显露，无疑是一种和谐，一种对话。不一会儿，太阳出来了。一群上学的孩童，一串铃儿声扰乱了那静静的美丽乡村美景。

　　人们常用"红砖黑瓦，炊烟袅袅"来形容农村盛景。然而我们在铜陵县太平观兴村却发现：临近中午，还不见农家的烟囱冒烟。惊诧之余，老村支书、铜陵江南油脂有限责任公司副董事长周成社赶来招呼："吃饭了！"

带着疑问走进老书记家，我们才解开这个谜：一只电火锅放在柏枝八仙桌上，香菇老鸡汤在沸水中翻滚；宽大的厨房和灶台，明晃晃亮锃锃的电茶壶、电冰箱等新式炊具，排列整齐；桌旁一只特大号电饭煲，正冒着腾腾的热气。灶台旁放着十几个配好待炒的各种炒菜和美味佳肴，原来这个村，家家户户已用上了同城里人一样的炊具和灶具。不但告别了昔日"火篾当灯照"的落后时代，还实现了"点灯不用油""烧饭不用柴"的世代梦想。

一杯种子酒下肚，脸红耳热之际，老支书周成社拉开了话匣子：过去家里没有一件像样的家具，老人们常说，那时家里就是椅子板凳桌，桌子板凳床。现在是楼上楼下、电灯电话，"我们村 300 多户人家，都用上了这些洋家伙。我估摸全村楼房占 80% 以上了，私家小轿车也进了俺农村平常百姓人家，全村 100% 都用上了液化气和沼气，家家有存款，空调、彩电、冰箱已普及，刚用时，碰一下都怕电着，现在就连 5 岁娃娃和 80 岁老太太都会用啦。"

提及往事，老周感慨万千，他说在父辈和他记忆里，住的是土墙草房，他很风趣，幽默地给我们打个谜语："借你四四方方一堵墙（锅灶），中央开个大龙潭（铁锅）……"以前每家每户锅灶都是土垒的，要占大半个堂屋，上无烟囱下无炉栅，烧的是麦秆、玉米秆和牛屎粑，将麦秆切碎用牛屎一起搅拌做成饼状贴在土房墙上晒干后烧锅，妇女们做饭时烟熏火燎，苦不堪言。

女主人告诉我们，自村里实施沼气和电气化后，她得以从厨房中解放出来，发展庭院（小麦、棉花、油菜等农作物）经济和协助爱人放映爱教片工作，去年爱教片和公益惠民电影放映收入有 9000 多元。

"暧暧远人村，依依墟里烟。"东晋大诗人陶渊明名句，已不再成为农村生活富足的标志了。

幸 事

余 凯

"你回来得刚好,你二伯伯去世了,赶紧过去,你爸也在那里——"他刚一进家门,母亲堵在门口说。

他不免皱了皱眉头,把手里拎着从城里带回的礼物统统放到门里,转身就往村西走去,母亲在身后喊:"记得在二秃子家买一挂鞭炮,三刀草纸——"

进了二伯伯家院子,他点燃了鞭炮,电光火石过后,堂哥穿着孝衣迎了上来,一把握住他的手,眼泪从眼眶里漫了出来,哆嗦着嘴说:"谢谢——"

"节哀顺变!"他说着松开手,手里残留着堂哥的热度,走进了堂屋,堂屋正里摆放着红漆棺木,二伯伯合着眼躺在里面,像睡着般覆着一床紫红的被褥,嘴角似乎咧出了一丝笑意。他"扑通"一声跪倒在地,磕了3个头,然后站了起来,走了出去。

他站着实在是无所事事,又走进了堂屋,看到正在忙碌的父亲,只是点了一下头,把堂哥拉到一旁说:"有没有需要帮忙的?"

"哦!暂时没有,该联系的都联系好了,等会要吃饭了——"堂哥说,这时又有人进了院子,堂哥颠颠地迎上去。

他的手机响了,他拿起手机,是单位老总的电话,他走出了院子，对着话筒说："刘总，您好！"

"你赶紧结束假期，赶回来，机械出了故障，要马上抢修。"刘总在电话里急吼吼地说。

"可——我的二伯伯去世了！"他支吾着说。

还没容他说完，刘总抢着说："你在国庆之前就保证过，一有问题就赶回来，所以我才准你假的，再说人死不能复生，尽了孝就可以了——"

"那我明早往回赶吧！"他吞吞吐吐地说。

村庄隐在一片暗色中，只有那盏挂在柿子树上的白炽灯从墙顶翻越下来，水般流泻在院墙上。他深一脚浅一脚走在幽深的石板路上，经过二秃子的小卖部，又经过万籁俱寂的田野，立在那里，想要找寻那条涓涓细流，可是天地一团漆黑，可是没有……

"你怎么回来了？"他一进门，母亲就问。

他费力地挠了挠头发，用手遮挡皱缩着的脸，说："堂哥那边没什么事，再说我明天一早就走，刚刚单位打电话来！"

"什么？不是国庆节放假吗？"母亲瞪大眼说。

"没办法——"他低着头说。

"哎——"母亲叹了一半的气，又忍住，嘴略略鼓起，就低下头去，整张脸埋在了阴影当中，只有头顶上的一盏被油烟沾染的灯孤寂地亮着，照着母亲花白的头发，像一堆下过霜的荒草。

半夜里，他醒来，看到堂屋里亮着灯，母亲说："二哥还真能撑呀！等着放假都回来了才死，你看多热闹，这也是不幸中的幸事呀！"

"嗯！"父亲应了一声。

母亲又唉声叹气地说："也不知道等到我死的时候，还能不能回来这么多人，能不能这样热闹——"

"睡吧！睡吧！明早还有一大堆的事呢！"父亲低声道。

灯灭了，重新又陷入了严丝合缝的黑暗中，有一滴液体从黑暗里涌了出来，冷嗖嗖地粘在他的脸颊上。

天津的二哥　北京的爷

臧玉华

对天津的模糊认识主要来自二哥。

是秋分时节，二哥还穿着短袖，手举一面有点破损的旗，脖上挂着耳麦，像只大麻虾那样拱着背迎接我们。

二哥姓崔，是个导游，在进京前的不到一天时间里，由他管理我们的吃住行。短暂的时间，很多时候是坐在大巴车上听他说，车行至哪儿，他的话题就扯到哪儿，间隙时候也会与我们互动，喜欢打听游客家乡的事情，再不就唱首歌，也不见得嗓子有多好，就为活跃气氛。

按照当地的话说，这小崔挺逗哏的。我琢磨了一下，是他右边的牙豁了一颗，就显得一脸嬉皮样儿，其实模样不错，个子也高，瘦瘦的。

天津是个港口城市，通衢五洲，毗邻北京，水运业十分发达，走私行当像苔藓，在暗处蓬勃生长。桥下，二哥刚刚打开黑色塑料袋，几个脑袋就凑上去了，手表、马油、皮带、针线盒，应有尽有。

可能见多南来北往的人，崔导身上多少有些"油滑"之气，像天津的大麻花，两股子拧在一起，油锅里炸，最要看火候的。崔导在导游这一行把握得挺好。我们挤在一个老字号的麻花店，在人群中被推来攘去，"买不买随意，去过麻花店，才算了解天津城"，崔导之前是这样说的，当然大多数人不会空手出来，都挤了半天了。

天津给我们的印象并不多好，比如住的地方不干净，狗不理包子让人失望，"姐姐""姑奶奶"的厉害，这一点一点的郁结，似乎都在崔导那豁了牙的笑容中淡开了。

和小崔相比，北京的韩导就要严肃得多，像神情凝重的历史教员。在北京高铁站出口，他接到我们，此后的几天，我们就跟着这位扛着鱼旗子的人。韩导的发型比较特别，汪洋湖水围着一片孤岛，那岛方圆不到 0.01 平方米，种的是板寸长的黑松林，记忆中这种发型 20 年前流行。对他有意见的人是这样说的：韩导顶多也就是个北京十二环以外的人。

是什么意见呢？就是说韩导比较�，直观印象上的，就像我们对天津的印象，对小崔的印象，其实缺少进一步的了解。

韩导倒是挺会侃的，他似乎通晓北京的历史沿革，从朱棣开始的每一个朝代的更迭与起因，前廷后宫的纠葛与纷争，谈历史，谈政治，谈时事，再链接一些市井传闻。我之前写的北京印象篇，得益于他的侃，再配上照片，在我的脑子里就连缀成一帧帧画面了。他有个习惯，在介绍景点时，像个老师一样喜欢提问，还不等回答，又迫不及待地告知答案。

那几日，韩导与我们几乎没有互动，也不苟言笑，是个做事一板一眼的人，同时又有自己的见解和结论。

我总是不由自主地将两位导游做比较，却很难用几个词界定。我想，崔导与韩导的区别，可能是二哥与爷的区别；他们之间的距离，或许是天津到北京的距离，而距离与差异一定取决于经历和见闻。

不过，我们毕竟生活在一个开放的时代，自从通了高铁，我们与首都的距离不是缩短了吗？况且未来高铁还会提速呢。

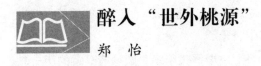

醉入"世外桃源"

郑 怡

金秋，微风轻描淡写，牵动我一缕乡愁，走进龙潭肖，就醉入了世外桃源。

站在高处俯瞰，四面青山紧紧环抱着一个小小的村庄，小小的村庄安静地躺在绿色的臂弯里，像一个待嫁的闺女。薄如轻纱的雾缥缥缈缈缠绕着，等待宾客的欣赏。沿着一条水泥路，进得村庄，慢慢掀开轻纱。映入眼眸的是古房、古桥、古树、古塘、古亭、古石板，还有那一个个憨厚、朴实的村民。安静啊，安静得可以听见落花的声音和自己心跳的声音。

贴近了民宅，古色古香的建筑给人很多的遐想。房子基本是青砖灰瓦，屋顶轮廓清晰，一片一片的小瓦覆盖着，循序渐进，层次分明，仿佛一首古诗，平仄起韵，高高的马头墙就是诗眼。户与户挨得挺近，但很少有重叠的，房子的高矮错落有致，门向各有千秋。

走在村子里，阵阵清香扑鼻而来，驻足，分辨细打量，原来是村民在整理丹皮呢。我走到一位大爷门前，只见他在专心地摆弄那些根茎。我凑近问："大爷，您在忙啥呢？"大爷说他在整理丹皮，有用的拿去卖，其他的用来当柴火。我又问："大爷，您在这里居住，不感到寂寞啊？"他笑着说他在这里生活几十年了，他爱这里的安静，他爱这里的空气。他高兴地说他在这里娶妻生子，祖祖辈辈都守在这里好着呢。说完又专心搞那些丹皮了，就像是在梳理喜欢的宝贝。像这样的事，在这里我见到了不少。不管是山脚下，还是村里的边边角角，不见有空闲的地，里面都被耕种，被绿色塞得满满的，厚厚的，芬芳满满的。

连接乡情的小巷更是诗情浓浓。石板小路，清清幽幽，靠墙的农具，整洁生辉。一只洁白的鸽子竟然不顾游客们的尽情拍照，它从容地散步，洒脱地扇扇翅膀，尽自快乐。小巷里，干活的、聊天的、走动的，谈笑风生，生机勃勃。此时，我好想撑一把油纸伞，穿着旗袍，披一头秀发，让高跟鞋余音缭绕，还想有一次浪漫的邂逅，哪怕是一首诗、一幅画。

村子中间有一条小河，它自然地把这个村庄一分为二，村民们在小河的两旁安居乐业，他们把这条河叫龙潭河，它年复一年，日夜滋润着这个村庄和村民。龙潭河的水酣畅地流淌着，河水清澈，河边绿树掩映，走到这里，感觉清新凉爽，呼吸流畅。村民们都在这里洗衣和用水，女人们的高音、棒槌声和河水悠扬的流淌声交织成一首美妙的交响曲，悠扬生动，清丽悦耳。靠龙潭河的旁边有一个池塘叫龙肖塘，它的形状呈半圆，池塘的水永远保持高度且永不干涸。

站在村里举目环视，青山巍峨，树木葱茏，鲜花绽放。村子上空，炊烟缭绕，生气弥漫。村里，古桥玲珑，古亭优雅。侧耳，鸡鸣狗吠，鸭鹅唱歌，鸟声婉转。如此，怎不叫人心旷神怡，荣辱皆忘？

龙潭肖，一个风景秀丽、民风纯朴的古村落，这个有 400 多年包含红色历史的古村，一代一代繁衍，生于斯长于斯的村民们，用他们勤劳的双手创造属于自己的幸福生活。这片生生不息的土地，让我读到了一首古老含蕴而又焕发新韵的长诗，让我看见了一幅雅致多彩的水墨画。它以热情饱满的姿态接轨新时代，漂亮房子就是见证。

横山渡

左 中

　　横山渡，作为曾经的江岸石矶，与江南的羊山矶，遥遥相对于历史尘烟里。在长江尚未被江堤所束缚的过往，滚滚东逝的长江，还曾以它那淘尽英雄的浪花，拍打过横山渡的山脚。

　　今天，横山渡渡口早没了，取而代之的是一座水泥长桥，贯通着横埠河南北岸。

　　坐在古渡边，望着南岸那座苟延残喘的青砖瓦房，尘封的记忆又纷纷拂面而出，活着以及死去的，统统粉墨登场。

　　乡音里，横山渡叫"横山头"，很容易听成谐音"和尚头"。在九儿潭一分为二的横埠河，到横山渡这儿，再次一分为二，其中的一支，东北向去了一个叫虾儿港的古镇。裕丰圩一带的人，若无特别的东西要买，一般只去虾儿港。祖母娘家就是虾儿港的，对应裕丰圩的"乡巴佬"，虾儿港人被叫作"街巴佬"，约等于城里人。所以，每遇邻里纠纷而闹得难以收拾时，祖母的撒手锏就是一句："我是虾儿港坐轿子来的，你呢？"这实在是一把再锋利不过的尖刀了，再鼓的气包，都毫无悬念地被戳瘪。

　　祖父在世时，每天天不亮就挎着竹篮，一路干咳着东向而去，在横山渡过渡，去虾儿港的一家茶馆喝茶、谈生意，然后带回草纸包着的油条和掸着洋红的猪肉。

在横山渡摆渡的，是个老爹爹，蓄着一把银白的山羊胡，笑起来，亮闪闪的。似乎每个艄公的骨子里，都有股子惯看秋月春风的洒脱劲儿，他的笑声，是惊走鱼龙的那种，摇起橹来丝毫不含糊，咿咿呀呀的，仿佛渔歌。记忆中，枯水期的横山渡，北岸会露出一个三角洲，松软的黑土上，散落着风化成灰白色的、星星点点的贝壳。待渡的人，挎竹篮的、挑稻箩的、驮麻袋的、插钢笔的……统统挤在沙洲尖上，或聊着家常，或传着真假莫辨的小道消息。而那些性急的人，往往最先扯着嗓子朝对岸喊："老爹爹哎，要过渡哦。"

老爹爹有房杭州远亲，一年来做客时，带来一本叫《西湖民间故事》的、已翻卷了边的旧书，它成为那个炎夏的一股清泉。村里有位初中生，夏月夜，就坐在草垛上，给我们讲他从那本书里读来的故事。后来我才知道，那本书的插图竟是程十发的。

横山渡是一扇打开在闭塞乡村的窗户，同时也是人世悲欢的记录仪。

一年，回裕丰圩做客的祖母，在横山渡歇脚时，见一鹑衣盲鞋的老尼，站在山口，南向双手合十，嘴中念念有词。愣了半天的祖母，突然站起来，朝老尼走过去，然后大喊一声："可是家婆啊！"老尼转过身来，平静地说："大奶奶吧。"——老尼正是裕丰圩邻居成香姨的婆婆。为给哥哥换亲，成香姨嫁给了一个家境优越但却患有间歇性精神病的男人。生产时，恰逢男人发病，她回娘家生产时死于大出血。那孩子就用篮子装着，絮袄里藏着生辰八字，放在了横山渡口……后来，那个彻底疯了的男人不知所终！她那一无所有的婆婆也出了家。因为横山是座野坟山，她婆婆猜她该埋在这里，打此路过，心中哪有不起波澜的！

今天的横山渡，山中有了人家；西边的排灌站，焕然一新地端坐在那里；一座颇具规模的寺庙也在兴建之中，一切都朝着一个"新"字方向发展。然而，就在这久别重逢的回望里，横山渡却又莫名其妙地小了起来。

父 亲

陈本生

　　父亲命苦，从小失去父母，他是在叔父抚养下长大成人的。因叔父是铁匠，属手艺人，需要有人帮他记账，父亲因此就被送到学堂里读了几年书，不仅认得一些字，还写得一手遒劲毛笔字。20岁时，父亲又去军营里锻炼了几年，练就了一副钢筋铁骨，养成了不惧苦累的做事风格。

　　我是父亲中年后得的唯一儿子，从小倍感他对我严爱有加。在我还是幼童时，父亲就发挥毛笔字写得漂亮的特长，在自家刷了白石灰的土墙壁上写满几百个常见汉字，晚上让我坐在小板凳上，一遍一遍不厌其详地教我，也常引来同村小伙伴的围观羡慕。这个壮举让我还未上小学时，就已认得几百个生字，套用当下流行的一句话"没有让孩子输在起跑线上"，父亲的用心真是良苦啊！

　　部队的纪律是严明的，父亲也把部队的严厉带入家庭，讲话、行走、吃饭、洗涮、待人接物等，无不中规中矩，讲求文明礼貌。家庭成员中谁敢逾越，便引来他的呵斥，甚或责罚。记忆中，我二姐常因吃饭呲嘴，我因坐着时双腿乱抖，头上都没少挨父亲的"毛栗子"。现在想来，我的许多良好行为习惯，是得益于父亲的教诲。

　　父亲勤俭持家是出了名的，也深深打上了那个贫苦岁月的烙印。

父亲一生走南闯北，总是干粮不离身，饿了啃几块家产锅巴，渴了喝几口河池里的水。走路时看见了一根铁钉或一段绳子，他都要捡起来带回家中留着，以便日后派上用场。我在芜湖勤工俭学时，恰逢江城举办国际菊花展，父母都来了。晚上，我们一家 3 口去逛菊展，愉悦之际，少不经事的我提出要照个全家福，以便日后留个温馨的记忆。我和照相师傅讲好了，父亲问了价钱后，立马要我打消这个念头，即便在母亲的劝说下，父亲也不肯照。我心里清楚，他就是舍不得那区区 5 块钱呐，这让我们抱憾终身。现在，我与母亲常提及此事，母亲还责怪道：这个犟老头子，一辈子舍不得多花一分钱，命苦啊！

父亲的勤劳与好胜也是远近闻名的。我家 6 口人的田地，全靠他和母亲耕种。晴天干田间庄稼活，雨天在家搓麻绳。他还经常开荒与辟菜园，以多种作物的收入贴补家用。我家的油菜、水稻在他的精心培育下，没有一株被虫害，总比别人家旺盛，田里也几乎没长一根杂草，因此总多收一些。父亲把勤劳、好胜全用在了种田上，是用心用情在劳作，他非常乐意享受路人与乡邻对他作物的夸赞。我可怜的父亲哟，多口之家让您付出了几多汗水啊！

一次父亲去师专看望我，我的几位同学好友凑了点钱去饭馆点上几个菜为他老人家接风。回来后，他悄悄责怪我铺张浪费，一再告诫我：读书要勤俭，不能浪费钱，钱都是用血汗换来的，不易啊！后来的几次，我实在不忍心让他吃食堂，也怕同学说我，就带他去小卖部炒了一盘雪里蕻肉丝与一碗蛋炒饭，并买了一瓶啤酒给他喝。就这样，父亲还嗔怪我奢侈，不想食用。

父亲，我勤苦一生的老父亲，您早已默然地离家人而去多年，做子女的已没有机会再孝敬您了，只能把对您孝敬的心思，倾注到健在的母亲身上。母亲虽然年逾80，但身体硬朗，精神矍铄，对子女来说，这当然是最大的慰藉了。

愿父亲在天国里一路走好，永安魂灵！

沧桑裕溪口

范君问

　　裕溪口，一个曾经风光无限的地方，归属于我所居住的江南城市，却在长江的另一边。地理和心理上的隔膜让它看上去更像一个早就自立门户的孩子，执着、坚强却不被父母怜爱。它努力营造着属于自己的辉煌与荣耀，可一转眼这些都烟消云散，被历史的尘沙慢慢掩埋。

　　我就站在那尘沙之上，隔着一层层的历史向这里张望。曹操和孙权意外地相逢，一句感叹流传了千古：生子当如孙仲谋！那一句感叹中有一个英雄对另一个英雄的惺惺相惜，那一句感叹后面是曹操鬓角的白发在晚风中颤动，暮色苍茫。而今我一踏上裕溪口的江堤，看见风中摇动的江草便不期然想起曹操的白发和感叹。那是历史的呼应或冥冥间的预示吗？

　　马蹄归去，远帆归来，转运南北的运漕河在农耕水运的年代曾使这里舳舻 10 里，市井繁华。这样的繁华和江南风月关系不大，它只遵循自己的脚步，甚至一直持续到漕运没落以后。在 20 世纪那些意气风发的日子里，一条铁路把煤运到这里，然后装船运往上海。大上海的气息便随着返航的船只被载回这儿。那时这里还是淮南铁路的终点站，这方寸之地上常住着几万人口，流动着更多的行人。

那时的裕溪口是华东经络上的穴位，吐纳着生命的活力与繁荣。繁荣是一种记忆，在爬墙虎的叶子还没有爬满墙壁的时候就已被写进了老一辈人的掌纹里，深深浅浅，纵横交错。

我沿着这掌纹走过裕溪口废弃的码头。候船室依旧，只是门上钉了木条，里面少了喧嚣。积满灰尘的售票窗口还依稀能见几个字：南京方向，是那种在我小时候很流行的手写美工字。一种旧时的热闹便从那横平竖直的笔画里飘飘而来。从这里到裕溪口火车站，不长的一段路上曾有许多帮人搬运行李的挑夫，一条扁担颤颤悠悠，挑一趟一毛钱。就是这一毛两毛的挑运完成了一批有钱人最初的原始积累。在那满街叫卖腰子饼和臭豆腐干的岁月，裕溪口车站旁的裕淮旅社客流如梭，货物集散。江南江北的客人们相逢如兄弟，把酒消长夜。扬子江杨柳春啊，可是现在春天就要过完了。

已偏西的日头照着我眼前这条已没了挑夫少了行人的路，淡淡的。国营裕淮旅社只剩了空架子，像是瘦死的骆驼。当年上下班时像潮水一样涌过的自行车流不见了，当年轮船汽笛、火车长鸣交相辉映的日子不见了，当年那种踏踏实实安安稳稳的心态不见了，当年的繁华也不见了。火车和汽车轮渡从这里移走，车站荒芜。高速公路和长江大桥也不再从这里穿过。风云流散后只有我在裕溪口的街上漫无目的地走过，懒散又寂寞。不再过车的铁轨上长出了今春的野草，没过我的脚。脚下的铁路伸向远方，多少有才华的年轻人顺着铁轨的方向远去，他们总爱追寻繁华。这里便只剩下老人和牵挂，还有一个清冷没落的家园。没落是繁华的背影，清冷是英雄的垂暮。我看见曹操的白发掠过今天阳光下的街道，街上时光流过，追逐繁华的脚步从昨天一直响到明天，却渐行渐远。

远了的还有这里曾经的繁荣、曾经的自豪、曾经的自信，现在连当地人都不再相信裕溪口还会再度辉煌。那么明天这里又会怎样？当青草长满江堤，你是否想到暮年的曹操？毕竟他曾是这里的主人。但这里还能背负起这么多的曾经吗？江流有声，夕阳无语。曹操和孙权无语，我亦无语。

一个人的地坛

刘晓燕

在皇祇室门口，我问检票的女孩："知道史铁生吗?"

"知道，不就是已去世的那位作家吗，坐轮椅的，爱上这儿遛弯儿。"

"为什么没有关于他的介绍呢，他提到的那些树啊路的得做个标记啊，起码应该把他的《我与地坛》展示出来。"

"您的建议很好，可这事儿不归我们管。来地坛的游客不多，像您这样打听史铁生的更少见，您也是一文人吧?"

我不敢答话了。我算不上文人，但在这沉闷的大暑之日，我确是来追寻史铁生的。我寻找那个美丽的弱智女孩捡小灯笼的栾树，寻找中年情侣每天傍晚携手散步的小路，寻找史铁生隐没其中、一声不吭看着母亲焦急走过的草丛——21岁那年，这个从黄土地上归来的截瘫青年，被禁锢在冰冷的轮椅中，狂躁，沮丧，失魂落魄。幸有地坛，一座荒芜却并不衰败的旧日皇家林园，15年，几乎每天，他都摇着轮椅入园，隐在僻静处，一连几个小时思考生死与生存，进行自我救赎，一点点与亲人、与世界、与命运达成和解。在这古园里，他以一支笔撬开封闭的人生，让阳光、清风和鸟语花香涌进来，有星月的夜晚，他御风飞翔。

地坛 40 多公顷，他的轮椅碾压过这里的每一寸土地，但凡他轮椅碾过的地方，都叠加了他母亲的脚印。母亲去世后，他说：一心以为自己是世上最不幸的，不知道儿子的不幸在母亲那儿总是要加倍的。我曾执教过他纪念母亲的散文《秋天的怀念》，当末尾总结"我俩在一起，好好儿活"时，听课的老师们眼眶湿润。那个最爱他的人去了，她的临终牵挂给了他生活的勇气和希望，他和未成年的妹妹相依为命"好好儿活"。人生多苦难，死是必然的，无须急，活着，好好地活着，是普世的信仰。

上天伟大，选一些饱受苦难和黑暗的人作为漠漠民众的思想启蒙者和灵魂引路人。不幸而幸，史铁生被选中。10 年后，他写出了《我与地坛》，回忆母亲在偌大的草木掩映的园中偷偷而焦急地寻找他、他却漠然不言，而今子欲养而亲不待，那种彻骨的痛与悔，我们感同身受。而令我们折服的，则是他的睿智和毅力，是他对生与死、苦难与命运的思考和表达。残损和健美，禁锢和自由，痛苦与明朗，这些对立的因素融合在他的笔下，像多棱的光束照亮我们日益幽暗的内心，引起我们的警醒。

地坛与史铁生相互成全。说史铁生，不能不说地坛；提到地坛，自然想起史铁生。地坛作为一个地名存在，早就在那里，但很多人不知道，不关注。读了《我与地坛》后，我们知道并向往这个园子，在一遍遍想象勾画中，园中的草木、人物连同古老的历史渐渐鲜活生动起来，那个在园中修行、蜕变的人成了我们精神上的导师，这座曾长满荒草野藤的皇家园林又一次成为圣地。

地坛之于史铁生，是等了他 400 多年的恩地，是度化他的菩提树。没有地坛，或者地坛不在附近，史铁生会去哪里呢？哪里有这样的幽静、深邃可以安抚他的狂躁与绝望？地坛是女神护佑的，充满女性。在史铁生瘫痪前，史家多次搬家，越搬离地坛越近。莫非真的是宿命？命运充满偶然性，休论公道，好在，命运没有忘记仁慈。

复登上方泽坛，望向古树林深处，恍惚听见轮椅滑动的滋滋声。

那个被禁锢在轮椅中的男人，多么强悍有力，他的双脚不曾落地，却将脚下的土地一一收归名下。他登不上方泽坛，没有丰厚的祭礼供奉诸神，仅以饱含深情与哲思的文字礼拜大地，却站在了帝王们的前面。

今天，斯人已去，他的文字还在，他的园子还在。地坛是史铁生的，犹如兰亭是王羲之的，敬亭山是李白的。来来往往的行人，都是过客。

天下黄河贵德清

沈光金

　　青海的日落很晚，虽然差不多是下午 6 点了，但斜照依然，天光明灿。贵德县城没有车水马龙的繁华，也没有人群熙攘的拥挤。人口 10 万出点头的贵德拥有 3500 余平方公里土地，与芜湖市相比，人口是芜湖市的 1/38，面积是芜湖市的一半还有余，说贵德"地广人稀"是一点也不为过的。街面倒不像"地广人稀"，我们下榻的"忆江南"旅馆位于市区，市区的街面并不冷清，人来人往的，却没有多少匆忙的感觉，很悠闲。

　　贵德并不富裕，但不贫困。贵德物产很丰富，贵德产冬虫夏草，产羊，产梨，但贵德最负盛名的是尕让乡阿什贡的千佛大峡谷。"七彩峰丛、轩辕后土"的丹霞地貌峡谷，占地 3000 亩，国家级地质公园。因为第一次见到这样的地貌，非常震撼。后来在甘肃的张掖领略敦煌以西的雅丹地貌、张掖的丹霞地貌，以及平山湖大峡谷"巧克力"似的丹霞地貌，相比之下，贵德的就平庸多了。也许因为不懂地质的科学价值，就不识贵德的七彩丹霞的杰出之处了，有眼无珠，不识其价吧。

　　原本进贵德县城之前，想去黄河水车广场看看，无奈天色已晚而作罢。第二天清晨便补了昨天未了的行程。清晨的广场很宁静，

185

几乎没有游人。远远地就看见摩天轮似的水车，水车下有一石垒的舞台，估计庆典时的演出就在这里。右侧有一石碑，镌有钱其琛的题词"天下黄河贵德清"。而广场的左侧就是清澈如玉的黄河，贵德的黄河并不黄，似乎钱先生的题词给贵德的黄河写下了注脚，并不湍急的河流泛起片片白鳞，在晨光下闪烁着清冷的光。

黄河自西往东，过了贵德，黄河就进入黄土高原了，天下"黄"河在贵德还没有黄。黄河之所以黄，是黄河与黄土互相较劲的结果。西汉时期，匈奴被西汉赶到遥远的漠北，天下大治，中国人口剧增至 6000 万。西北移民虽然解决了人口膨胀的压力，但却将大片绿色的林牧区变成了农耕区，贺兰山森林和陕北森林被砍伐殆尽。西汉在河套地区开发了引黄灌溉工程，对宁夏内蒙古的生态环境破坏极大。贵德往东大片的绿色变成了荒漠，现在黄土高原上 1 公里以上的沟壑就有 30 多万条，黄河怎能不黄？

游人来贵德，多半都是冲着"天下黄河贵德清"来的，看"贵德清"在水车广场是最佳的地方，常言道"跳进黄河洗不清"，你来贵德试试。高耸的雕塑"黄河女儿"矗立在黄河岸边，清纯端庄的"女儿"一如贵德黄河清澈而明亮，秀美而多情。河水清澈，小城明秀，素有青海江南的贵德让你有异乡似故乡的感觉。

在贵德遇到一个老乡，一个真正的老乡，老家沈巷，沈巷现在的行政区划就属芜湖。倒真的忘了问问姓什么了，双方都沉浸在巧遇的喜悦中。老板40来岁，来贵德有近10年了，一直卖包子，店名"津味包子店"，不大，典型的北方门脸，红柱牌楼。我问："为什么叫'津味包子店'？"老板笑笑，"天津有名啊，天津包子有名啊，芜湖包子谁知道？"也是。在遥远的青海，在偏远的贵德，居然能碰见芜湖乡人，巧遇也是一种机缘。吃了早餐道了别，他招呼一声，继续他的营生。

一行向西，前边是藏传佛教的圣地塔尔寺。

寻绿之旅

许 辉

　　左转，右转，再左转……弯道一个接着一个。进入宣城地区溪口地段后，大多是山路。道路两旁青山巍峨，树木苍盛，满眼的绿色扑面而来，将我因为驾车带来的疲惫一扫而光。

　　溪口是一个古老的小镇，民风质朴而淳厚。溪口特产的高山茶更是闻名皖南地区。今天，我们一行人的目的就是来这里探寻绿茶的。驱车到达溪口农贸市场时，好客的主人面带着微笑，早已等候我们多时了。他是我父亲的一位老朋友，是一位地地道道的茶师傅，炒得一手好茶。他的家就在大山里面，距溪口镇还有很远的路。他像向导一样，引领着我们驱车驶往大山深处。山路崎岖而狭长，经过半小时的车程，我们来到了一家客栈。主人示意车就停靠在客栈前。别以为我们已经到了目的地，主人的家离此还有半小时的步行之途呢！

　　这下可好了，能够弥补刚才因为考虑行车安全而无法欣赏美丽风景的遗憾了。我们踩着脚下的鹅卵石，一路蹒跚前行，进入风景如画的大山深处。时间的指针在这里似乎都被冻结住了：两旁的高山庄严而肃穆，小溪里的水缓缓地流淌着，似乎不忍心打破这里的宁静。断桥横亘，仿佛在向我们诉说着历史。步旅中最惊险的还要

187

数过独木桥。所谓的独木桥，是用绳子将几根极长的毛竹捆扎起来，担在溪流之上的。我们身形摇晃着上了竹排，小心翼翼地，动作缓慢地踩着八字步挪过小桥。

终于到了！主人的家荫蔽在茂密的竹林后面。成片成片的竹林，又高又密，间或还有青里透红的竹笋。热情的主人为我们端上一杯杯热气腾腾的绿茶。我捧起茶杯，闭上眼，一阵阵的清香扑鼻而来。呷一口香茗，立刻感觉到丝丝甜味由嘴边投入心田，真的是"一线喉"啊！

来到了他家的制茶作坊里，只见一筐筐刚刚采摘下来的茶叶新鲜碧绿，惹人喜爱。我用手拈起一根茶叶，放在面前慢慢地转动着端详，只感觉那两片鲜绿的叶子好像有生命一样，在朝我吐着舌头，做着鬼脸，好可爱哦。

山里的天气，就像小孩的脸一样，说变就变了。天空中下起雨来，"沙沙"地落在窗台上，"沙沙"地落在竹林里，也"沙沙"地落在我的心田里。抬眼望去，缈缈云雾围绕在山腰，好像给沉默的群山更披上了一层神秘的面纱。

在这神秘的面纱后面应该就是茶吧？我暗自思忖着。

啊！好久没有这种清新脱俗的感觉了，再也没有城市的喧嚣和混沌。我伸开双臂，拥抱着群山，更想拥抱那片绿色。迷人的绿哦，让我沉醉。

晚饭后，主人依依不舍地送我们很远很远。归途中，又见崎岖山路，又见绿色满眼。我不由地发出：

——茶，有你真好！

和母亲一起过日子

陈　军

古语说"三十而立，四十不惑"。处在这辉煌年龄阶段的人，正如东升的太阳蒸蒸日上，建业，持家，朝着自己理想的目标奋进。那种拼搏进取的精神真是让人羡慕啊！可是我却对这种生活无动于衷，确切地说是无能为力，40 好几的人了，仍然依靠着母亲的双肩，依靠着母亲的双手去生存；就像襁褓中的婴儿，每时每刻都需要母亲的照顾。这样的日子依然存在，甚至还将延续下去。

其实在这以前，上帝也曾给过我一段独立生活的时间。那是在 1990 年，我与妻子结合并相厮相守的一段难忘且美好的日子。可惜命运多舛，上帝仅给了我们 6 个月这样美好的生活时间，这种快乐的日子就被一场突来的灾难给湮灭殆尽了。那时候为了生活，我在火车站做装卸工。不幸的是，在一次事故中被砸成重伤，下肢瘫痪，失去了劳动能力，连自己的生活也无法自理。我的生活全部都依赖家里人照顾，特别是母亲，在那段时间里，整日以泪洗面，不思饮食起居，她在为伤残的儿子担心呀！从此，这个家被苦难给笼罩住，再也没有出现过欢声笑语，阴沉沉的气氛，如同进了地狱般。还好的是，那时候父亲还健在，虽说日子艰难，有父亲支撑着这个家，母亲轻松了许多；不再哭哭啼啼，只是头上平添了几缕白发。毕竟她的儿子不能像以前那样站立行走，不能与她相携着一起去畅谈未来生活的新希望。

1997年年初，我与妻子离婚。转眼到了2000年末，眼看着就要进入新纪元，就在除夕夜，父亲因积劳成疾突然病逝。这一下我真的只有和母亲相依为命了！母亲不仅要伺候我，为我拆洗脏污的衣被、准备一日3餐，还要忙中抽闲去田间除草，匀苗。这些繁冗苦累的活计全都落在了母亲瘦弱的双肩上，让她承受着内在的精神压力和外来的超负荷生活重负。

因为我的长期拖累，家里一贫如洗，住院的费用是件大事，住不上院可不是闹着玩的，那样可使病情加深加重，母亲又要为住院的费用东奔西走。这让我这个做儿子的看在眼里痛在心里，甚至有放弃生命的念头。可每当我满含泪水劝说母亲不要再为我累赘的身体操心时，母亲总是微笑着对我说："没事的，一切都会好起来的！"其实，此时母亲的心里最苦楚，她的微笑只是拿来遮盖内心的痛苦与心酸，不让她的儿子发现罢了！这样凄楚悲恻的一面我不止一次觉察过，妻子离我远嫁重新组合另一个家庭，就是母亲眼含泪光微笑着把我从痛苦中解脱出来；父亲的不幸去世，母亲有着撕心裂肺的痛楚，可她在我面前流露的总是那副可亲可敬的面带微笑的容颜。她用母亲伟大的胸怀释解着我因伤残而带来的痛苦，让希望之花在心灵深处慢慢地绽放。

如今母亲已是73岁高龄了，按理说正是颐养天年享清福的时候，而母亲仍然在为了生活奔走着，这是做儿女的最大的苦痛。

娘，不孝的儿子让您受累了啊！

古镇遗梦

甘　雨

　　这是江淮之间的一座千年古镇。它背靠江淮分水岭，经过古镇的河流向南流进巢湖归入长江。中原的烟草、皮革，南方的木材、大米、陶瓷，在此交易形成的商埠，人头攒动，白帆云集。一片热闹的繁忙景象。"吞江吐淮"是对此地最好的诠释。

　　而今，这一切皆已远去。

　　同大多数江淮之间的古镇一样。青石条的街道刻着道道深深的车辙，映射着光溜溜明亮亮的光泽。似乎洒下的一阵阵牛铃声还未曾远去。如今，这里却人迹罕至。弯曲的街道分开两边青砖木门的旧式老屋，身靠着身，肩挨着肩，门对着门，鳞次栉比地散落成一片。高大的门楣上挑檐斗拱的大红灯笼和顶柱上艳俗的春联也掩饰不了岁月斑驳的沧桑。旧时屋檐下的燕子还在啄着新泥垒着旧窝，画梁上的蛛网灰尘似乎掩盖不了尘封的记忆，一声声燕子的呢喃细语似乎还在诉说着这里绵绵的心事，门前光滑的石阶和石阶间隙间生长的青苔，使人的心绪还久久地浸润在旧时的岁月里。如果不是镇外公路上一两声汽车的鸣响，倒使人觉得走入了历史的前朝遗梦里。

　　大多数人家的大门都紧闭着，偶尔一两家的大门敞开着。屋内

191

不是一位老人在默默地守着祖传的家业，就是几位老头老太太围着八仙桌打着那几百年的麻将。阳光清纯得没有一丝的杂质。麻雀的羽毛轻轻落下，惹得一只狗儿打了一声喷嚏，又懒洋洋地睡去。人们的日子闲适舒服得仿佛亘古就是这样，完全没有料到我这后来闯入者的存在！

长长的一条石板街，没有一个行人过客，没有一丝的喧嚣。当年繁华的石拱桥依然像个饱经风霜的老人两手牵着老街。陡峭的河道里，流水依然在默默地流淌。它见证了古镇的繁华与衰落。青砖石壁里偶然伸出一枝烁烁的杏花，她裸露的艳情似乎还在招摇着"骑马倚斜桥，满楼红袖招"的风尘景象。古老的河道里已没有了以往船来船往商贾云集的繁忙景象，有的只是河边漂浮的泡沫垃圾，有倒塌的老房子和老房子里堆积的农具杂什。目光远眺，河坡上有密密匝匝的不知名的树木灌丛。几只羊儿在啃着青草。一个老人摇着羊鞭在放牧。

这里曾是方圆十几里甚至几十里最大的乡脚，也是近代以来的政治中心，经济中心，文化中心。老的百货大楼还在，只是被个体私人已瓜分，且生意也日益萧条。镇政府上班的公务人员也是白天从市里赶来上班，晚上乘着中巴返回城里的家。镇子的中小学，依然每天响着铃声，可学生老师却寥寥无几。偌大的操场长满了茂密的蒿草，几个学生倒是在踢着足球。我担心会不会惊出几只兔子出来。新街虽建了两边两三层的现代楼房，街心也盖了彩钢瓦的菜市场，可徘徊在里面的大多是老人和留守的孩子。曾经热闹非凡的铁匠铺，炉火通明，乡下来的农人们排成队地等着铸造新的锄头铁锹洋镐，如今，却偃旗息鼓人去铺空。农耕社会的古镇奄奄一息，一蹶不振，像是睡着了一般……

母亲的针线筐

晏金福

从我记事起，母亲就有一个针线筐。

母亲的针线筐是一个直径半米多的柳编团筐，筐里整天都是满满当当的。猛一看，全是破东烂西，了解底细的都知道，那可是个聚宝盆。母亲的针线筐里最多的是碎布，这些布有新有旧，有土布，也有洋布，有色布，也有花布。布的块头大小不一，形状各异。这些碎布用途可广了，下文将慢慢叙述。碎布掩盖不住的是一把木尺。母亲原来用的木尺黑不溜秋的，有点弯，上面的刻度也很模糊。我在上小学二年级时，亲手给母亲做了一把木尺。我找了一块直直的木板，请木匠刨得平平的、光光的，截成标准的长度，然后我用小刀刻上刻度。母亲不懂公尺、市尺，用的是当地的老尺子，俗语叫"白布尺"，1 尺约等于七十二三厘米。我在尺子的正面刻上"白布尺"的刻度，在背面一边刻上公尺的刻度，一边刻上市尺的刻度。我精心制作的这把尺子整整陪伴了母亲后半生。母亲实际使用木尺的时间并不多。她裁剪衣服全凭一双手。先用手在人身体的不同部位拃一拃，零头用指头横过来量一量。然后把布摊开，同样用手量一下，用石灰块大致划一个轮廓，就开始下剪刀了。那时，经常有人找母亲裁衣服，这可能是因为母亲人好，技艺也精。只要有人来

193

找，母亲再忙，也会扔下手里的活计，满足来人的要求，真正做到了百找不厌。那时，买布要布票，所以，布非常金贵。同一块布，找别人裁，左量右量，怎么都不够。可是到我母亲手里，把布摊开，用尺子一量（这可能是母亲唯一用到尺子的地方），然后精心地比量一下，一般都会有令人满意的答复。因为别人计算下来，不是缺了这块，就是缺了那块。而我母亲，只要大块的满足了，那些不碍观瞻的小块就可以用碎布凑了。实在凑不够的，母亲会毫不吝惜地拿出自己的碎布，帮助来人。所以，每次来的婶子、大娘都对母亲非常感激。有些大方的，裁剪剩下的碎布就留下了。尽管母亲会坚持把这些碎布裹在裁好的衣服里，塞到她们手里，她们也会把衣服摊开，把碎布扔在母亲的针线筐里，说："我拿回去也没用，就放在这儿吧，说不定下次裁衣服时还能用到呢。"

母亲的针线筐里，除了常见的针和木轱辘，最小的就是针锥了。那时，衲底、绱鞋都不用锥子，而用的是针锥。这种针锥是一个木头把子，前面安上一根大绗针。为了安得牢，把子末端有一个锁紧的金属束子。所以说，歇后语"绱鞋不用锥子——针（真）管"，是确有其事的。稍微大一点的物件就是线槌子了。这种线槌子是用一根竹筷，把方的一头大部分砍去，只留一小截，然后将两三枚铜钱从小头串下去，就成了。那时很少能买到成品的线，用线全靠自己用这种线槌子捻。妇女们左手攥着一团棉花，右手提溜一根线槌子，一边拉呱，一边捻线，是农村最常见的风景。有的人技术不精，捻的线粗细不均，就被人们讽刺为"长虫（蛇的土称）吃癞蛤蟆"。我母亲尽管眼睛不好，可是因为手熟，所以捻出的线又细又匀，劲道又适中，非常好用。再大一点的就是牛槌子了。这牛槌子是用一根牛的大腿骨，中间钻一个眼儿，安上一根带钩子的竹枝。这牛垂子是用来将苘和麻纺成麻绳，供衲底和绱鞋用的。冬天，母亲会用麻绳做经，毛缨子做纬打成毛翕给我们穿。这种毛翕非常暖和，里面湿了，只需把填的毛缨子掏出来，再填一把新的，毛翕顿时温暖如初。

　　有时，母亲会用针线筐里积攒的碎布，打点浆糊，在案板上打靠子。靠子晒干后，用一层加上里和面，做成鞋帮。几层摞在一起，用麻绳密密地衲，就成了鞋底。底和帮绱在一起，就是俗称的"千层底"布鞋。母亲做的千层底鞋，一针针，一线线，倾注了她对儿女深深的爱。我们穿上它，美在脚上，喜在脸上，傲在嘴里，甜在心里。别人的鞋，穿不上几天，就会前面张嘴，后露鸭蛋。我的鞋却总能穿上一年以上。一是母亲做的鞋结实、耐穿，二是我穿得仔细、爱惜。遇到粗糙的路，比如山路、石子路，我都会把鞋子脱下来，赤脚走。宁愿脚吃亏，也不让鞋受委屈。

　　在封建社会里，妇女要遵从三从四德，而针黹女红则是妇德的基本功，就像读书人写得一手好字一样。由于母亲的言传身教，我的姐姐和妹妹不仅继承了母亲的衣钵，心灵手巧，蕙质兰心，而且继承了母亲的作风，心地善良、乐于助人。母亲的针线筐里浓缩了那个时代劳动妇女的优良品德和高尚技艺，值得我们永远铭记。

追寻桃山驿

周宝芳

　　桃山在清代以前是一个著名的古驿站。驿站，就是中国古代供传递官府文书和军事情报的人或来往官员途中食宿、换马的场所。此驿站兴建于明朝永乐年间，明清是其鼎盛时期。桃山驿离宿州 60 公里，离徐州 20 公里。桃山驿的旧址现在在哪儿？我们问了几个当地的年轻人，他们都一问三不知。问了一些当地的年长者，他们指指点点，也语焉不详。古驿站旧址在哪里已经不重要，它曾经的繁忙与兴盛永远无法从人们的记忆中抹去；文人墨客过此留下来的脍炙人口的诗篇也让今人油然而生思古之情。

　　古代的陆路交通，主要靠骑马、坐轿。旅客们若有急事，须起早贪黑赶路，旅途十分辛苦。曾做过道光时期台湾兵备的胡承珙写过一首《发宿州二鼓至桃山驿》诗："酿雪天重阴，低于压山顶。荒郊生暮寒，前村忽已暝。人家闭门早，隙处漏灯影。时闻烟际声，夜舂出闾井。缺月出不高，万象愈凄冷。风声犹在耳，霜气已入衽。投宿未遑餐，倦极思觅枕。颇羡田舍翁，岁丰收十顷。安知行路难，饱食事甘寝。却笑沐猴儿，夜行诧衣锦。"诗人从宿州出发前往徐州，早早起床赶路，到了夜里二更天才到桃山驿投宿。疲乏至极，饭都不想吃了，只想美美地睡上一觉，以至于羡慕起田舍翁的生活。

明代万历年间兵部尚书陈邦瞻的行程与胡承珙一样，住在桃山驿时也赋诗感叹："彭城已在望，桃山路犹长。"（《陈氏荷华山房诗稿·次桃山》卷四）某年夏天，明成化年间户部侍郎储巏匆匆忙忙从徐州赶往宿州，中午时来到桃山驿，在祠堂乘凉小憩："山下幽祠借午凉，野人为我置藤床。官程却忆园居好，黄鸟绿阴青昼长。"（《石仓历代诗选·明诗次集·桃山小憩》）可见，当时的驿站与现在的政府招待所有某些相似的功能。

古驿站南来北往的行人，大多为名而来，为利而往。由于当时历史条件的限制，即使做了高官，也难逃旅途之苦。羡慕田舍翁生活，也只是他们在征程中的一种心理感受。"朝为田舍郎，暮登天子堂。"这可是科举时期读书人梦寐以求的目标啊！岂能仅仅因为旅途劳累就轻易放弃？

桃山的历史遗存有一难得的奇观便是"树驮桥，桥驮树"。在桃山北 3 里的地方，有一座三孔石拱桥，名叫三环桥。桥的跨度不是很长，横卧在一条东西流向的河道上，桥头两侧连接着当年通往宿州和徐州的南北古驿道。2000 年，宿州市曹村镇在此立碑，介绍此桥建于清乾隆元年（1736），距今有 270 多年的历史。

让人啧啧称奇的是，该桥的东面从南至北的第二与第三孔桥墩之间的缝隙里冒出一棵参天大树，宛如一位威武雄壮的将军跨上一匹战马昂首屹立在古驿道上。桥东面从南至北的第一孔的左侧的石缝隙里又长出一棵碗口粗的小树。大树的树根沿着石桥缝隙盘桓延伸至桥孔下面的土里，就像虬龙的爪子深深地抓住大地，石墩的矩形条石被树根挤压得凹凸不平、摇摇欲坠。大树的树根在桥墩的石缝隙里越过桥孔进入石桥的西面，曲曲折折扎入地下。大树盘根错节，根系发达，虽置身于石缝之中，生命力却十分旺盛。

树的名称是枫杨，是黄淮地区常见的树种。有人认为，"树驮桥，桥驮树"奇观的形成是前人故意为之。前人建桥时，故意把地上枫杨树的根须埋进桥敦的缝隙里，同时放进一些土，营造了枫杨树生长的适宜环境。也有人认为，此奇观的形成是偶然因素使然。

我以为，乾隆时期建此桥时，黄河尚未北迁改道，徐淮地区洪灾几乎连年泛滥，工匠们饥肠辘辘，难有建桥故意造景之雅兴。此奇观的形成，大自然恩赐的成分居多。

桥与树已经融为一体，大有互相竞技生命张力的态势。近 300 年来，它们好像一对亲密无间的情侣，长相厮守，相拥相依，共同见证了历史的沧桑巨变：北伐大军跨过此桥，盘踞徐淮地区多年的辫帅张勋被驱逐；淮海战役的隆隆炮声中，人民迎来了翻身解放；改革开放的旗帜引导，百姓过上了富裕幸福的生活。

桃山归来，闲情偶寄。戏题小诗一首：

> 徒有虚名曰桃山，未见桃花开一瓣。
> 种桃道士若到此，桃花山有桃花庵。
> 桃花岛主游此地，定邀陶令共耕田。
> 古驿桥上蟠龙树，摇曳招手迎神仙。

水样的感觉

王　静

　　多年前的一个暑假，我和同事自行选择了路线，当起了背包客，去旅行。

　　我们先去泾县漂流。漂流地刚开发不久，人迹罕至。盛夏，烈日当空，我和她都是不爱言语之人，静静地坐在竹排的竹椅上：唯见，眼前撑杆人熟练挥杆的肢体语言，带来无声的美感；唯听，风里竹竿入水时哗哗啦啦水的响声。水太清，山的轮廓映在水里，一大片一大片黑压压的颜色，浮现眼前，带来强烈的窒息感，我不敢向水深处细看。只是脱掉鞋，小心地将脚放在竹排上，而后慢慢地将脚伸向水的表面，尝试亲近她。整只脚浸入水里的时候，凉气袭人，随着竹排的颠簸，水一波波地轻轻碰撞脚板底，痒痒的。由心而生的愉悦之情，赶走了我们平时淤积于心的阴郁。彼此相视一笑，笑容经过水的洗涤，灿烂如花，从容地绽放在天地之间。

　　后来我们又去了绩溪县的障山大峡谷。时值正午，走了一段路后，挥汗如雨，顿感体力不支。看着眼前挂着《望崖山莊》门牌的饭店，我们决定填饱肚子后再去峡谷。

　　店主很是客气，亲切地问累极了的我们："热吧，这几天高温啊，就你们二人？"随后将泡好的一壶茶放在我们坐着的桌子上，我们也顾不得形象了，赶紧往小杯子里一人倒了一杯茶，急着喝下肚，消暑解渴。哪知是才泡的茶，刚沾上唇，就感觉烫得要命，我们只好边等饭菜做好，边等茶冷却。歇息一小段时间后，我忍不住端起茶杯喝茶。脸一凑近杯子，杯口茶烟里的清香飘进鼻子里，等茶水入口时，感觉苦，一口吞下去，茶水润得嗓子口陡然一凉。茶水渗入舌尖后，感觉比平时喝的茶甜味重，又没有偏离茶叶本身自然纯正的度。群山之中的这杯茶，蓦然间打开了我的心扉，我竟然有种想借着她，向身边人诉说半生沧桑的渴望。

同事是不喝茶之人，见我如此贪婪地饮下两杯后，笑道："有那么好喝吗？你看你馋的模样。"

"真的好喝，和我在家里喝的茶味道迥然不同，不信你喝喝。"

"嗯，是蛮好喝的。"

未等她说完，我端着茶杯跑去问店老板："老板，你们的茶叶哪里来的？"

老板一往情深地看着对面的峡谷说："先从对面山上采摘鲜叶，而后自己手工做出成品茶。"

我指指杯里沉淀的茶叶再问："明明有很多大茶叶片子，为啥这般香气逼人，爽口润喉呢？"

等饭店老板带着我们去看取水的地方后，我明白了。"茶性必发于水，八分之茶，遇十分之水，茶亦十分；八分之水，试十分之茶，茶只八分。"饭店后面就是山，山上草木葱翠，枝叶繁茂，在太阳的照射下，空气中闻得到浓郁的香草味，蝉唧唧地鸣叫，余音一圈圈在山间回荡。泡茶的水是从靠着山边打的一口水井里取出的，水井位于向阴的山坡下。看着从手动压水机出口处，倾泻而出的山水，那么清冽纯净时，我们忍不住伸出双手去接住她。沁着手指骨头的水，先是躺在我们的手掌里，而后顺着指尖悄然滑落。这水，泡活了干枯的茶叶，将茶的灵性化作禅意注入我们的心灵深处。当年，海伦·凯勒手上流过的清凉而奇妙的东西就是水。水，唤醒了她的灵魂，并给了她光明、希望、快乐和自由。神奇的水啊，你是何等崇高圣洁？没有你，便没有万物苍生！

现今，有时被世事的纷扰折腾地辗转反侧，难以入睡的时候，我常常会想到水，想到"上善若水，水善利万物而不争"这句话。渐渐地，心会清明宁静起来。闭着的眼帘前会出现水的姿容：她带着纯洁的笑，缓缓地向远方流淌，流经我甜美的梦乡。

狗 妈

盛李园

　　在学生时代，关于学校的传说总是很多，好像每所学校，都或多或少有"吉祥物"存在，或是狗，或是猫，从朋友那听说甚至还有过"镇校神鹅"这种更有意思的吉祥物。仿佛能看见，一群并排去食堂的大学生，被一群大白鹅吓得四仰八叉倒在地上的景象，叫人忍俊不禁。

　　而说到我自己的大学，倒是没什么标志的小动物，它们像是流水线上的商品，开学来，放假走，像是被上了发条，学生们也都不坏，以一种互不侵犯、偶尔饲喂的姿态，和它们和谐地共生着。

　　学校里的动物，似乎印象极深的是一只白色的猫咪，风霜雨雪，总是在楼下等待着女生们喂食，也不同人亲近，仿佛喂食是理所应当的事情，大约，这也是猫的"尊严"吧。

　　但比起那只猫，给我留下不可磨灭印象的，还是一只"狗妈"。

　　狗妈是一只矮小的土狗，身上的毛色也比较特别，一身黑，唯独头上突兀地长着浅色的毛，像是被褪色剂染过。第一次见着狗妈，它和它的四只小狗仔正躲在操场外，对着军训的新生和善地摇尾巴，以往这种带崽子的母狗都是"为母则强"，见到人，无非目露凶光，尤其野狗更甚。因为它和善的目光和它干净的崽子们，我一度将它们当作有家可归的家狗。

而后，再见到狗妈的时候，它的崽子只剩下了两只，再后，只剩下一只肥硕的土色幼崽，听说那土色的幼崽，也曾被后街的老板抓捕过，是同系的学生见义勇为，才将那唯一的狗仔解救了出来。

狗妈便经常带着那唯一的一只崽去乞讨。说是乞讨，也确实和人类乞丐无二。它常常在饭点去食堂，带着崽，摇着尾巴，一如既往的和善，即使不喂食物，摸摸它和它的幼崽，也照旧低眉顺眼，像是个恳求施舍的穷母亲。学生们心软，常常会投喂，每次讨到吃食，那小狗也不争抢，等着狗妈分食之后，才敢上去吃，家法甚严，也颇有礼数，像极了一对出身清贫的人类母子。

而后，我毕业也半年有余，看学弟学妹的照片，大白猫还在女生宿舍下，而狗妈，则早已不知去向，记得最后一次见到狗妈，还是那唯一的一只崽子跟着，只是长大了一圈，我唤它狗妈，它也和从前一样上前来，而后，跟随毕业的脚步，我再也没见过它。

不知它那唯一一只小崽，可有安全地活下来？

心里有些难受，像是在目送一位贫弱的母亲缓缓地离去那般，和早已不见的狗妈，在心里默默地说了声再见。

杀 猪 佬

程自桥

那年腊月下旬，快过大年了，队里完成公社下达冬修漳河大堤土方的任务后，进入了真正的农闲季节。一天早上，我还赖在床上。队里50多岁的杀猪佬，把门擂得山响："下放的，快起来！带你吃大肥肉嘿！"

邻里菊子妈踮着小脚过来央求："叫下放的看你杀生害命，你能不能做做好事，不带他去，吓坏人不得了，他娘老子不在跟前。"

"老不死的，什么杀生害命的，肥猪一刀便是菜，养着不就是让人吃的。"杀猪佬凑上前，"你想不想吃？想啊，就没钱割肉。走！跟着去混吃！"

菊子妈恼怒地跺着脚："你、你自小就干这杀戮行当，罪孽哟，会遭报应的，死后走畜牲道。"

"我从来不信什么罪障报应。那大块的肥肉一咬，油腻腻地一冒，那吃得多快活哟！"杀猪佬点上一根烟，嬉皮笑脸地说着，嘴巴夸张的哒哒地响着。

菊子妈死活不肯让我去，杀猪佬不管三七二十一，还是把我连拖带拽地带去了8里外的一个村子。

去时，那里聚集了好多人，一堆小屁娃子正拍着手："小孩小孩你别哭，进了腊月就杀猪。小孩小孩你别馋，过了腊月就过年。"一眼瞥见精神矍铄的杀猪佬噔噔地过来，一哄而散，那些凑热闹的狗，也赶紧躲得远远的狂吠着。我回头一看，这平日和蔼的杀猪佬变了，方脸络腮胡如针似刺，眉毛像两道扫帚，浓、黑、粗，充满杀气。

这时，几个人走进猪圈，抓头提尾把猪用力地摁在杀猪凳上。猪哀号着拼命地挣扎着，那眼神充满着祈求，充满着绝望。

杀猪佬洗净双手，从带来的长提篮里，拿出一把用红绸布包的刀。对着刀上香、烧纸，再直挺挺地跪下叩头。后来他说这是拜管六畜的神。

接着杀猪佬嘴里不知念着什么，上前猛地扼住猪头，一刀从猪的喉下捅进直抵心脏。刀一抽，一股热血从刀口飙出，落进大盆子里。猪挣扎几下呜咽几声，抽搐一阵就不再动弹了。

杀猪佬用一把短刀在猪的后腿划上一道小口，再用一根细长铁棒，一点点地抻进来回鼓捣，接着在那口子吹气，渐渐地猪身鼓胀起来。然后开烫煺毛、切腹剖肚……

在回来的路上，我帮杀猪佬拿着按规矩归他的猪鬃、猪蹄壳、小肠。那放着杀猪家什的长提篮，却不让我碰，说是碰不得。个中原因是什么，他不说我也不便问。

在一个偏僻地儿，杀猪佬用刀在胳膊上放了一点血，嘴里叽里咕噜。事毕，他笑着说：每回宰杀回来都这样，师傅说的，赎赎杀戮的罪……

我不明白：那你还干这行当？

他一声长叹：小时家穷，送学杀猪。杀一回有吃有喝，还能带些猪下水。干这档事是杀生，死是要下地牢的。我干，这是命哟，逃不掉的。我是不让我家黑子干。

路过一个村口，杀猪佬拐进一间路旁茅草屋。屋里一个与杀猪佬年龄相仿的女人，生得面若桃花唇红齿白，可那双会说话的大眼睛，却透出无尽的哀怨与凄苦。

杀猪佬二话没说，拿出以杀猪工钱相抵的肉，切割三份，一份给我，一份留给自己。又从猪下水拿出一些，与那一份肉一同丢下……

我们坐在离村不远的地方，杀猪佬猛吸了一口烟："这个就是村子里说的相好的。她比我小 3 岁，是我师傅的小女儿。我们打小就相好。"

我若有所思脱口而出："如今半老徐娘风韵犹存，当年一定是个美人胚子。"

"那是，十里八村一朵花啊！"杀猪佬点点头，"老娘不知从哪儿弄到她生辰八字，说她与我不合，还命硬，会克人，生生地不点头。后来她直到快 30 岁才出嫁，生下一男半女，没几年，男人莫名其妙地死掉。老娘拍着大腿到处嚷，说亏得当年不糊涂，要不傻儿命准没了。"

我戏谑着："哪有不沾腥的猫，何况你这猫也是好玩的猫。村上人说你睡过不少女人，这水灵灵人儿没碰过，鬼都不信。就不怕她命硬，克了你？"

杀猪佬脸涨得像打了鸡血："鬼才怕哩！打小就杀猪，也不知杀了多少。睡她我才不怕哩，我不信这个邪。打小就一直帮着，睡了，不就成了吃芝麻还蚕豆，那还是人？"

他说有一回，那女人支走她儿女，一丝不挂地站在他面前。说她实在没什么来回报，只能用身子，还说这身子打从丈夫走后，就没人碰过，还算干净。他说他拼命地捺住冲动，转身走了……

又过了几天，杀猪佬喊我去杀猪。我迟疑了一会儿，最终还是没去。那猪一路哀号，声音绝望而悲凉，听着心里瘆得慌。

回城过年没几天，队里捎信让我快回，说杀猪佬在一次杀猪时，刀还没来得及拔出，猪在垂死挣扎时将刀弹出，不偏不倚在杀猪佬脖子上划了一个口子。杀猪佬也没在意，顺手扯了一块布胡乱地包了一下，又继续干他的活。嘴里咒骂了一句："妈的，非得让老子当你畜牲面，放血赎杀生罪。"

奄奄一息的杀猪佬一见到我："下放的，我知道有这一天。昨夜里，有好多好多猪围着转哩，这个啃那个咬。"

我劝着："你说过杀猪必须一刀毙命，这都是有老讲究的。这是意外。"

"不，早晚有这一天！"他递给我一对手镯，让我去一趟他相好那里。让我告诉她：他死，与她头天睡没关系。让她好好地活着，今生无缘下世吧。

我惊讶地望着杀猪佬，不是不与她睡吗！杀猪佬俯在我耳根断断续续地说着事情的来龙去脉。

那天，杀猪佬连杀了好几头猪，直到傍晚，才赶到相好家。晚饭就在那儿吃的。儿女去村里看露天电影了。

家里只有他俩，女人说，今晚无论如何，她要把身子给他。村里二赖子早就放下话，说早晚要睡她，趁那二赖子没睡，身子还干净就给他，往后身子就不干净了。在她的哀求下，他与她睡了……

杀猪佬一家人问我，他说些什么，我说没说什么。我晓得，杀猪佬的老娘、老婆婆媳俩，不管他睡什么女人，就是不许碰那女人，说她是他的克星。

我去了杀猪佬相好家。将杀猪佬的话一五一十地说了，递给她一对手镯。女人凄楚地低下头："怪我，怪我命硬！"递给我一只，说她不能去送他，就在地下相见吧！转身进了里屋……

趁人不备时，我将一只手镯塞给杀猪佬，转述他相好那几句话，杀猪佬无语地转过身。

村上人不明理，杀猪佬临死前交代儿女，要把那不知从哪儿弄来的一只手镯，下葬时放在他手心里。

直到半个月后，说是杀猪佬相好的也死了，下葬时手心里也握着一只手镯。大伙儿这才恍然大悟，也引来女人们一阵唏嘘。

父亲那如火般的爱恋

宋晓红

如果天上有云梯，父亲一定会为母亲摘下最亮的那一颗星！

父亲和母亲初次相识应属一见钟情。1962 年春节，父亲从遥远的部队探亲回鞍山老家，趁着一年一次的探亲机会，奶奶迫不及待地安排父亲去相亲，相亲的对象有两个，母亲正是其中一个。父亲很听话地跟在奶奶的身后，带着糕点水果走进了母亲的家门。

东北的冬天很冷，可是父亲说，那一天看到母亲第一眼，他的心里就像烧了一把火，暖暖的。母亲那天一直坐在炕下火堆旁烧火，见父亲进来，羞涩地低着头，闷声不响往火堆里加着炭。姥姥则热情地招呼着客人炕上坐，炕已被母亲烧得滚热，盘腿坐在上面热气腾腾的。姥姥和奶奶很亲切地唠着家常，你一言我一语，喝着茶，嗑着瓜子，说着一些客套话，父亲虽一声不吭，但他始终在用余光偷偷地打量着母亲，只见她两条又粗又黑又长的辫子垂落在胸前，皮肤白皙，乌黑发亮的眼睛忽闪忽闪，脸颊被炭火烤得红红的，像抹了胭脂一样，细高挑的身材不胖不瘦，都是父亲喜欢的模样。当听过姥姥和奶奶的聊天内容，父亲对母亲更是刮目相看，母亲竟然是农业中专毕业，现在是队里的蔬菜技术员，那年代识字的女孩不多，更何况是中专学历。尤其让父亲动心的是母亲还喜欢唱评剧和样板戏，有一副金嗓子，经常登台饰演刘巧儿和李铁梅。对母亲有了初步了解，父亲特别中意，对安排的另一个相亲对象也没心思看，就坚定地选择了母亲。第二年春节，父亲再一次探亲归来的时候，他满怀欢喜，骑着自行车迎娶了母亲，一路上，母亲戴着的大红围巾在漫天飞舞的雪花中高高飞扬。

嫁给军人，注定就要两地分居。作为军人家属，母亲婚后承受了许多生活的重负。在我童年的记忆中，父亲就是一张二寸彩色照片，母亲常对着照片出神，一遍一遍抚摸着它，喃喃自语，照片中的父亲，一米八几的个头，大檐帽，穿着戴肩牌的军装，威风凛凛，多像电影里的英雄。母亲很骄傲地说，他是部队里最帅的军人。上小学的时候，母亲终于如愿以偿随了军，可父亲更多时间还是待在照片里，对我们慈祥地微笑。他总是忙着拉练演习，有时几个月才回来一次，全家的重任都落在了母亲单薄的身上，母亲带着我们姐妹 4 个，烧涮洗烙忙个不停。白天还要在军营办的肥皂厂里上班，空闲时间还要养养鸡，种种菜。孱弱的身体，如欲折的芦苇，终扛不住生活的重荷，变得越发虚弱。也许觉得亏欠母亲太多，父亲终于离开了他工作了近 30 年的部队，转业到了明光。他白天忙工作，晚上用缝纫机为我们缝补衣服，缝补出了破绽的生活，一天一天，霜雪落满了他的头发，我们也一天天长大，有了自己的归宿。而父亲由于部队演习震聋了左耳，长时间的侧耳倾听，导致头部向右歪得厉害，偏执的姿态似在向多舛的命运瞄枪。母亲也得了糖尿病，老年痴呆，生活已完全不能自理。从那以后，父亲和母亲的生活发生了彻底的改变，父亲把他全部的爱，都倾注在了母亲身上。他为母亲梳头喂饭，给她吃药打胰岛素，为她唱歌吹曲，给她从院子里采来红红的花朵。他的身心全都扑在母亲身上，母亲每皱一个眉头都会让他坐立不安，他不允许我们对母亲有一丁点微词，他像一个大哥哥耐心哄着她开心，母亲也越发离不开父亲，完全成了父亲须臾不可分离的一部分。在医院住院的时候，父亲必须伴她左右，离不得半步。为了更好地照顾母亲，父亲为母亲买来轮椅，每天推她散步，晒太阳，看夕阳。母亲生病20多年间，都是父亲无微不至的照顾，无论是在生活上还是在情感上，都倾注了父亲浓浓的爱。母亲后期肾已衰竭，皮肤大面积溃烂，医院也无能为力。父亲就四处求偏方，每天按时给母亲擦药，用医用神灯为母亲熏烤腐烂的皮肤。母亲溃烂的地方竟然重新愈合并长出了新肉，所有人都说这是爱的奇迹。然而病魔终夺去母亲的生命，母亲病情一天天恶化，在医院生死离别的刹那，父亲拉着母亲的手，拼命地喊着医生，泪水不住地从父亲的眼角溢出，滴在了母亲那满是针眼、苍白的手背上。母亲走了，在病床守候的那几个月，父亲整整瘦了40斤，是爱支撑着父亲，与母亲一起和病魔抗争，他让我知道了什么是爱情。母亲的微笑就是父亲心中最美的画，母亲的快乐就是父亲心底翻滚的浪花，母亲的健康就是他不懈的追求，母亲的幸福就是他此生最大的心愿。

一个人的劳作

王有洲

这里是浮槎山的秋天。

这里是我的故乡，青山隐隐，绿水迢迢。

这里是一片向阳的开阔的岗坡地，只能种植旱地作物，是我至少四代以上的先祖们率先开垦、种植，世代传递，并由村集体分得，使用至今。

这里只有 2 分的面积，不大也不小，可以种植我们每天都在饮食的山芋、花生、玉米，也能轮种棉花，可以让我和我的子孙后代们抵御风寒。

这里还兼家族墓地，离家有 2 里的路程，不远也不近。黄土里埋葬着我的先辈们，他们长幼有序，一字排开。就像现在的我们一样，依然恪守着千百年来传承的家风祖规。沉睡的他们很多我都未曾谋面，但有我和我的父亲亲手安顿的爷爷、奶奶，有我亲手安顿的我的父亲。

现在是秋天，我一个人回到了故乡，来到这片花生地，要在这里帮年迈的母亲从地里挖起成熟的花生，而在 5 年前，这样的过程是我和父亲共同完成的。现在，这里只有我一个人在劳作，但我一点都不感到孤单，我的父亲以及更多的先辈们就在旁边，他们集体

211

望着我，他们欣赏我进城日久仍然能时常回来看望他们，更欣赏我时隔多年仍然四体有勤，五谷有分，连耕作的姿势也和他们很像。

现在，你们已经无须下地劳作。我一个人在你们反复耕种的土地上亲手收获秋粮。这还不够，我还要学会犁田、劈柴、喂马，种植更多的粮食和蔬菜，现在已轮到我来喂养你们日渐衰老而又腐朽的身体。

城里看腊月，乡里看八月。农历的八月，万物流响，五谷丰登，是乡土中国最盛大的节日。我的故乡，我的先辈们轮流上演的秋收的景象，将依然不断地复制下去，只是隔着我厚厚的眼镜片，这大片的土地变得有些模糊不清。

我城里的孩子将很快吃到我从故乡带回来的果实，他们不会也无须敏感于农历节气的变化，不会也无需知道这些食物的姓名和劳作的过程。只是，我今天喂养他们，但我不知道他们将来以怎样的方式来喂养我。

一行大雁正从花生地的上空飞过，亲人们，我放下手中的农具，代替你们聆听它们快乐抑或忧伤的歌唱。

三 棵 树

关德军

过了"三棵树"拐个弯就到我的老家了。

现在立起了"三棵树"的大广告牌，人们便把这个地方叫"三棵树"，它本来的地名便逐渐被人淡忘了。

其实此地本名叫中廊桥，位于黄山去宏村的旅游公路上。过去有一个几百米的大坡，坡顶跨河建有一座东西向的古朴石拱廊桥，桥两边是青石铺就的台阶。路两边是参天的古橡树林，浓荫蔽日，阴冷潮湿，纵是白昼进得此段路中也似黄昏。桥的东头曾有一座古庙，庙内四壁绘满了龇牙咧嘴、手握宝剑的彩绘金钢力士像。按照农村的习俗，遇有在外亡故的，亡魂不得入村，其遗体往往就暂时搁置庙中，待亲朋到齐后，便在廊桥中收敛出殡。因此，这一地段便越发阴森可怖。记得小时候上学，要路过这片树林，到几里外的村中心学校，必定要几个同学相邀同行。每每经过这一路段的时候，便吸足气，一路狂奔。遇有霜雪天气，因恐慌而摔倒，随身携带的午饭、火篮被摔得粉碎的事情时有发生。秋天也有快活的时候，沿路的橡树果开始掉落，扒开地上厚厚的地毯似的落叶，便可以捡到掉落的橡籽，有甜的也有苦的（农村把橡树叫株树，果实叫甜株、苦株），放在火篮中烧熟了吃，味道虽觉苦涩，但浓郁的清香还是很诱人的。

　　土地分到户后，高大的橡树被人们砍来打桌椅做家具了，过去的青石小道被宽敞的旅游公路所取代。桥头的老庙也早不见了踪影。也许是空心不成材的缘故吧，如今未被斫伐的三株朽木忽然被人们发现了新的利用价值，其周边的环境被重新进行规划和整饬，曾经一度变成了 CS 训练场。古桥、古树、古村和远处的大山，组合成了一幅绝美的画景，一些画家、摄影家路过此地，也难免停下脚步，画上几笔或拍上几幅。廊桥的附近，也建起了不少的小饭店、餐馆，以招揽路过的游客。三株未被砍伐的古树有幸一夜成名。中廊桥未被拆除，也总算是幸运。名称只不过是一个符号而已，廊额上"水面回风"四字所记录的此地的环境特点，相信是不会被人们遗忘的。

记忆中的桃源洞

盛祥贵

2017 年 11 月 15 日上午 11 时，我因驻村扶贫工作的缘故，在黟县碧阳镇横岗村委会坐班，正核对该村贫困户 2017 扶贫年度的家庭收入统计表，收到原黟县中医院退休的老中医师舒旦元先生的微信："去你单位后，方知在横岗村扶贫济困，工作辛苦了，兹把桃花坞里的石碑上雕的诗发来给你鉴赏！"

"清溪一曲竹千竿，栈道遥同蜀道难。无定烟岚时变态，多灵草木昼生寒。桃开洞口霞飞水，梨放枝头彐拥栏。隔岸渔歌声唱晚，归云片片夕阳残。洞门深锁白云隈，洞口桃花岁岁开。为忆仙源好风景，渔郎底事不重来。"

"桃花坞里桃花庵，桃花庵里桃花山，桃花仙人种桃树，又摘桃子换酒钱。酒醒只在花前坐，酒醉还来花下眠，半醒半醉日复日，花开花落年复年，但是老死花酒间，不愿鞠躬车马前，车尘满足富者贵，酒者花枝贫者缘，若将富贵比贫者，一在平地一在天，若将花酒比车马。他得驱驰我得暇，他人笑我痴疯颠，我笑他人看不穿，不见武陵豪杰墓，有酒无花锄做田。"

咋一看这石雕诗文的内容竟似唐寅的《桃花庵歌》（桃花坞里桃花庵，桃花庵下桃花山。桃花仙人种桃树，又摘桃花换酒钱。酒醒只在花前坐，酒醉还来花下眠。半醉半醒日复日，花落花开年复年。但愿老死花酒间，不愿鞠躬车马前。车尘马足显者事，酒盏花枝隐士缘。若将显者比隐士，一在平地一在天。若将花酒比车马，彼何碌碌我何闲。世人笑我太疯癫，我笑他人看不穿。不见武陵豪杰墓，无花无酒锄作田。）诗中提到的"桃花坞、桃花庵、桃花山"大凡都知道是在苏州，因此我再三请教舒老回忆此文的出处，舒老再次发来消息："昔桃源洞外有十里多长的桃花山又名桃花坞，有专人看管，用古黟当地的青石板雕刻成这几首诗。桃源洞洞外有一桃花坞，栽满桃花，古时曾有一庵堂，这是早已谢世的家住瑶山旧庵的胡哲明老中医在该处见后回忆写给我的，他如在世应该是一百廿余岁了！石雕碑文是不是唐寅所吟不得而知，但确是他亲眼所见并记下告知于本人，绝对是真！勿庸置疑！"当晚我便到舒老的住处，谈及此事时，舒老还找出了当时留存的已发了黄的手抄信纸页。

当日中午，在南屏景区89岁的李邦勋老先生（系著名徽商李宗煝的后代）的住处，见到保存完好的《李爱得生圹志铭》碑刻记载着"爱得翁获葬地于黟南五都旧庵实中段，瑶山带其左，钟山倚其右，前临大溪，是曰武水源于武陵以达浙江……皇清光绪十四年岁次戊子中秋月，赐进士出身、前翰林院编修、国子监祭酒、提督江苏全省学政、长沙王先谦撰、国史馆协修、方略馆协修、宛平陈冕书、京都杨梅斜街龙光斋刻石"的内容，这是晚年李宗煝获得京都御用石坊镌刻的"生圹志铭"的殊荣。

陶渊明《桃花源记（并诗）》作于376年至396年的东晋太元年间。汉高祖元年（前206），番阳令吴芮部将梅鋗因反秦有功受封十万户列侯，在其封地黟县赤山镇（今祁门县祁山镇）40里建梅鋗城，简称梅城。汉鸿嘉二年（前19），汉广德王国的广德王刘云客曾一度建行宫于赤山镇之环田（今城西一带）。梅鋗因攻秦助汉有功而被刘邦赏赐，给予其后代不服徭役、不纳赋税等特权，因为这一段历史，许多学者将"不服徭役、不纳赋税"的地区称为"封建王朝时代的桃花源"。

陶渊明《桃花源记（并诗）》问世后，桃花便更多地被用来表达隐逸的情怀。桃花源究竟是"仙境"还是"人世"？这一直是一个众说纷纭的话题：唐代王维、韩愈、刘禹锡把桃花源视为人间的仙境；而宋代的王安石、苏东坡则把桃花源看作避乱的圣地；近代梁启超则把桃花源称为"东方世界的'乌托邦'"；陈寅恪则称："桃花源记，寓意之文，亦写实之文也"。

1992 年春，央视新闻报道了黟县发现《陶氏宗谱》的消息，自古至今，诗家、游人留下无数吟咏"古黟桃花源"的诗篇，现代徽学专家蒲午的《桃花源新考》，也印证了陶渊明《桃花源记（并诗）》创作原形地域在黟县的可能性。

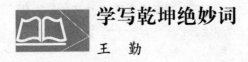

学写乾坤绝妙词

王　勤

和诗结缘，开始是偶然，后来便成了必然！

当年，精神生活贫乏，使得刘兰芳的一部评书《岳飞传》家喻户晓，万人空巷。很多人到了播送时间什么事都可放下，如痴如醉地守在收音机前听上半小时。那时，我 10 岁左右，也听得"热血沸腾"，不觉拿起笔涂了八句诗，事后还寄给南大中文系当教授的叔父，得到他不少鼓励。那一段时间我到处找诗集及有关的书，如《千家诗》《唐诗三百首》《增广贤文》等，但条件有限，能找到的书很少。也因为困窘的家境和学业紧张的缘故，在家人的极力反对下，我放下了诗，任诗心在生活的网里磨损、碰撞。现在看来那时所谓的诗不讲平仄，只是流于表面的顺口溜，但诗的种子就此种下，等待在岁月中发芽。

20 多年后，网络文学兴起。2006 年下半年开始，闲暇之余经常无目的地浏览。一天，无意中看到一家文学论坛中不少人在发帖。开始，我多在现代诗板块翻阅，看多了不觉兴起，涂了几首短诗注册发了上去，没想到很快有人点赞，于是兴致大增，在论坛和人互动起来。直到有一天，一个写现代诗的朋友也写起了旧体诗，还半开玩笑说我："写旧体诗你不行吧?"刹那间，骨子里的好胜心被激起，于是，我也写起了旧体诗。记得 2006 年年底，第一首中规中矩的小令《忆王孙·咏怀》新鲜"出炉"："待将素手挽黄昏。寂寞空庭月一轮。乌鹊声声不忍闻。听哀弦，挑断情丝掩泪痕。"这首小词摹古痕迹很浓。现在看虽不值一提，但当时我却是兴冲冲把稚作发给古诗版面一位年过七旬的版主看，老先生问我写过几年，我说是"处女作"，他听后非常高兴，说我很有灵气，极力劝我放弃现代诗改写古诗，多读书，以后在旧体诗词的写作中会大大超过新诗，我听后信心大增，对旧体诗词才真正重视起来。

真正进入诗词文化的殿堂，才了解其中的博大精深。3000 年来，她滋养了民族精神和心灵，涌现了众多的流派和熠熠生辉的诗人、词人。诗词关乎天赋，也关乎学养。有灵气自然能写出佳句，然而中年以后，灵气日减，经常被俗务缠身，诗心日渐枯竭，这时候就更要辅之以学。

白居易在《与元九书》中言道"诗者，根情，苗言，华声，实义"。诗人以树来比喻诗中各要素的作用，作为诗，它的根本应是感情，苗叶是语言，花朵是声音，果实该是思想。为诗之道，真情实义当是写好诗词的根本。

诗贵在创新，古今至理。创新不外乎在内容和形式方面，说来容易，但真正做到不易。诗是诗人个性和情趣的返照，有志创新的诗人应该做到"意匠如神变化生，笔端有力任纵横。"（宋·戴复古《论诗十绝》）"诗文随世运，无日不趋新。"（清·赵翼《论诗》）"能探风雅无穷意，始是乾坤绝妙词。"（宋·方孝孺《谈诗五首》）世事无穷，诗意无穷，风雅无穷，人的感受不同，写出自家面目，才能写出属于自己的自成一格的好诗。在诗词之路上我愿摸索，以期写得更好。

我的村庄

郑红梅

一个陷在山洼里的小村庄，村口绿树掩映，鸡犬相闻，一方小小的池塘，这就是我的那个名字叫作苦马的村庄。

从小生长于斯，对她的感情无以言表，只知道现在的我，几乎每个梦中都在这个村庄徘徊，我漂泊于异乡的灵魂啊，为什么在深夜还始终在这个村子里游荡。

一

村庄前的池塘，是养着许多水芙莲的，用竹竿在中间隔了许多格子。每天中午，我都要到属于自家的格子里捞水芙莲回家，剁碎了喂猪。水芙莲在水中很好看，柔柔的，绿绿的，然而捞它的时候，就知道是扎人的。我的小伙伴们年龄比我大，却没有我长得高。她们的妈妈看到我，总是喷着嘴说："又长高了！"偶尔和她们的孩子打架，我总是占着上风。

但我们的友谊是纯真的。冬天里，我们一起去看戏。回来后，我教她们用家里的枕巾缝在袖口上，一边甩着长袖，一边咿咿呀呀地唱。我喜欢学父亲教我的《苏三起解》里的苏三，叫着"爹爹，爹爹，爹爹呀——"，一边作幽怨凄惨状。那时候，就喜欢悲惨的戏剧故事。那些小伙伴们，对我是很迷信的，我如果觉得她们表演得好，就会奖励她们一杯水，或者说是一捧沙子，她们也是很开心的。

有一次，我忽然突发奇想，认为出去要饭是很自在的。我对她们说，我们到外面去，一边卖唱，一边要饭，再也没有大人管束我们了，晚上就找个草垛睡觉。于是，我们 5 个人，每人准备一个竹篮，一个碗，一个打狗棍子就准备上路了，还不忘和家里人打声招呼。于是一顿打骂，让我们这个计划从此夭折了。

直到现在，我的号召力都没有超过那时候。成芳比我大好几岁，然而她那么听我的话，这让她的母亲都无法容忍。

过年的时候，我打着纸糊的灯笼领着她们挨家挨户地拜年。唱着"打灯笼，找舅舅，舅舅在后山挖芋头"。我的灯笼一般都是村子里的长辈送的。我在前面说吉利话让大人高兴，她们温顺地跟在我后面笑，附和我的话，我们得到很多大人的喜欢和祝福。

二

下雪的日子，每到放学时分，就见哥哥在收音机边听刘兰芳说鼓书，还有一个叫能子的女孩子也在我家听得入迷，于是我就陪着他们听。后来我才知道，我妈妈那时是很想叫能子做我嫂子的，所以我们一起听书可以不干活还有火盆煨着。刘兰芳让我们了解到大宋朝有那么多的忠臣。忠臣又是那么历尽坎坷和磨难。每当听完她的书，才知道火盆里的火早已熄了。春天，家里吃的不是很丰盛。然而我哥哥很有办法，他等大人们都不在家，就用鸡蛋、韭菜拌在面粉里摊粑粑吃，我有时也偷一点点给我的小伙伴们品尝一下。

结冰的时候，我们用木盆在池塘上放着，人坐在盆里，让伙伴们推着，或用草绳拉着，称其坐车。夏天的时候，我们每天清晨都提着家人的一篮衣服下河洗，这是我们最快乐的时刻，可以拖延着，听大人说那些家长里短，看鱼儿和虾在水中自在地游。记忆中的河水是那么清澈。

犹记得无数个夏夜，星空下，我们躺在竹凉床上，摇着芭蕉扇，听大人们说着那些遥远的故事，就这样迷迷糊糊地睡着了。我们山里的晚上是没有多少蚊子的，即便有，也被孬子叔用一种叫不出名字的草，捆起后烧着发出的清香给驱散了。据说每到七月七那天，天上的门会大开，人间有缘分的人会看到花团锦簇的天空。于是每年七月七的晚上，我都不睡觉，我相信自己是和天宫有缘分的孩子。往往到天亮，我才失望地睡去。一年又一年，时光就这样流逝了。

哥哥去世的时候，我 10 岁吧，茫茫然看着哭泣的家人。我不知道我的母亲从此就陷入了深深的悲伤之中；我不知道我和哥哥从此就生死相隔。我以为太阳升起时，他闭上了眼睛；太阳落山时，他就会睁开。我不知道生，是这样的痛；我不知道死，是这样永远的离去。

村庄附近没有加工厂，要把稻子挑到乡政府附近的加工厂加工成米。哥哥没有了，我不能让母亲干这样的活，于是星期天，我就常常挑着挑子去加工米或者麦子。先上一截陡坡，再走一段公路，然后就走下坡了。那真是一个辛苦的活计，我的脖子总是被压得长长的，到晚上就红肿了，走路也颤悠悠的。在公路上歇息的时候，总能看到山脚下那个有着楼房的小镇，那是我们去过的最繁华的地方，也是我们向往的地方。有乡政府，有学校，有供销社。白云飘浮，青山逶迤，孩子无法想象自己的未来，总是怀着又向往又恐惧的心等待着明天。

从乡政府回家的路，有一片山是我不能面对的，那是埋葬我哥哥的地方。我母亲从来不知道我哥哥被乡亲们埋在哪，因为她有时想念哥哥近于疯狂。我和姐姐知道，然而我们也不敢去那里，因为我们不知道如何面对。如何能相信，你朝气蓬勃的亲人，就这样永远葬身于这抔黄土中呢？

三

村子里有许多漂亮姑娘，逢年过节，就见她们的男朋友提着盖着红布的篮子来了，他们的来临，总是让我们村落里的姑娘们变得面色羞红。第二天，河边洗衣，妇女们就会相互传播，哪家的礼轻，谁家礼重。到了节日那天，姑娘们就红着脸，低着头，跟着男孩子上路，到他们家过节了。

一般十五六岁的姑娘就订亲了。约摸 20 岁，就出嫁了。订亲的这几年，是她们最甜蜜的岁月吧？因为即将要出嫁，娘家人是很心疼的。因为想着要迎娶，婆家人是喜欢着的。

姑娘出嫁时，是要哭嫁的。我姐姐出嫁时，我就请了 3 天假不上学，在家陪着哭嫁。我那时已懂得离别了，想到哥哥没了，姐姐要出嫁了，家中所有的希望都在我身上，而我的未来又是那么渺茫，不由得哭了一次又哭一次。我姐姐看我哭得那么伤心，就哭得更伤心。她哭嫁出去了，娘家一个兄弟都没有，要是受欺负了，都没有人帮着出头。这让我的母亲听了更伤心，她无声地流泪，现在想来，那样无声的哽咽，是多么无法抑制的痛苦啊！

姐姐嫁出去了，我们家的劳力没有了。父母总是用期待却又疑惑的眼神看着我。我感到了那眼神中的分量。过年了，家里一共拆洗了六床被子，我一个人挑到结冰的河里去洗的，这让成芳和兰芳的妈妈都羡慕不已，连声夸我能干，我的妈妈也因此笑容绽在脸上，她隐约觉得小女儿不会那么没用。在此之前，我姐姐能干和美丽的光芒，使我母亲认为大女儿一切都比小女儿强。

3 岁的时候，有一次在家里被院子里的猪绳子绕住了身子，一圈又一圈，而且猪不停地跑。当时目睹这个情形的是兰芳的爷爷，他说他当时看到了，就是不救我，看我有什么反应。他看到我不吭声，不慌不忙地把绕在身上的绳子拿开了，和猪分开了。他对我母亲说以此断定我将来是个有出息的人。

　　据说，我小的时候，一直到 3 岁都几乎不说话。我母亲干农活带着我到地里，村子里的长辈逗我，用化肥喂我，说是白糖，我沉默着不理他们。有一个叫成贵的人喊我妈妈："大嫂子，你家这小孩子看来是哑巴了。"

　　我 5 岁时，和伙伴们玩过家家，抱着小板凳过门槛时摔了一跤，右手指头差点断了。于是天天用左手吃饭，没想到自此我就成了个左撇子。从此话也多了，人也活泼了。

　　上中学之后，就只有周六和周日回来了，然而远远地只要看到田地里的乡亲，我就大声喊他们，往往就这样一声声地喊到了家。那种见到他们喜悦而亲切的表情，我至今历历在目。到家了，家人也许在外面没回来，就从门口的石头缝里掏出钥匙，打开家门，直奔厨房，锅灶上总用热水温着一碗饭，饭上盖着菜。

　　每到春节写春联时，我母亲就数落说我的书都念到腿肚子去了。因为我虽是个读书人，可是毛笔字太丑了，不能写门对子，每次都要请隔壁村子里的老先生写，他戴着一副老花镜，每次来还给大家算命，每次又算得不像。我母亲要招待饭，还要给烟。

　　有一次，我被母亲数落急了。于是豁出去了，买了一支大毛笔，和一本黄历，就把家里的对联写了，贴到门上之后，我没有勇气面对，家中每来客人欣赏，我总是脸通红，不愿承认是我自己写的。

　　逢年节时，有的村庄也会唱大戏，在唱戏的村庄有亲戚是幸福的，有饭吃，偶尔还管住。也看过电影，随着村里的姑娘们晚上到乡政府看电影，我很小，去时很容易，回来时，边走边瞌睡。我姐姐一边用手拖着我走路，一边骂我把从家走时信誓旦旦保证回家不要她操心的话都忘了。记不得那时候电影上的事了，在我们的心里，只分好人和坏人。

　　从乡政府回家，要经过一个叫苦马岭的陡坡，据说，有一个将军，牵着他的马上那个坡，累极了，却没有粮草和水，长叹一声"苦马呀"。于是那个陡坡就叫苦马岭，我们的村庄也因此得名。但是我不承认，我们那个村庄不至于让马没有水喝。因为我们村子分这头和那头，两头都有一个长年不息的井，那里的井水清冽甘甜。而且那个苦马岭的陡坡边也有一个小溪，每次我们挑着挑子经过那，都先喝几口上溪的水解渴，然后用下溪的水洗脸。

有家中走了老人的，我们就高兴了。因为可以听到唢呐声，还可以看到道士念经的热闹场面。孝子们头上包着白布，见了人就齐刷刷地下跪。出殡时，我们这些孩子被指定扛着花圈排着队随着抬棺材的人，送到山上。但是我从小就不能看别人哭，特别是老去的人中，有女儿得信后匆忙赶回，却和亲人没说上一句话的，便拍着棺材一声声地哭，那种痛哭，那种无限的追悔，无尽的思念，经她们一声声地哭着说出来，总是让我的热泪滚滚而下，泣不成声。

就这样伴着村庄的喜怒哀乐一天天长大。

有人说过，城市是人打造的，乡村是神灵创造的。也许这就是我们这一辈人，之所以一边享受着城市文明，持种种优越，一边又割不断对乡村生活眷恋的原因吧。此刻，在灯下，手捧一杯清茶，饮一杯乡愁，想着村庄的姿势，村庄的沉默，村庄的沧桑……哺育了我们的村庄，时时都能够将一股清新朴实的风，吹拂在我们每一个人心头。无论在记忆里还是现实生活中，我们总有一种或远或近的淡淡乡情，像夏天的蝉鸣一样，挥之不去。

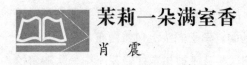

茉莉一朵满室香

肖 震

我的茉莉花开了！

在我周一从家回到单位宿舍打开门的一刹那，一股淡雅的茉莉花香在鼻翼间萦绕。玩味地又像小女子样地夸张地闭了下眼睛，深深呼吸了一口，嗯，真香！

看看时间，还有几分钟的空闲，便俯下身子，近距离地端详着它。一条花枝上，小心翼翼地缀着3个花骨朵和1朵刚开放不久的花儿，敢情这满室浓郁的花香就是这一朵茉莉花释放的呀，真是太香了，茉莉花！

在茉莉花开的日子里，我每每下班回来，在开门的那一刻，都轻手轻脚的，然后再轻轻地将门关上，生怕打搅了茉莉花的美梦，更怕室外热辣辣的风冲淡了满室的花香。然后在茉莉花香的陪伴下，看看书或听听音乐，过上一段慢时光，沉浸在一段美好的回味里。

与这几朵茉莉花的相遇，是很偶然的，其实也是必然的。有人说，人与人的遇见是冥冥之中注定了的，而与几朵茉莉花的遇见，想必也是这样的吧。单位同事从熟人看管的花房里为我要了两盆花草，在宿舍里养养，以给单调灰色的单身宿舍增添一些绿意和生机。当最初见到这株茉莉时，我不知道它的名字，纤纤瘦瘦的枝条上稀稀拉拉地耷拉着几片蔫不拉叽的泛黄叶片。说实话，第一眼我并不看好它，倒是看中了另一盆青翠的虎尾兰。当时我问同事这株花草叫什么名字，他说他也不知道，反正是花草呗。真的，我现在都能想起我第一眼见到这株茉莉时的不屑表情，很想对同事说，这株花我不要了，可是碍于情面，心内一思忖，姑且养着吧！想必这样的一株花草，在国营企业的花房里可有可无，肯定是待在不见阳光的犄角旮旯里长时间无人问津打理、任其自生自灭的植物吧。

这两盆花草在我宿舍安家落户后，着实为单调的宿舍增添了一抹亮丽的绿色和生机。每天像对待二宝一样地侍弄着它们，得空便看上它们一眼，为它们松松土，浇些水。

在用心侍弄了它们一段时间后，那虎尾兰倒是像乡下来的顽皮孩子，没心没肺地很快适应了我的生活，比刚来时又健康了不少，叶片越发地墨绿肥厚了些，也长高了两寸。而那盆茉莉，好像和刚来时差不多少，仍然一副纤纤瘦瘦、弱弱可怜的样子。唯一有变化的是一条细细的枝条，一任纤纤细细地生长着，像藤蔓一样，向着有阳光的窗台伸张着手臂，极像一个畸形的物体长了一只长长的触角。我不知道茉莉花的花期，也不知道我这株纤瘦的茉莉能否开出花朵来。有朋友到我宿舍玩，看到这株茉莉，问我这是什么花草（嘿，他也不知道），长得没模没样的，又不开花，养它干吗，扔了吧！我笑笑，心内说：既然养了，就不会扔，因为它也是生命！

其实，我是不擅长养花的，对养花的知识知之甚少，只知道浇水，浇水，看花盆中的泥土露出干黄色便去浇水。以致这株茉莉，被我养得纤纤瘦瘦的，细细的枝条上稀稀落落地生长着不多的一些不甚青翠、不甚肥硕的叶片，像极了营养不良的黄毛丫头，看着让人心生怜悯。就是这样一株不被看好的茉莉，竟然断断续续地开了好几朵花儿，在火辣辣的夏季，芬芳着。

石镜清辉话古今

程福如

　　在绩溪县城东，翻过梓潼山，沿着清澈小溪溯流而上约 3 公里，有一块奇石壁立于大山深处。天边的斜阳，石前的亭台，亭中把酒论诗的文人以及四时美景，常在石壁中若隐若现。这，就是绩溪城郊的著名景观——石镜。数步之外，有山寺庄严肃穆，晨钟暮鼓，禅音缭绕。宝殿里，僧侣们左手持木珠，右手敲木鱼，心无旁骛，心若止水。信男善女一批又一批，虔诚地、朝圣般地翻越梓潼山，前往大山深处，向菩萨祈福。寺院的偏房内，还有三五少年摇头晃脑、孜孜不倦地习读经书。这，就是依石镜而建的寺院——石照寺。沿着山寺前的小路，向外移挪数十步，石门洞开，天地豁然开朗，有白泉从石罅中汩汩流出，四时不竭。石门下溪水潺潺，泉水叮咚，两岸层峦叠翠，小鸟啁啾。这，就是一座因石镜得名的山——石镜山。以石镜为中心，山寺、峰峦、溪水互为景色，诗意共存。这，就是清代绩溪华阳十景之——"石镜清辉"的古貌。

　　石镜成于何年？又缘何光可鉴物？恐怕只有地质学家才能给出精确答案。有人曾作出诗意的解读：女娲补罢情天漏，堕向人间作镜台。充满想象力的诗句，使这块原本就有些不同寻常的石头更加蒙上了一层神秘的色彩，耐人寻味，引人探究。

隋以前，绩溪人口稀少，绩溪县尚未建制。石镜藏在深山人不识。它默默地立于大山之中，汲天地之精气，沐日月之光辉，赏花开花落，观云卷云舒。亿万年的站立，石镜俨然成了可以沟通天、地、人的神器。偶尔现身的樵夫或药农，发现并泄露了天机，将此天赐宝物公之于天下，石镜才渐为世人所关注和膜拜。唐末金乡县尹、绩溪程氏始迁祖程药，将一家老小从歙县篁墩迁居绩溪仁里后，慕名登山，并让石镜第一次在诗歌中亮相，为石镜留下了宝贵的第一手资料。及宋，有僧人不知是悟了奇石的禅意，还是喜爱这方水土的超凡脱俗，决定在此兴建寺庙。至此，一种信仰在这里和石镜结缘。稍后，苏轼之弟苏辙任绩溪县令，"到县方视事三日，便游石镜"，面对山中奇石，一时诗兴大发，吟诗两首存留于世，使石镜名声大振，文人雅士纷纷登临游览。宋石迁，明程通、程辂、胡宗明、胡宗宪、胡松，清周赟、席存震，民国张承銮——他们用手中的生花妙笔，将石镜、山寺以及周围美景嵌在了诗里，将关于石镜的神话传说，融入了历史的长河中。

最为人津津乐道的，当属"石照三生"之说。说的是该石头不仅可以显示人的外形美丑，还能透视心灵善恶。不仅能照前世，还可显示来生。凡善良之人，其来生必呈现出福寿延绵之态；邪恶之人，镜中则可能是猪狗模样。某日，一贪官兴致勃勃来到石镜前，满心期待自己的来世能够继享荣华富贵，岂料一头笨头笨脑的猪出现在镜中，随从们吃吃偷笑。贪官脸上挂不住了，一把毛草火烧了石镜，结果晶莹剔透的镜面被烧得乌七八糟，自上而下还烧成了一道裂纹。

当然这只是传说而已，不能当真。石镜失去往日的光辉，以及那道裂纹，应是天长日久风吹雨淋风化剥蚀的结果。但千百年来，这个传说一直在绩溪人中口耳相传，为什么？因为千年的封建帝制使老百姓受尽了欺压，公平正义有如春风不度玉门关，他们有理无处诉说，希望包青天似的人物出现。

牛的消失

鲍仕敏

　　一头远古的牛，可以自由生活，恣意繁衍，它们可以朝沐清风，昼览芳华，夜赏明月。

　　那时的空气多新鲜啊！吸一口，是小草的味道，大树的味道，种子的味道，花儿的味道，田野的味道，村庄的味道，天晴的味道，下雨的味道，山风的味道，流水的味道，人的味道，动物的味道，混合在一起说不清道不明的味道……总之，是自然的味道，原生态的味道，健康的味道，甜美的味道。

　　那时的人多好啊！农耕农耕，农在躬耕，耕寄于牛。牛是庄稼人的命根子，是庄稼人的宝贝，人像爱护自己的生命一样爱护牛。牛有专门牛舍，有专用草滩，有专人看护，有专业兽医，有专项保护政策。同为异类，牛幸于众。做一头幸福的牛，成为动物的梦想。

　　然而这样的梦想也不会天长地久，牛根本不会想到会有退出历史舞台的这一天。

　　这样的日子是从什么时候开始？

　　是从天不再瓦蓝、云不再雪白开始。当科技不断发展、工业化进展不断加快的时候，曾经的蓝天白云不再那么纯净，这并不是说科技进步、工业发展不是好事，但是这样的发展和加快的确让我们澄碧的天空多了一些阴霾。这似乎与牛无关，是的，没有直接的关系，它可能是一个背景。当牛抬起头来，看不到过去的蓝和白，眼睛开始生痛，视线开始模糊。

是从空气中多了一些工业的味道开始。这味道是刺眼的浓烟和污水，是刺鼻的化肥和农药，是刺耳的拖拉机声和汽车声。牛的嗅觉比人灵敏，当它整天被各种气味裹挟的时候，它对这个世界充满着怀疑。当它来到草滩的时候，不像过去那样张嘴而食，而是通过鉴别、甄选后，小心翼翼地啃食着野草，当然这样的小草不再是过去的小草，它有化肥的成分，有农药的成分，牛在反刍时，这样的成分开始二次发酵。当日子不再无忧无虑的时候，幸福便渐行渐远。

当拖拉机怪叫着闯进牛的视野的时候，所有的牛都侧目而视，它们是不屑的，不像善变的人那样围着那怪物讨好似的指手画脚。当看到那怪物在自己以及祖祖辈辈躬耕的地方耀武扬威的时候，它们愤怒了！这是它们的领地，是它们劳动的地方，是它们为人类创造财富、创造生命繁衍生息的地方。失去这块领地，意味着失去劳动，失去价值，失去生命。赋予权利的是人类，没收权利的也是人类，人类是善变的、急功近利的，为了效益和财富，他们往往背叛良知和道义。于是，专门的牛舍拆了，专门的草滩分了，专业的兽医歇业了，专项的保护政策作废了，牛在庄稼人的眼里成了可有可无的走兽，成为随时出售的计划。

分到各家各户的牛没有了往昔的自由，居是独居，耕是独耕，吃是独吃，放养是一绳一桩，休息是一桩一绳。曾经的玩伴，只能是隔桩相望，隔舍相呼。自家的田就那么几亩，代耕的田不是很多，寂寞的日子让牛闲得发慌。最让牛害怕的是不能像过去那样自由恋爱、任意繁衍，到了发情的日子，主人不再让母牛配种，一头牛都显得多了，再生那么多牛，谁来服侍？不让母牛配种，公牛挣不到钱，一刀下去，就成了太监。太监牛好呀，长一身肉，会卖一个好价钱。

村子里的牛越来越少，是哪一天少的，去了哪里，牛想知道，可没人告诉它。牛所知道的是隔桩相望的身影少了，隔舍相呼的声音稀了，迎面相遇的同伴没了，空气中弥漫着牛的气息弱了。幸存的牛开始发慌，开始害怕，开始不安，开始痛苦。它们一定在反反复复地想，消失的同伴都去了哪里？除了耕田拉东西，它们还能做什么？它们不是奶牛，产不了奶水，谁会要它们？它们根本想不到，它们遭到遗弃的时候，会受到屠宰场老板的青睐，会成为饭店待价而沽的食材，会成为食客猜拳行令的喷香下酒菜。

越来越少的牛在恐慌中度日如年，没有自由，没有爱情，不被尊重的生活让它们生不如死，它们多么怀念过去的岁月！有美丽的蓝天，有清新的空气，有嫩绿的小草，有爱抚的目光，有欣赏的眼神，有赞美的诗句，有动听的牧歌……可是，这一切都远离了，没有了，回不去了。独自叹息的日子，泪水常常潸然而下，可谁在意呢？

这个阶段的牛，像是受到刺激似的常常毫无目的地狂奔，有时是挣脱了绳子，有时是在耕田的时候，那情景是骇人的，由于是突发，驾犁人根本没有思想准备，任由犁拖在牛的身后哐当作响，直到散架为止。牛的这一异常表现，是为了挣脱，还是为了发泄，抑或是为了报复，只有牛知道，这是作为一头耕牛留给这个世界最后的愤怒，最后的谜。

而今，在我们的村子，以及我们的邻村，还有邻村的邻村，已看不到牛的踪影，也没有人会想起它，说起它，好像它不值得想起，不值得说起。其实，真的是这样吗？作为几千年人类的功臣和衣食父母，它为人类的发展和繁衍做出了无可替代的贡献，可以说没有牛就没有我们人类的今天，我们怎能忘记它的存在，它的过去，它所给予我们的一切？

假如我们真的不需要了，放它一条生路，让它回归自然，自生自灭，也是人类社会最起码的文明。

可是，我们并没有做到！

碗

唐晓泉

饭后，洗碗。淡蓝色的碎花，不甚惊艳。

可是，每个平凡的碗里，都浸润过酱醋与油盐，盛放过苦辣和酸甜。

小碗真可爱啊！洗好碗放进碗柜时，看到那个鹅黄的小碗，碗内印着可爱的泰迪熊，碗底有一圈软软的透明的橡胶圈，往下一摁，可以吸在光滑的桌面上。那是儿子刚刚学吃饭时用的小碗，怕他不小心把碗弄倒了，特意去儿童用品店淘到的具备吸附功能的碗。后来，他渐渐长大，我又陪着他去物色大一点的碗，他吃饭不会添第二碗，我担心原来那小小一碗饭营养不够，以后跟妈妈一样小个子——若是女儿小个子也就罢了，那是娇小、小巧玲珑、小鸟依人，男孩小个子如何玉树临风？将来如何让小鸟依他？那碗里盛着妈妈的小心思呢。

大二那年暑假，我留在师大，带家教挣学费。五六家家教，在芜湖的不同方向。我骑车奔跑于盛夏的阳光下，晒得黢黑。为了节省钱，每天 1 元钱买 4 个不大的馒头，省着吃一天，吃得裙带渐宽。开学前一星期，回家看妈妈，妈妈看着黑瘦的我，什么都没说，便走进厨房。一会儿，端出来一碗亲手擀的面，白瓷蓝花儿的碗，盛着红的番茄，绿的青菜，洁白匀细的面。我拿起筷子去挑面时，发现碗里卧着两个椭圆的荷包蛋。大口大口地吃着面，大滴大滴地落着泪。那碗里盛着妈妈无言的疼惜。

天气真冷啊，水都冻得硬邦邦。接到友人的电话："你来火车站接我吧，我连坐公交的钱都没有了。"打车到车站时，她站在寒风里瑟瑟发抖。看到我，立马伏在我肩头哭了。听她哭诉，很快弄明白来龙去脉。原来，生活永远比戏剧狗血：她觉得异地的男友日益冷淡，就没打招呼亲自去看看，也准备给个惊喜，可得到的是惊吓，他提出和她分手，他已经和同事你侬我侬、谈婚论嫁了。她转身回火车站，买了返程票，伤心欲绝、迷迷糊糊中又在拥挤的火车上丢了钱包。

我拉着她冰凉的手走进车站旁边的"李先生牛肉面"。热热的面上来了，我推到她面前说："先吃点东西，好不？吃饱了才有力气哭。"爱情是奢侈品，食物是必需品。面漾着热气，肉香，汤香，辣椒香，香菜香，香香与共，等她吃下去，手是热的，脚是热的，心也渐渐不那么寒凉。

我看着吃面的她："丢了爱情，不代表丢了整个世界。你还有疼你爱你的爸妈，他们做好了那碗可口的饭等着你回家；你还有安身立命的工作——那是养活自己的饭碗；你还有掏心掏肺的朋友，你将来还会遇到那个对的人……"店外，火车站广场上，哗啦来一批人，哗啦走一批人，像极了人生，而无论谁来谁走，可以痛，可以哭，哭过了，碗里的日子还是自己的，好好端着，好好品味，好好珍惜。手中爱情短，碗内日月长。

小碗，大碗，一碗定乾坤。

家没有了碗，要么家徒四壁，要么四散零落。

国没有了碗，到处都有揭竿而起找碗的人。

倾听

Chapter 1

诗 歌 卷

QING TING

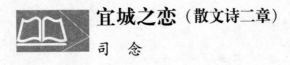

宜城之恋（散文诗二章）

司　念

一、走在积雪的土地上

冰冻的地面滑倒了他的脚步，牵紧的双手，让他跌下的姿势呈弯弓形状。

迅速寻找平衡，回转身姿，找回了熟悉的信任。

火热的耳朵聒噪起来，似乎，这是不该有的失误。

厚重的积雪发出嚓嚓声，冻结的土地，是他踩过的安慰。

女孩听着脚步声，将手紧紧握住。她知道，握住的是跌倒和爬起来的信念。

迎面吹来的寒风，把脸打得生疼。起先是捂上耳朵，鼻子冰冷。后来是缩紧脖子，呼吸受阻。大龙山的风被称为妖风，他们在心里默念着、自嘲着。

后面的路，等到积雪化掉以后，变得泥泞起来。

肮脏了鞋底，干净的脚心，被袜子保护得完完整整。

二、望向古老的车站里

5 点 40 分到站，短信里明确着时间信息。

她在 3 点钟起床，洗漱，打扮。

她在梦里定好闹钟，5 点 40 分以前到达车站。

火车迟迟未到，她反复求证，就像中学时，趴在课桌上，解答一道数学题。她从代数开始计算，又从几何开始画线。两种方式结合，给出最后的答案。

5 点半，她在火车站出口最醒目的位置，朝车站里张望。

5 点 40，她一边看手机短信，一边望火车时刻表。

5 点 50，她核对手机时间，短信时间，墙上的时刻。明确一致性，就如明确法律条文一样细致。

6 点整，她终于收到短信，告知火车晚点，且即将进入车站。

6 点整，她放弃了一切计算和核对。揉揉黑眼圈，放松表情和肌肉，去拥抱晚点的愉悦。

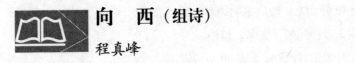

向　西（组诗）

程真峰

向西

你告诉我　在列车上兰州向西
戈壁滩上的草已枯黄在天黑后
一块一块的石头经过风一吹
就会发芽　你相信　因为它们一样坚硬
一群马和一群羊都没有奔跑
它们早已无视了这无边以及空旷
只是你　突有了不可终止的渴望和渴望拥抱

我在故乡　一只手紧握着电话
深知玉门关不是最后一道关
乌鲁木齐向南应该还有一座城池
它靠近湿地

理由

你告诉我　在阿城不会有一场像样的雪雨
一些候鸟已无所适从
向西的山野　荒草枯矮
群狼潜伏在何处
你仅看到猎食者剩下的残骨
一个人会像苍鹰轻取雀鸟之后
掉落的羽毛　在空中飘着
石头纹丝不动在阳光下更加坚硬
必须逃离　你说这一切
都大于一个女人所有的承重之重
和应有的优雅

一只白鹭躬身走过

鲍德英

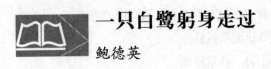

一

收紧翅膀
穿梭其中
在一条狭窄的小路上盘旋弯曲
这是我的宿命也是我的追求

因为一个理由，我拒绝繁花
我将一洼水田守成秘密
一幅生命版图站成辽阔　将白站成永恒

二

一只白鹭
在田埂上躬身走过
像我的父亲收紧身体

扛一把铁锹，巡逻着他满是漏洞的粮仓
他像一名战士
一生都离不开战场
被抓壮丁，做苦役
六个孩子读书　结婚　生子
在胜利的号角吹响前夕
无声无息地倒下去

其实，村后山坡上
一个个小土堆
差不多都是和我父亲同辈人
他们心灵却比白鹭的羽毛还要纯洁

三

白鹭停下来的时候
就像我
遗落在大地上的一小块纸片
旋转多年以后，才知道没有什么不朽
回归源头，才知道我的生命
只不过是父亲
那一页没有写完的碑文

春节，回家（外一首）

黄玉龙

霓虹灯，困乏
星辰强打精神，悄悄拉动
装满一年思念的行李
售票窗前，一如
海底彩带飘荡，家乡
十五晚上数十条壮观的龙灯
腊月里出门，言语
纯纯的浓酒中溢出
心，在家的炊烟中升腾
人人脸上，写满了春
互不相识
似曾见过，温情
冬日的早晨，候车厅
暖流涌动
背着忙忙碌碌，抱着满满幸福
回家的驿站，有序
等候班车，团圆的使者

恨不能，生出一双翅膀
大地沉睡，春潮
无眠，为什么
中国人，千百年来
对"年"，义重情深！

诗的感悟

李运松

远远地看见
李清照笔下的那个女子
目光里有一点忧伤和犹豫，矜持而端庄
一袭黑衣，清爽依旧
如雨巷里徘徊踟蹰丁香一样的女子
蹴罢秋千
倚门回首，却把青梅嗅
淡淡的微笑
在花香中荡漾

默默地听见
一个声音在默默地诉说
人生四季的童话世界
花已飘落，时光飞逝
物是人非
唯有长江水无语东流
在匆匆的人海里已被太多的哀怨冲洗

无意中晶莹的泪珠打湿了
多年有些苍老的记忆

幽幽地感到
自己把一种情愫和一种渴望
装进梦里，刻到记忆里
藏在谁也找不到的角落
却在冬日的那个月朗风清的夜晚
汩汩流出
然后写成一首小诗
挂在午后的枝头
结成一只酸涩的苹果

终于又见久违的笑靥
守候在炊烟又起的村头
看那只苹果在岁月中慢慢风干
到飘雪的季节
再围着火炉
讲述少年维特的故事
就着唐诗宋词
下酒

容 颜

刘金贤

我　真是冲着那片云去的
虽然　恍惚了很多年
你　可能以为有曾经的爱恋
不该说　没有
我中意的
是　那云水之间

所有的　雪山
你　没有多少机缘
看到　山巅
玉龙　我怀想十几年前
云杉坪　那是一个风雪的天
缆车向上　我只愿向前
今天　我依然畏惧
怕挤到你的胸前
我　无缘瞻仰
你的容颜

甘海子　蓝月谷
许多的马
许多的挂牵
许多的水
许多的流连
许多的欢喜
在　雪山的肋间

丽江　不一般的情愫
束河　白沙之外
你　撞见的是大研
黑龙潭　确是我的想念
流过的水　不再清澈
别怪象山　不必
我愿
古城的人
可以　少
那么一点

月 光
徐中兵

夜晚小院在沉睡
院中的橘树、无花果树
也在沉睡，各种秋虫
躲在草丛或小院的某个角落
发出悦耳的呓语

皎洁的月光
从叶缝中泻下来
似乎把异乡的光影
泼进了小院

走在小院里
脚就踩在了月光上
似乎踩痛了什么

院中沉睡的人
鼾声起伏故乡的月光

喊（外一首）

曹 浩

每一个被喊的名字都疼着游子的心
在这个散兵游勇的年代
每一根白发里，都含着寂寞的无语

故乡成了望眼欲穿的疼
我成了飘浮在城市上空
无家可归的风筝
谁问过我的冷暖和白昼

蓝

穿过层层撩眼的弥漫
只想给你的脸，送一个春天

看到了，也听到了
暖暖的声音在喊：
快来，快来！

那一群大雁，在挣扎着
泥土的醒

下山的台阶

彭光品

远处阑珊的灯火
一寸一寸被树冠淹没

长满苔藓的小径
是一条深海里的鱼
把浩淼的黑暗撕开
然后很快又合拢

一个台阶，又一个台阶
下沉，塌陷
不知道该用加法还是减法
是平平，还是仄仄

一座凉亭，那座失联已久的凉亭
终于突然意外地
不可抗拒地　出现
在台阶的左侧

城 市

赵 敏

鸟展开翅膀
天空就是家
天空宽敞明亮，没有障碍物
视线不会被折断

阳光的密林经常被砍伐
被诸多崛起的楼宇
压弯了腰

我站在大地狭小之处
仰望
四周都是密不透风的高墙
天空被寂寥占领

我仿若井底之蛙
但不是井底的那个蛙

失眠的三月

陆　潇

湖东路上的樱花，一日比一日起得早了
无名鸟也起得早，不仅仅为了劝说一只虫子

风信子在阳台上轻声咳嗽
她摆摆紫色的裙，远方也跟着荡漾起来

三月告别的人，时常从阳光的指缝间漏下话语
蓝色妖姬的容颜依旧，几朵暗影遮不住眺望

母亲血糖的阴谋又一次得逞
她在病房外的走廊上，走过来，走过去
嘴里始终念叨四个字：我要回家！

赖了一周的雨水，终于无趣离开
透过病房的窗玻璃，迎春花金黄色翅膀就要喊累
旧矮楼前的一株桃花，玩兴正浓

朋友圈的春天，浓淡各异
你的点赞比二月勤奋
你专心失眠，三月的归期

拜谒以弗所古城遗址

史劲松

沿爱琴海西岸延绵而来

一页文明，就这样，被岁月

无情埋进巴因德尔河口的泥沙

漫山遍野，还飘浮着

它的魂

从塞尔丘克小镇一路向南

所有被雕琢的石头，都呈现一种坚硬的美

安静空旷的山野

仿佛有一缕前世的炊烟

还飘绕在远古岁月的屋顶

大堆大堆的断壁残垣

像一个个生僻的汉字，匍匐于古老的典籍

或辉煌，或凌厉，或卑谦

像是死过千万次

历史的遗骨陈横一地

从欧洲到亚洲，从罗马到奥斯曼

土耳其帝国的硝烟

弥漫成一幅幅供人瞻仰的石雕
有多少雄壮的魂灵，曾以血肉搏击
一个民族的历史之光
诏告后世曾经的辉煌与厚重
但我还是无意驻足去赞美你
我只会跟随文明的步伐
匆匆踏过，你未寒的尸骨

老屋倒了

陈荣来

老屋还是倒了
瘫在那里，折断，碎裂
一股腐朽的味道
向我迎面戳来

我伸出手，想扶起它们
感觉没有一丝力气
只有废墟旁那棵老榆树
和我一起杵着

此刻很安静
河水流动的声音
在剥蚀
我脚下的土地

二 月

沈章宝

冰锥

挂在二月的发梢

通透晶莹

如红山的璞玉

清莹灵气

那是白马王子用血液

和热情锻造的一枚

送给爱人的头簪

羞涩的垂柳

任凭冬

在自己的秀发上点缀

那些莹莹的思念

洁白的婚纱

无法掩盖

春天温馨扑鼻的体香

六角形的文字

冷艳　飘逸

一行行

饱蘸苦涩的浓情

奔放　热烈

抒写出一朵朵白色的火焰

那是冬天对春天

最深情的表白

春风

剪出一帖

二月最纯情的窗花

喜庆　祥和

那是怀春的少女

回馈给自己

如意郎君的初吻

雪莲之歌

柯芳美

有一淙水流源于雪莲冰山，
风寒以纯一的白将雪莲周身浸染。
那一枚枚溅跳的珠子音符，
奏鸣着雪莲千年的梦幻。
在透彻的寒流之上，
雪莲遥见了海的湛蓝。
在汹涌怒卷的海面，
雪莲啊！心仪了那沉稳的帆。
我愿是这圣洁的雪莲，
你可是我蓝海上的帆？
我缓缓松开的丝发，
只为向你宽阔的胸膛舒展。
如果你触感到心间的一丝清凉，
那就是我思念你的泪伤，
在你的指掌慰抚我的那一刻，
我的娇柔依稀在你的脉搏流淌。
这一淙水流源于冰山，

她和着雪莲冰晶玉洁的身骨一路吟唱。
我闭目聆听，
面前已然显现朝阳沐浴的
——岸。

外公的拐杖

王娴静

你可以叫它老拐，也可以叫它丑拐
说它是老拐，因为它大概用了十来年之久
说它是丑拐，因为它满身结疤，毫无美感
它不是外公的第一根拐杖
却是最后一根也是历时最长的一根拐杖
另外，它也是我童年时最好的玩具
我在院里把它当马骑
在沙地上拿它作画笔
在房前屋后举它追鸡仔
在樱桃树下用它打果子……

最后，外公离去了，我独留下了它
我要永远珍藏它，时不时拿出来看看
因为它是属于我们祖孙俩的

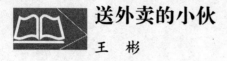

送外卖的小伙

王　彬

接近四十度的高温
一个送外卖的小伙
骑着电动车从我身边驶过
湿透的衬衫说明工作的艰辛
背后的保温箱
装的或许是菜，是汤，是饭
也许是一个空空如也的保温箱
是否也装着梦想和希望？
让他正赶往下一个目的地路上

这个炎热的午后
一个送外卖的小伙
骑着电动车从我面前驶过
让我想起二〇一三年
那个我曾经汗流浃背的夏天
夜晚十一点
依然拥挤的八一五路公交车

车上劣质的香水味
以及梦想和希望

寄语四月

方大卫

四月，江南窗前
湖水的涟漪
果园的花卉
全在这个季节呈现
还有温煦的阳光
心底的想念

山峦间，飞驰的高铁
沐浴着春雨
把阳光洒在湖边

四月，是恋爱的开场
多少年轻的心
在这个时刻里萌动
享受青涩的绵连
留在花丛中
只在缤纷里梦见

远远的坡上
金灿灿的油菜花
亲吻你的脸颊
你能，听见泉水的甘甜

四月啊，写诗在校园
那灵动的眼神
闪烁的镜头
全是平和的画面
鸟瞰这个季节
在阳光下挥手无边

你在激情澎湃
整理四月
抒写秀美的诗篇